Jhumpa Lahiri

Melancholie der Ankunft

Jhumpa Lahiri

Melancholie der Ankunft

Aus dem Englischen von Barbara Heller

Karl Blessing Verlag

Titel der Originalausgabe: Interpreter of Maladies
Originalverlag: Houghton Mifflin, New York

Für ihre Übersetzung wurde Barbara Heller vom
Deutschen Übersetzerfonds e.V. ausgezeichnet.

Umwelthinweis:
Dieses Buch und sein Schutzumschlag wurden
auf chlorfrei gebleichtem Papier gedruckt.
Die Einschrumpffolie (zum Schutz vor Verschmutzung)
ist aus umweltschonender recyclingfähiger PE-Folie.

Der Karl Blessing Verlag ist ein Unternehmen der
Verlagsgruppe Random House GmbH.

Sonderausgabe

Umschlaggestaltung: Design Team München
Satz: Uhl + Massopust, Aalen
Druck und Bindung: GGP Media, Pößneck
Printed in Germany
ISBN 3-89667-185-5
www.blessing-verlag.de

Für meine Eltern
und meine Schwester

Mein Dank gilt dem
Fine Arts Work Center in Princetown,
Janet Silver und Cindy Klein Roche

INHALT

EINE VORÜBERGEHENDE SACHE

In der Mitteilung stand, dass es sich um eine vorübergehende Sache handle: Fünf Tage lang sollte ab acht Uhr abends für jeweils eine Stunde der Strom abgestellt werden. Der letzte Schneesturm hatte eine Leitung heruntergerissen, und die milderen Abende sollten dazu genutzt werden, den Schaden zu beheben. Nur die ruhige, von Bäumen gesäumte Straße würde betroffen sein, von der aus man eine Reihe von Läden mit roten Backsteinfassaden und eine Bushaltestelle zu Fuß erreichen konnte. Shoba und Shukumar wohnten dort seit drei Jahren.

»Nett, dass sie uns vorher Bescheid geben«, sagte Shoba mehr zu sich selbst als zu Shukumar, nachdem sie die Mitteilung laut gelesen hatte. Sie ließ den Riemen ihrer Ledertasche, die sich von den Papieren darin wölbte, von der Schulter gleiten, stellte sie in der Diele ab und ging in die Küche. Sie trug einen marineblauen Popeline-Regenmantel, eine graue Jogginghose und weiße Turnschuhe und sah mit ihren dreiunddreißig Jahren genau wie der Typ Frau aus, der sie früheren Bekundungen zufolge nie hatte werden wollen.

Sie kam aus dem Fitness-Studio. Von ihrem preiselbeerfarbenen Lippenstift waren nur noch in den Mundwinkeln Reste zu sehen, und ihr Eyeliner war unter den Augen schwarz verschmiert. Früher sah sie öfter so aus, dachte Shukumar, am Morgen nach einer Party oder nach einem Abend an einer Bar, wenn sie zu faul gewesen war, sich das Gesicht zu waschen, zu begierig, in seine Arme zu fallen. Sie legte ein paar Briefe auf den Tisch, ohne einen Blick darauf zu werfen. Ihre Augen ruhten noch auf dem Zettel in ihrer Hand. »So was sollten sie besser tagsüber machen.«

»Wenn ich da bin, meinst du«, sagte Shukumar. Er setzte einen Glasdeckel auf einen Topf mit Lammfleisch, gerade so, dass noch ein ganz klein wenig Dampf entweichen konnte. Seit Januar arbeitete er zu Hause, an den letzten Kapiteln seiner Dissertation über Agrarrevolten in Indien. »Wann fangen sie an?«

»Am neunzehnten März, steht da. Ist heute der neunzehnte?« Shoba trat an die Korkpinnwand neben dem Kühlschrank, die bis auf einen Kalender mit William-Morris-Tapetenmustern leer war. Sie betrachtete ihn, als sähe sie ihn zum ersten Mal, besah sich eingehend das Tapetenmuster auf der oberen Hälfte des Kalenderblattes und gestattete sich erst dann einen Blick auf die Zahlen darunter. Ein Freund hatte ihnen den Kalender zu Weihnachten geschickt, obwohl Shoba und Shukumar Weihnachten letztes Mal gar nicht gefeiert hatten.

»Ja, heute«, sagte Shoba. »Am Freitag hast du übrigens einen Zahnarzttermin.«

Er fuhr sich mit der Zunge über die Zähne, die er am Morgen zu putzen vergessen hatte. Es war nicht das erste Mal. Er war den ganzen Tag noch nicht draußen gewesen, und den Tag davor auch nicht. Je länger Shoba wegblieb, je mehr Überstunden sie machte und zusätzliche Projekte übernahm, desto lieber hielt er sich im Haus auf, holte nicht einmal die Post aus dem Kasten und ging auch nicht zu den Läden an der Bushaltestelle, um Obst oder Wein zu kaufen.

Vor einem halben Jahr – Shukumar war gerade auf einer Tagung in Baltimore – hatten bei Shoba die Wehen eingesetzt, drei Wochen vor dem errechneten Geburtstermin. Er hatte nicht zu der Tagung gewollt, doch Shoba hatte darauf bestanden; er könne dort wichtige Kontakte knüpfen, schließlich müsse er sich nächstes Jahr auf dem Arbeitsmarkt umtun. Sie habe ja seine Telefonnummer im Hotel und die Flugzeiten und -nummern, sagte sie, und mit ihrer Freundin Gillian sei vereinbart, dass sie sie notfalls in die Klinik bringen werde. Als das Taxi an diesem Morgen zum Flughafen abfuhr, stand Shoba im Morgenrock in der Tür und winkte ihm nach, einen Arm auf der Wölbung ihres Bauches, als sei sie ein ganz selbstverständlicher Teil ihres Körpers.

Immer wenn er an diesen Augenblick dachte, an dieses letzte Mal, dass er Shoba schwanger gesehen hatte, erinnerte er sich vor allem an das Taxi, einen Kombi, rot mit blauer Aufschrift. Er war riesig im Vergleich zu ihrem eigenen Wagen. Obwohl Shukumar einen Meter achtzig maß und seine Hände so groß waren, dass er sie nie bequem in die Taschen seiner Jeans stecken konnte, war er sich auf dem Rücksitz klein vorgekommen. Während das Taxi durch die Bacon Street brauste, hatte er daran gedacht, dass er und Shoba sich eines Tages vielleicht selbst einen Kombi würden anschaffen müssen, um ihre Kinder zur Musikstunde oder zum Zahnarzt zu kutschieren und wieder abzuholen. Er hatte sich vorgestellt, wie er am Steuer saß und Shoba den Kindern kleine

Safttüten nach hinten reichte. Anfangs hatten solche Bilder des Elternseins ihn beunruhigt und seine Ängste, weil er mit fünfunddreißig immer noch Student war, verstärkt. An diesem frühen Herbstmorgen aber, an dem die Bäume noch voll von bronzefarbenem Laub waren, hatte er sich zum ersten Mal mit der Vorstellung anfreunden können.

Jemand vom Personal hatte ihn in einem der Tagungsräume, die alle gleich aussahen, ausfindig gemacht und ihm ein Kärtchen überreicht. Nur eine Telefonnummer stand darauf, aber Shukumar wusste, dass es die Nummer der Klinik war. Als er nach Boston zurückkam, war bereits alles vorbei. Das Kind war tot geboren worden. Shoba lag schlafend im Bett, in einem Einzelzimmer, das so klein war, dass er kaum neben ihr stehen konnte, in einem Trakt der Klinik, den sie bei der Führung für werdende Eltern nicht gesehen hatten. Eine Plazentaschwäche war eingetreten, und man hatte einen Kaiserschnitt vorgenommen, aber nicht schnell genug. So etwas komme vor, erklärte der Arzt. Er lächelte so freundlich, wie man jemanden, mit dem man nur beruflich zu tun hat, nur anlächeln kann. Shoba werde in wenigen Wochen wieder auf den Beinen sein. Nichts deute darauf hin, dass sie keine Kinder mehr bekommen könne.

Jetzt war Shoba immer schon aus dem Haus, wenn Shukumar erwachte. Er öffnete die Augen, sah die langen schwarzen Haare auf ihrem Kissen und dachte an sie, wie sie, geschäftsmäßig angezogen, bereits die dritte Tasse Kaffee trank, in ihrem Büro in der Stadt, wo sie Manuskripte von Lehrbüchern auf Tippfehler durchsah und mit einem Sortiment Farbstifte nach einem Schema, das sie ihm einmal erklärt hatte, markierte. Das Gleiche, so hatte sie versprochen, würde sie mit seiner Disseration tun, wenn sie fertig sei. Er beneidete sie um diese konkrete Tätigkeit, die so anders war als seine eigene, wenig greifbare Arbeit. Er war ein mittelmäßiger Student, dem es jedoch trotz eines Mangels an wissenschaftlicher Neugier leicht fiel, sich Detailwissen anzueignen. Bis September hatte er fleißig, ja sogar engagiert gearbeitet, hatte Kapitel zusammengefasst, auf linierten Blocks Thesen skizziert. Jetzt aber lag er im Bett, bis ihm langweilig wurde, und betrachtete seine Seite des Wandschranks, den Shoba stets halb offen ließ, betrachtete die Reihe der Tweedjacketts und Cordhosen, unter denen er dieses Semester nicht zu wählen brauchte, um seine Seminare abzuhalten. Nach dem Tod des Babys war es zu spät gewesen, um sich von seinen Lehrverpflichtungen zurückzuziehen, doch sein Studienberater hatte es so einrichten können, dass er das Sommersemester für sich hatte. Shukumar stand im sechsten Jahr seines Hauptstudiums. »Das und der Sommer werden Sie schon auf Trab bringen«, hatte der Studienberater gesagt. »Bis September müsste alles unter Dach und Fach sein.«

Aber nichts brachte Shukumar auf Trab. Stattdessen dachte er daran, wie routiniert Shoba und er einander inzwischen in ihrem Vierzimmerhaus aus dem Weg gingen, sich so lange wie möglich auf verschiedenen Stockwerken aufhielten. Er dachte daran, dass er sich nicht mehr auf die Wochenenden freute, an denen sie mit ihren Farbstiften und ihren Akten stundenlang auf dem Sofa saß, sodass es ihm unhöflich erschienen wäre, in seinem eigenen Haus eine Platte aufzulegen. Er dachte daran, wie lange sie ihm nicht mehr in die Augen geschaut und gelächelt oder in jenen selten gewordenen Momenten, wenn sie vor dem Einschlafen die Hand nach dem anderen ausstreckten, seinen Namen geflüstert hatte.

Anfangs hatte er geglaubt, es würde vorübergehen, Shoba und er würden schon irgendwie damit fertig werden. Sie war erst dreiunddreißig. Sie war wieder gesund und bei Kräften. Aber das war kein Trost. Manchmal wurde es fast Mittag, bis Shukumar sich endlich aus dem Bett aufraffte, nach unten ging und sich den Rest Kaffee einschenkte, den Shoba ihm zusammen mit einer leeren Tasse in der Küche hingestellt hatte.

Shukumar nahm die Zwiebelschalen auf und warf sie in den Mülleimer, zu den Fettstreifen, die er von dem Lammfleisch abgeschnitten hatte. Er ließ Wasser ins Spülbecken laufen, weichte das Messer und das Schneidbrett ein und rieb sich mit einer Zitronenhälfte die Fingerspitzen ab, um den Knoblauchgeruch loszuwerden, ein Trick, den er von Shoba hatte. Es war halb acht. Durchs Fenster sah er den Himmel, wie weiches schwarzes Pech. Unregelmäßige Schneewälle säumten noch die Bürgersteige, obwohl es schon so warm war, dass die Leute ohne Handschuhe und Mütze herumliefen. Fast ein Meter Schnee war gefallen, und eine Woche lang hatte man nur auf schmalen Pfaden im Gänsemarsch gehen können. Eine Woche lang hatte Shukumar das als Ausrede dafür benutzt, nicht aus dem Haus zu gehen. Aber jetzt wurden die Pfade breiter, und das Wasser floss stetig in die Gullys ab.

»Bis acht ist das Lamm nicht gar«, sagte Shukumar. »Vielleicht müssen wir im Dunkeln essen.«

»Wir können ja Kerzen anzünden«, schlug Shoba vor. Sie löste ihr Haar, das sie tagsüber in einem ordentlichen Knoten trug, und schlüpfte aus ihren Turnschuhen, ohne sie aufzuschnüren. »Ich dusch noch schnell, bevor das Licht ausgeht«, sagte sie und ging zur Treppe. »Ich bin gleich wieder da.«

Shukumar stellte ihre Tasche und ihre Schuhe neben den Kühlschrank. Früher war sie nicht so gewesen. Sie hatte ihren Mantel über einen Bügel gehängt und ihre Turnschuhe in den Wandschrank gestellt, und sie hatte Rechnungen immer gleich bezahlt. Jetzt aber verhielt sie sich so, als wäre das Haus ein Hotel. Dass der gelbe Chintzsessel im Wohnzimmer sich mit dem blau-braunen türkischen Teppich biss, störte sie nicht mehr. Auf der geschlossenen Veranda an der Rückseite des Hauses lag immer noch ein steifer weißer Beutel auf der Korbliege, mit Spitze darin, aus der sie einmal Vorhänge hatte machen wollen.

Während Shoba duschte, ging Shukumar ins untere Badezimmer und nahm eine neue Zahnbürste aus der Verpackung. Die billigen, harten Borsten verletzten sein Zahnfleisch, und er spuckte Blut ins Becken. Die Bürste war eine von vielen auf einem Bord über der Toilette. Shoba hatte sie einmal im Sonderangebot gekauft für den Fall, dass ein Gast sich im letzten Moment entschloss, über Nacht zu bleiben.

Das war typisch für sie. Sie gehörte zu jenen Menschen, die stets auf Überraschungen vorbereitet sind, freudige wie böse. Fand sie einen Rock oder eine Handtasche, die ihr gefiel, kaufte sie gleich zwei davon. Die Prämien, die sie zusätzlich zu ihrem Gehalt bekam, ließ sie auf ein gesondertes Konto überweisen, das nur auf ihren Namen lief. Shukumar störte das nicht. Seine Mutter war nach dem Tod seines Vaters völlig zusammengebrochen, hatte das Haus, in dem er aufgewachsen war, verlassen und war nach Kalkutta zurückgekehrt, sodass er sich allein um alles hatte kümmern müssen. Dass Shoba anders war, gefiel ihm. Ihre Weitsicht setzte ihn in Erstaunen. Als sie noch die Einkäufe machte, hatten in der Speisekammer immer mehrere Flaschen Oliven- oder Maisöl gestanden, je nachdem, ob sie italienisch oder indisch kochten. Reihenweise Packungen mit Nudeln in allen Farben und Formen waren da gewesen, Basmatireis in Säcken mit Reißverschluss, ganze Lamm- und Hammelseiten von den moslemischen Fleischern in Haymarket, zerteilt und in zahllosen Plastiktüten eingefroren. Jeden zweiten Samstag schlängelten sie sich durch das Labyrinth der Marktstände, bis Shukumar es wie seine Westentasche kannte. Ungläubig schaute er zu, wie sie immer noch mehr zu essen kaufte, trottete mit seinen Stofftaschen hinter ihr her, während sie sich durch die Menge schob und im Schein der Morgensonne mit Jungen verhandelte, die sich noch nicht rasieren mussten, denen aber schon Zähne fehlten. Sie füllten braune Papiertüten mit Artischocken, Pflaumen, Ingwerwurzeln und Süßkartoffeln, legten sie auf die Waage und warfen sie ihr eine nach der anderen zu. Es machte ihr nichts aus, wenn sie angerempelt wurde, nicht einmal, als sie schwanger war. Sie war groß und breitschultrig, und ihr Gynäkologe hatte ihr ein gebärfreudiges Becken bescheinigt. Wenn sie dann auf der Heimfahrt den Charles River entlangkurvten, staunten sie jedes Mal von neuem darüber, was für Mengen sie eingekauft hatten.

Nie war etwas umgekommen. Schauten Freunde vorbei,

zauberte Shoba Gerichte, von denen man hätte glauben können, ihre Zubereitung habe den halben Tag gedauert. Sie verwendete dazu Tiefgefrorenes oder Eingemachtes, nichts Billiges in Dosen, sondern Paprikaschoten, die sie selbst mit Rosmarin einlegte, Chutneys, die sie sonntags kochte, wenn sie am Herd stand und in brodelnden Töpfen mit Tomaten und Zwetschgen rührte. Die Küchenregale hatten voll gestanden mit ihren luftdicht verschlossenen, mit Etiketten versehenen Einmachtöpfen, eine Pyramide neben der anderen, genug, wie sie beide meinten, dass ihre Enkelkinder noch davon essen konnten. Inzwischen aber war alles verzehrt. Shukumar hatte die Vorräte nach und nach aufgebraucht, hatte Tag für Tag für sie beide gekocht, hatte Tassen voll Reis abgemessen, Plastiktüten mit Fleisch aufgetaut. Jeden Nachmittag hatte er Shobas Kochbücher gewälzt, hatte, ihren bleistiftgeschriebenen Anweisungen folgend, zwei Teelöffel gemahlenen Koriander statt eines einzigen, rote statt gelber Linsen verwendet. Jedes Rezept war mit dem Datum versehen, an dem sie das Gericht zum ersten Mal gegessen hatten. 2. April: Blumenkohl mit Fenchel. 14. Januar: Huhn mit Mandeln und Sultaninen. Er konnte sich nicht mehr an diese Mahlzeiten erinnern, doch die Rezepte waren da, datiert in Shobas sauberer Korrektorenschrift. Inzwischen machte Shukumar das Kochen Spaß. Es war die einzige Tätigkeit, die ihm noch produktiv erschien. Ohne ihn, das wusste er, hätte Shoba abends nur eine Schüssel Cornflakes gegessen.

Heute würden sie, wenn der Strom ausfiel, zusammen essen müssen. Seit Monaten schon bediente sich jeder am Herd selbst. Shukumar nahm sein Essen mit in sein Arbeitszimmer, ließ es auf dem Schreibtisch kalt werden und schob es sich dann ohne Pause in den Mund, Shoba ging mit ihrem Teller ins Wohnzimmer und sah sich im Fernsehen Gameshows an oder korrigierte Texte, ihr Bunststiftarsenal griffbereit neben sich.

Irgendwann im Laufe des Abends besuchte sie ihn dann. Wenn er sie kommen hörte, packte er seinen Roman weg und begann Sätze zu tippen. Sie legte ihm die Hände auf die Schultern und sah mit ihm zusammen auf den blau schimmernden Bildschirm. »Überarbeite dich nicht«, sagte sie dann nach einer Weile und ging zu Bett. Es war das einzige Mal am Tag, dass sie zu ihm kam, aber inzwischen fürchtete er diesen Moment. Er wusste, dass sie sich dazu zwang. Sie ließ den Blick über die Wände schweifen, die sie letzten Sommer gemeinsam mit einem Fries marschierender, Trompete und Trommel spielender Enten und Hasen geschmückt hatten. Ende August hatte ein Kinderbettchen aus Kirschholz in dem Raum gestanden, eine weiße Wickelkommode mit hellgrünen Schubladengriffen und ein Schaukelstuhl mit karierten Polstern. Shukumar hatte das Zimmer leer geräumt, bevor er Shoba aus der Klinik abgeholt hatte, und die Hasen und Enten mit einem Spachtel abgekratzt. Aus irgendeinem Grund bedrückte ihn der Raum weniger als Shoba. Im Januar, als er aufgehört hatte, in seiner Nische in der Bibliothek zu arbeiten, hatte er seinen Schreibtisch hineingestellt, teils weil das Zimmer beruhigend auf ihn wirkte, teils weil Shoba es mied.

Shukumar ging in die Küche zurück und begann Schubladen aufzuziehen. Er suchte nach einer Kerze zwischen den

Scheren, den Kochlöffeln und Schneebesen, dem Mörser und dem Stößel, den Shoba auf einem Bazar in Kalkutta gekauft und mit dem sie, als sie noch kochte, Knoblauchzehen und Kardamonkapseln zerstoßen hatte. Er fand eine Taschenlampe, aber keine Batterien und eine halb leere Schachtel Geburtstagskerzen. Letztes Jahr im Mai hatte Shoba zu seinem Geburtstag eine Überraschungsparty für ihn gegeben. Hundertzwanzig Menschen hatten sich im Haus gedrängt – all die Freunde und Freunde von Freunden, denen sie jetzt systematisch aus dem Weg gingen. In der Badewanne hatten Weißweinflaschen in einer Lage Eiswürfel gesteckt. Shoba war im fünften Monat schwanger gewesen und hatte Ginger Ale aus einem Martiniglas getrunken. Sie hatte eine Vanilletorte mit Vanillepudding und einem Netz aus karamellisiertem Zucker gemacht. Den ganzen Abend hatte sie, während sie zwischen den Gästen umhergingen, Shukumars lange Finger mit ihren verschränkt gehalten.

Seit September war ihr einziger Gast Shobas Mutter gewesen. Nach Shobas Rückkehr aus der Klinik war sie aus Arizona gekommen und zwei Monate geblieben. Sie hatte jeden Abend gekocht, war selbst zum Supermarkt gefahren, hatte Shobas und Shukumars Sachen gewaschen und eingeräumt. Sie war tief gläubig. Auf dem Nachttisch im Gästezimmer hatte sie einen kleinen Schrein aufgebaut, ein gerahmtes Bild von einer Göttin mit lavendelblauem Gesicht und einen Teller mit Ringelblumenblättern, vor dem sie zweimal täglich um gesunde Enkelkinder betete. Sie war höflich zu Shukumar, aber nicht freundlich. Seine Pullover legte sie mit einer Kunstfertigkeit zusammen, die sie sich als

Angestellte in einem Kaufhaus angeeignet hatte. Sie nähte einen fehlenden blauen Knopf an seinen Wintermantel und strickte ihm einen beige-braunen Schal, den sie ihm ohne jedes Zeremoniell übergab, als hätte er ihn aus Versehen fallen gelassen. Über Shoba redete sie nie mit ihm; einmal, als er den Tod des Kindes erwähnte, sah sie von ihrem Strickzeug auf und sagte: »Und du warst nicht einmal da.«

Er fand es seltsam, dass keine richtigen Kerzen im Haus waren, dass Shoba nicht für einen so alltäglichen Notfall vorgesorgt hatte. Er sah sich nach etwas um, in das er die Geburstagskerzen stecken konnte, und entschied sich für einen Efeutopf auf dem Fensterbrett über der Spüle. Obwohl die Pflanze direkt am Wasser stand, war die Erde so trocken, dass er sie erst gießen musste, damit die Kerzen aufrecht darin stehen blieben. Er schob die Sachen auf dem Küchentisch beiseite, die Briefestapel, die ungelesenen Bücher aus der Leihbibliothek. Er dachte an die ersten Mahlzeiten an diesem Tisch zurück, als sie so außer sich vor Freude gewesen waren, verheiratet zu sein und endlich zusammen im selben Haus zu wohnen, dass sie es nicht aushielten, einander nicht zu berühren, so begierig, miteinander zu schlafen, dass sie das Essen kalt werden ließen. Er legte zwei gestickte Sets auf den Tisch, das Hochzeitsgeschenk eines Onkels in Lucknow, und deckte die Teller und Weingläser auf, die normalerweise Gästen vorbehalten waren. Den Efeutopf mit seinem Kranz aus zehn kleinen Kerzen um die weiß umrandeten, sternförmigen Blätter setzte er in die Mitte. Er schaltete den digitalen Radiowecker an und stellte einen Jazzsender ein.

»Nanu?«, sagte Shoba, als sie herunterkam. Um ihren Kopf war ein dickes weißes Handtuch gewickelt. Sie nahm es ab und hängte es über eine Stuhllehne, und ihr Haar fiel feucht und dunkel über ihren Rücken herab. Zerstreut entwirrte sie ein paar Strähnen, während sie zum Herd ging. Sie trug eine frische Jogginghose, ein T-Shirt und einen alten Flanellmorgenrock. Ihr Bauch war wieder flach, ihre Taille schmal über den breiten Hüften, der Gürtel des Morgenrocks zu einem weichen Knoten geschlungen.

Es war fast acht. Shukumar stellte den Reis auf den Tisch und die Linsen vom Abend zuvor in die Mikrowelle und drückte die Tasten des Zeitschalters.

»Du hast *rogan josh* gemacht«, stellte Shoba mit einem Blick durch den Glasdeckel auf den hellen Paprikaeintopf fest.

Shukumar nahm ein Stück Lammfleisch heraus, schnell, mit zwei Fingern, um sich nicht zu verbrennen. Er drückte einen Vorlegelöffel in ein größeres Stück, um zu sehen, ob es sich leicht vom Knochen löste. »Fertig«, verkündete er.

Kaum war der Signalton der Mikrowelle ertönt, ging das Licht aus, und die Musik verstummte.

»Perfektes Timing«, sagte Shoba.

»Was anderes als Geburtstagskerzen hab ich nicht gefunden.« Shukumar entzündete den Efeutopf; die restlichen Kerzen und ein Streichholzheftchen hielt er neben seinem Teller bereit.

»Macht nichts«, sagte sie und strich mit dem Finger über den Stiel ihres Weinglases. »Es sieht schön aus.«

Trotz des schwachen Lichts sah er, wie sie saß, vorn auf der Stuhlkante, die Füße am untersten Steg gekreuzt, den linken Ellenbogen auf dem Tisch. Auf der Suche nach den Kerzen hatte er in einer vermeintlich leeren Kiste noch eine

Flasche Wein gefunden. Er klemmte sie zwischen die Knie und drehte den Korkenzieher ein. Um nichts zu verschütten, nahm er die Gläser in die Hand und füllte sie dicht über seinem Schoß. Shoba und er taten sich auf, rührten mit ihren Gabeln im Reis, fischten blinzelnd Lorbeerblätter und Gewürznelken aus dem Eintopf. Alle paar Minuten zündete Shukumar einige neue Geburtstagskerzen an und steckte sie in den Topf.

»Wie in Indien«, sagte Shoba, während sie zusah, wie er seinen improvisierten Leuchter versorgte. »Manchmal fällt dort für Stunden der Strom aus. Einmal musste ich eine ganze Reiszeremonie im Dunkeln mitmachen. Das Baby hat ununterbrochen geschrien. Wahrscheinlich war ihm furchtbar heiß.«

Ihr Baby hatte nie geschrien, dachte Shukumar. Für ihr Baby hatte es nie eine Reiszeremonie gegeben, dabei hatte Shoba bereits die Gästeliste aufgestellt und entschieden, welchen ihrer drei Brüder sie bitten würde, dem Kind die erste feste Nahrung zuzuführen, mit sechs Monaten, wenn es ein Junge war, mit sieben, wenn es ein Mädchen war.

»Ist es zu scharf?«, fragte er. Er schob den Efeutopf ans Ende des Tisches, näher zu den Bücher- und Briefestapeln. Jetzt sahen sie einander noch schlechter. Plötzlich ärgerte es ihn, dass er nicht hinaufgehen und sich an den Computer setzen konnte.

»Nein. Schmeckt lecker.« Sie klopfte mit der Gabel auf ihren Teller. »Wirklich.«

Er schenkte ihr Wein nach. Sie bedankte sich.

Früher war es nicht so gewesen. Jetzt musste er krampfhaft nach einem Thema suchen, das sie interessierte, bei dem sie von ihrem Teller oder ihren Papieren aufsah. Im Laufe der Zeit hatte er den Versuch, sie zu unterhalten, aufgegeben. Er hatte gelernt, das Schweigen nicht weiter tragisch zu nehmen.

»Ich weiß noch, wie wir bei meiner Großmutter alle etwas sagen mussten, wenn Stromausfall war«, fuhr Shoba fort. Er konnte ihr Gesicht kaum sehen, aber ihr Ton sagte ihm, dass sie die Augen zusammengekniffen hatte, wie um einen weit entfernten Gegenstand zu erkennen. Es war eine Angewohnheit von ihr.

»Zum Beispiel?«

»Ich weiß nicht. Ein kurzes Gedicht. Einen Witz. Etwas über die Welt. Aus irgendeinem Grund wollten meine Verwandten immer wissen, wie meine Freunde in Amerika heißen. Ich weiß nicht, warum sie das so interessiert hat. Als ich meine Tante das letzte Mal gesehen habe, hat sie mich nach vier Mädchen gefragt, mit denen ich in Tucson in die Grundschule gegangen bin. Dabei kann ich mich kaum noch an sie erinnern.«

Shukumar war nicht so oft in Indien gewesen wie Shoba. Seine Eltern, die in New Hampshire wohnten, waren immer ohne ihn gereist. Als Baby hatten sie ihn einmal mitgenommen, und er war fast an Amöbenruhr gestorben. Sein Vater, er nervöser Mensch, hatte Angst gehabt, es könnte wieder etwas passieren, und ihn für die Dauer ihrer Abwesenheit zu seiner Tante und seinem Onkel in Concord gebracht. Als Teenager hatte er im Sommer lieber ein Segelcamp mitgemacht oder als Eisverkäufer gearbeitet, statt nach Kalkutta zu fliegen. Erst als in seinem letzten Collegejahr sein Vater starb, war sein Interesse an Indien erwacht, und er hatte in Lehrbüchern die Geschichte des Landes studiert, als handelte es sich um ein Thema wie jedes andere. Jetzt bedauerte er, dass er nicht seine eigene indische Kindheitsgeschichte hatte.

»Das können wir doch auch machen«, sagte sie plötzlich.

»Was?«

»Uns im Dunkeln etwas sagen.«

»Zum Beispiel? Ich weiß keine Witze.«

»Nein, keine Witze.« Sie dachte einen Moment nach. »Wir könnten uns etwas erzählen, was wir noch nie erzählt haben.«

»Das Spiel hab ich auf der High-School gespielt«, entsann sich Shukumar. »Wenn ich betrunken war.«

»Du meinst ›Wahrheit oder Pflicht‹. Das ist was anderes. Okay, ich fange an.« Sie trank einen Schluck Wein. »Als ich das erste Mal in deiner Wohnung allein war, hab ich in dein Adressbuch geschaut, um zu sehen, ob ich drin stehe. Wir kannten uns, glaube ich, seit zwei Wochen.«

»Und wo war ich da?«

»Im anderen Zimmer, am Telefon. Deine Mutter war dran, und ich dachte, das dauert eine Weile. Ich wollte wissen, ob ich vom Rand deiner Zeitung weiter aufgerückt war.«

»Und, war's so?«

»Nein. Aber ich hab mich nicht abschrecken lassen. Jetzt bist du dran.«

Ihm fiel nichts ein, aber Shoba wartete darauf, dass er etwas sagte. Seit Monaten hatte er sie nicht mehr so entschlossen erlebt. Was konnte er ihr noch erzählen? Er dachte daran, wie sie sich kennen gelernt hatten, vor vier Jahren, in einem Hörsaal in Cambridge, wo einige Bengali-Dichter eine Lesung gehalten hatten. Sie hatten auf hölzernen Klappstühlen nebeneinander gesessen. Shukumar hatte sich bald gelangweilt; er hatte die poetische Sprache nicht verstanden und sich den anderen Zuhörern nicht anschließen können, wenn sie nach gewissen Wendungen seufzten und feierlich nickten. Er hatte auf die Zeitung hinabgeschaut, die zusammengefaltet in seinem Schoß lag, und die Temperaturen in den Hauptstädten der Welt studiert. Einunddreißig Grad gestern in Singapur, einundzwanzig in Stockholm. Als er den Kopf nach links wandte, sah er eine Frau neben sich sitzen, die eine Einkaufsliste auf die Rückseite eines Faltblattes schrieb, und stellte betroffen fest, dass sie schön war.

»Okay«, sagte er. »Das erste Mal, als wir zusammen essen waren, in dem portugiesischen Lokal, da hatte ich vergessen, dem Kellner ein Trinkgeld zu geben. Am nächsten Morgen bin ich noch mal hin, habe mich nach seinem Namen erkundigt und das Geld beim Geschäftsführer für ihn hinterlegt.«

»Du bist bis nach Somerville zurück, nur um einem Kellner ein Trinkgeld zu geben?«

»Ich hab ein Taxi genommen.«

»Und wieso hattest du vergessen, ihm ein Trinkgeld zu geben?«

Die Geburtstagskerzen waren heruntergebrannt, aber er sah ihr Gesicht im Dunkeln vor sich, die großen schräg stehenden Augen, die vollen traubenfarbenen Lippen, die kommaförmige Narbe am Kinn, die sie sich als Zweijährige bei einem Sturz von ihrem Hochstuhl zugezogen hatte. Ihre Schönheit, die ihn einst überwältigt hatte, schien mit jedem

Tag mehr zu verblassen. Kosmetika, die er früher für überflüssig gehalten hatte, waren jetzt nötig, nicht, um sie besser aussehen zu lassen, sondern um sie auf irgendeine Weise zu definieren.

»Nach dem Essen damals hatte ich so ein komisches Gefühl, dass ich dich vielleicht heiraten würde«, sagte er. Es war das erste Mal, dass er es sich und auch ihr eingestand. »Wahrscheinlich hat mich das abgelenkt.«

Am nächsten Tag kam Shoba früher als sonst nach Hause. Vom Abend zuvor war noch Lamm übrig, das Shukumar aufwärmte, sodass sie um sieben essen konnten. Er war an diesem Tag draußen gewesen, war durch den schmelzenden Schnee gegangen und hatte in dem Laden an der Ecke eine Packung Wachskerzen und Batterien für die Taschenlampe gekauft. Die Kerzen standen auf der Arbeitsfläche bereit, in Messingständern, die wie Lotosblüten geformt waren, aber sie aßen im Schein der Deckenlampe mit dem kupfernen Schirm, die über dem Küchentisch hing.

Als sie fertig waren, stellte Shoba zu Shukumars Überraschung die Teller ineinander und trug sie zur Spüle. Er hatte erwartet, dass sie sich im Wohnzimmer hinter ihren Papieren verschanzen würde.

»Lass nur, ich mach das schon«, sagte er und nahm ihr die Teller ab.

»Besser, wir machen's gleich.« Sie gab einen Tropfen Spülmittel ins Becken. »Es ist fast acht.«

Sein Herz begann schneller zu schlagen. Den ganzen Tag hatte er sich darauf gefreut, dass das Licht ausging. Er hatte an Shobas Geschichte von dem Adressbuch gedacht. Es tat gut, sich daran zu erinnern, wie sie damals gewesen war, wie mutig und doch nervös sie bei ihrer ersten Begegnung gewesen war, wie hoffnungsvoll. Sie standen nebeneinander an der Spüle, ihre Spiegelbilder im Fensterrahmen vereint. Es machte ihn befangen, wie damals, als sie zum ersten Mal zusammen vor einem Spiegel gestanden hatten. Er konnte sich nicht erinnern, wann sie zuletzt fotografiert worden waren. Sie gingen nicht mehr auf Partys, gingen nirgends mehr zusammen hin. Auf dem Film in seiner Kamera waren noch Bilder von ihr im Garten, als sie schwanger gewesen war.

Nach dem Abwaschen standen sie an die Arbeitsfläche gelehnt und trockneten sich die Hände ab, jeder mit einem Ende desselben Handtuchs. Um acht wurde es dunkel im Haus. Shukumar zündete die Kerzen an und staunte, wie hoch und ruhig die Flammen brannten.

»Setzen wir uns doch raus«, sagte Shoba. »Ich glaub, es ist noch warm genug.«

Sie nahmen jeder eine Kerze und ließen sich auf den Haustürstufen nieder. Es war seltsam, im Freien zu sitzen, obwohl noch Schneeflecke zu sehen waren. Aber an diesem Abend waren alle draußen; die frische Luft machte die Menschen unruhig. Fliegentüren gingen auf und zu. Ein Grüppchen Nachbarn mit Taschenlampen defilierte vorbei.

»Wir wollen ein bisschen in der Buchhandlung stöbern«, rief ein silberhaariger Mann ihnen zu. Er war mit seiner Frau unterwegs, einer mageren Person im Anorak, und führte einen Hund an der Leine. Es waren die Bradfords, die im September eine Beileidskarte in Shobas und Shukumars Briefkasten geworfen hatten. »Die haben Strom, hab ich gehört.«

»Hoffentlich«, sagte Shukumar, »sonst müssen Sie im Dunkeln stöbern.«

Die Frau lachte und hakte sich bei ihrem Mann ein. »Kommen Sie mit?«

»Nein, danke«, riefen Shoba und Shukumar gleichzeitig. Die Übereinstimmung ihrer Worte überraschte Shukumar.

Er war gespannt, was Shoba ihm im Dunkeln erzählen würde. Die schlimmste Möglichkeit war ihm schon durch den Kopf gegangen. Dass sie eine Affäre gehabt hatte. Dass sie ihn nicht mehr achtete, weil er schon fünfunddreißig und immer noch Student war. Dass sie ihm seine Reise nach Baltimore übel nahm, wie ihre Mutter. Aber er wusste, dass es nicht so war. Sie war ihm treu, so wie er ihr. Sie glaubte an ihn. Sie selbst hatte ja darauf bestanden, dass er nach Baltimore flog. Was gab es, was sie nicht voneinander wussten? Er wusste, dass sie die Hände im Schlaf zu Fäusten ballte, dass ihr Körper zuckte, wenn sie schlecht träumte. Er wusste, dass sie Honigmelonen lieber aß als Kantalupen. Er wusste, dass sie bei ihrer Rückkehr aus der Klinik, kaum dass sie das Haus betreten hatte, Dinge genommen und in der Diele auf einen Haufen geworfen hatte: Bücher aus den Regalen, Pflanzen von den Fensterbrettern, Bilder von den Wänden, Fotos von den Tischen, Töpfe und Pfannen, die an den Haken über dem Herd hingen. Shukumar hatte sich abseits gehalten und zugeschaut, wie sie sich systematisch einen Raum nach dem anderen vornahm. Als ihrem Drang Genüge getan war, hatte sie dagestanden und den Haufen betrachtet, den Mund so angewidert verzogen, dass Shukumar geglaubt hatte, sie werde ausspucken. Dann hatte sie angefangen zu weinen.

Ihm wurde langsam kalt auf den Stufen. Er fand, sie müsse zuerst reden, der Gerechtigkeit halber.

»Damals, als deine Mutter uns besucht hat«, sagte sie schließlich, »da hab ich mal gesagt, ich müsste abends länger arbeiten, aber in Wirklichkeit bin ich mit Gillian einen Martini trinken gegangen.«

Er betrachtete ihr Profil, die schmale Nase, das etwas maskuline Kinn. Er erinnerte sich genau an den Abend. Er hatte mit seiner Mutter gegessen, müde von zwei aufeinander folgenen Seminaren, und Shoba herbeigewünscht, die die richtigen Dinge sagen würde, denn er selbst sagte ständig die falschen. Es war zwölf Jahre nachdem sein Vater gestorben war, und seine Mutter wollte zwei Wochen mit ihm und Shoba verbringen, damit sie gemeinsam das Andenken seines Vaters ehren konnten. Jeden Abend hatte sie etwas gekocht, das sein Vater gern gegessen hatte, aber sie war zu aufgewühlt gewesen, um selbst davon zu kosten, und wenn Shoba ihr die Hand streichelte, füllten sich ihre Augen mit Tränen. »Das ist so bewegend«, hatte Shoba damals gesagt. Jetzt stellte er sich vor, wie sie mit Gillian in einer Bar mit gestreiften Samtsofas gesessen hatte, derselben, in die sie nach dem Kino immer gingen, wie sie ihre Extra-Olive verlangt und Gillian um eine Zigarette gebeten hatte. Er stellte sich vor, wie sie über Besuche von Schwiegermüttern geklagt und Gillian sie bemitleidet hatte. Gillian war es auch, die Shoba in die Klinik gefahren hatte.

»Du bist dran«, unterbrach sie seine Gedanken.

Vom Ende der Straße her hörte Shukumar Bohrgeräusche und die Rufe der Elektriker. Er betrachtete die dunklen Fassaden der Häuser. In einem schimmerten Kerzen in den Fenstern. Trotz der Wärme stieg Rauch aus dem Schornstein auf.

»Bei meinem Orientalistikexamen am College hab ich geschummelt«, sagte er. »Es war im letzten Semester, bei den letzten Prüfungen. Ein paar Monate vorher war mein Vater gestorben. Ich konnte meinem Nachbarn aufs Blatt schauen. Er war Amerikaner, ein ganz Verrückter. Er konnte Urdu und Sanskrit. Ich wusste nicht mehr, ob das Gedicht, das wir bestimmen sollten, ein Beispiel für ein *ghazal* war oder nicht. Ich hab die Antwort von ihm abgeschrieben.«

Es war vor über fünfzehn Jahren gewesen. Jetzt war er froh, dass er es ihr gesagt hatte.

Sie wandte sich ihm zu, sah ihm aber nicht ins Gesicht, sondern auf seine Schuhe – alte Mokassins, die er wie Pantoffeln trug, mit heruntergetretenen Fersen. Er fragte sich, ob ihr seine Geschichte unangenehm war. Doch sie nahm seine Hand und drückte sie. »Du hättest mir nicht zu sagen brauchen, warum du's getan hast«, sagte sie und rückte näher zu ihm.

Sie saßen zusammen, bis um neun das Licht wieder anging. Auf der Veranda eines Hauses gegenüber klatschten ein paar Leute. Fernseher wurden eingeschaltet. Die Bradfords kamen mit Eistüten in der Hand zurück und winkten ihnen zu. Shoba und Shukumar winkten zurück. Dann standen sie auf, noch immer Hand in Hand, und gingen ins Haus.

Irgendwie, ohne dass sie ein Wort darüber verloren hätten, war das daraus geworden: ein Austausch von Geständnissen – kleine Kränkungen und Enttäuschungen, die sie einander und sich selbst zugefügt hatten. Am nächsten Tag überlegte Shukumar stundenlang, was er sagen sollte. Er konnte sich nicht entscheiden, ob er ihr erzählen sollte, wie er einmal das Foto einer Frau aus einem der Modemagazine, die sie abonniert hatte, herausgerissen und eine Woche lang in seinen Büchern mit sich herumgetragen hatte, oder ob er ihr sagen sollte, dass er den Pullunder, den sie ihm zu dritten Hochzeitstag geschenkt hatte, in Wirklichkeit nicht verloren, sondern zu Filene's zurückgebracht und sich von dem Geld am helllichten Tag allein in einer Hotelbar betrunken hatte. Zum ersten Hochzeitstag hatte Shoba nur für ihn ein Zwölf-Gänge-Dinner gekocht. Der Pullunder hatte ihn deprimiert. »Meine Frau hat mir einen Pullunder zum Hochzeitstag geschenkt«, hatte er sich, den Kopf schwer vom Cognac, beim Barkeeper beklagt. »Was erwarten Sie?«, hatte der Barkeeper erwidert. »Schließlich sind Sie verheiratet.«

Warum er das Foto von der Frau herausgerissen hatte, wusste er nicht mehr. Sie war nicht so hübsch wie Shoba. Sie trug ein paillettenbesetztes weißes Kleid, sah mürrisch drein und hatte schlanke, männlich wirkende Beine. Ihre nackten Arme waren hochgereckt, die Hände lagen zu Fäusten geballt am Kopf, als wollte sie sich selbst auf die Ohren schlagen. Es war eine Strumpfreklame. Shoba war damals schwanger gewesen und ihr Bauch plötzlich so riesig, dass Shukumar sie nicht mehr anfassen mochte. Als er das Bild zum ersten Mal sah, hatte er neben ihr im Bett gelegen und ihr beim Lesen zugeschaut. Später hatte er die Zeitschrift im Altpapier gesehen, sie durchgeblättert und die Seite mit der Frau vorsichtig herausgerissen. Ungefähr eine Woche lang hatte er sich jeden Tag einen kurzen Blick darauf gegönnt.

Er hatte ein starkes Verlangen nach der Frau verspürt, aber es war ein Verlangen gewesen, das nach ein paar Minuten in Ekel umschlug. Noch nie war er so nahe daran gewesen, Shoba untreu zu werden.

Am dritten Abend erzählte er Shoba von dem Pullunder, am vierten von dem Bild. Sie unterbrach ihn nicht, protestierte nicht und machte ihm keine Vorwürfe. Sie hörte einfach nur zu, und dann nahm sie seine Hand und drückte sie, wie sie es schon einmal getan hatte. Am dritten Abend erzählte sie ihm, dass er einmal nach einer Vorlesung, die sie zusammen besucht hatten, mit seinem Fachbereichsleiter gesprochen und sie ihm nicht gesagt hatte, dass er einen Pastetenklecks am Kinn hatte. Aus irgendeinem Grund hatte sie sich über ihn geärgert und ihn deshalb immer weiter über die Verlängerung seines Forschungsstipendiums für das kommende Semester reden lassen, ohne zur Warnung auf ihr eigenes Kinn zu deuten. Am vierten Abend sagte sie ihm, dass ihr das einzige Gedicht, das er je veröffentlicht hatte, in einer Literaturzeitschrift in Utah, nie gefallen hatte. Er hatte es geschrieben, nachdem sie sich kennen gelernt hatten. Sie habe das Gedicht sentimental gefunden, fügte sie hinzu.

Irgendetwas geschah, wenn es im Haus dunkel wurde. Sie konnten wieder miteinander reden. Am dritten Abend saßen sie nach dem Essen zusammen auf dem Sofa. Als das Licht ausging, begann er sie unbeholfen auf die Stirn und aufs Gesicht zu küssen, und obwohl es dunkel war, schloss er die Augen und wusste, dass sie es auch tat. Am vierten Abend gingen sie vorsichtig ins Schlafzimmer hinauf, tasteten gemeinsam mit dem Fuß nach der letzten Stufe vor dem

Treppenabsatz und liebten sich mit einer Verzweiflung, die sie längst vergessen hatten. Sie weinte lautlos, flüsterte seinen Namen und fuhr im Dunkeln mit dem Finger seine Augenbraue nach. Während er sie liebte, überlegte er, was er ihr am nächsten Abend erzählen und was sie ihm erzählen würde, und der Gedanke daran erregte ihn. »Halt mich«, sagte er, »halt mich in deinen Armen.« Als unten das Licht wieder anging, waren sie schon eingeschlafen.

Am Morgen des fünften Tages fand Shukumar eine neue Mitteilung der Stadtwerke im Briefkasten. Die Reparaturarbeiten seien früher als geplant abgeschlossen worden, hieß es darin. Er war enttäuscht. Er hatte Garnelen in Kokosmilch für Shoba machen wollen, doch als er den Laden betrat, hatte er keine Lust mehr zu kochen. Es war nicht mehr das Gleiche, dachte er, wenn das Licht nicht ausging. Die Garnelen in dem Geschäft sahen grau und dünn aus, die Dose Kokosmilch war staubig und zu teuer. Trotzdem kaufte er beides und dazu eine Bienenwachskerze und zwei Flaschen Wein.

Sie kam um halb acht nach Hause. »Damit ist unser Spiel wohl beendet«, sagte er, als sie die Mitteilung las.

Sie sah ihn an. »Du kannst ja trotzdem Kerzen anzünden, wenn du willst.« An diesem Abend war sie nicht im Fitness-Studio gewesen. Sie trug ein Kostüm unter dem Regenmantel und hatte vor kurzem ihr Make-up aufgefrischt.

Während sie sich oben umzog, schenkte Shukumar sich ein Glas Wein ein und legte eine Platte auf, ein Thelonius-Monk-Album, das sie gern hörte.

Als sie wieder herunterkam, aßen sie zusammen. Sie dankte ihm weder, noch lobte sie sein Essen. Es war einfach eine Mahlzeit in einem dunklen Raum, beim Schein einer Bienenwachskerze. Sie hatten eine schwierige Zeit hinter sich. Sie aßen die Garnelen auf. Sie tranken die erste Flasche Wein aus und öffneten die zweite. Sie saßen zusammen, bis die Kerze fast heruntergebrannt war. Shoba setzte sich auf ihrem Stuhl zurecht, und Shukumar dachte, sie wolle etwas sagen, doch dann blies sie die Kerze aus, stand auf, schaltete das Licht an und nahm wieder Platz.

»Wollen wir das Licht nicht aus lassen?«, fragte Shukumar.

Sie stellte ihren Teller zur Seite und faltete die Hände auf dem Tisch. »Ich möchte, dass du mein Gesicht siehst, wenn ich es dir sage«, sagte sie sanft.

Sein Herz begann zu hämmern. Als sie ihm mitteilte, dass sie schwanger war, hatte sie das Basketballspiel, das er sich im Fernsehen anschaute, abgestellt und genau die gleichen Worte gebraucht, genauso sanft. Damals war er nicht darauf vorbereitet gewesen. Jetzt war er es.

Aber er wollte nicht, dass sie wieder schwanger war. Er wollte nicht so tun müssen, als sei er glücklich.

»Ich hab eine Wohnung gesucht, und ich hab eine gefunden«, sagte sie, kniff die Augen zusammen und richtete den Blick, wie es schien, auf irgendetwas hinter seiner linken Schulter. Niemand sei schuld, fuhr sie fort. Sie hätten genug durchgemacht. Sie müsse eine Zeit lang allein sein. Sie habe Geld für die Kaution gespart. Die Wohnung liege in Beacon Hill, sodass sie zu Fuß zur Arbeit gehen könne. Sie habe den Mietvertrag an diesem Abend unterschrieben, bevor sie nach Hause gekommen sei.

Sie sah ihn nicht an, aber er sah sie an. Es war offensichtlich, dass sie den Text geübt hatte. Schon die ganze Zeit hatte sie sich Wohnungen angesehen, hatte den Wasserdruck geprüft, den Makler gefragt, ob Heizung und Warmwasser in der Miete inbegriffen seien. Es wurde Shukumar ganz übel bei dem Gedanken, dass sie sich in den letzten Tagen auf ein Leben ohne ihn vorbereitet hatte. Er war erleichtert, und trotzdem war ihm übel. Das also hatte sie ihm an den vergangenen vier Abenden zu sagen versucht. Das war der Zweck dieses Spiels gewesen.

Jetzt war er an der Reihe. Es gab etwas, wovon er sich geschworen hatte, es ihr niemals zu sagen, und ein halbes Jahr lang hatte er sich alle Mühe gegeben, es aus seinen Gedanken zu verbannen. Vor der Ultraschalluntersuchung hatte sie den Arzt gebeten, ihr das Geschlecht des Kindes nicht zu verraten, und Shukumar war einverstanden gewesen. Sie wollte sich überraschen lassen.

Später, die wenigen Male, die sie über das Geschehene sprachen, hatte sie gesagt, dass ihnen wenigstens dieses Wissen erspart geblieben sei. Irgendwie war sie fast stolz auf ihre Entscheidung, denn so konnte sie in einem Geheimnis Zuflucht suchen. Sie nahm an, dass es auch für ihn ein Geheimnis sei, das wusste er. Er war zu spät aus Baltimore zurückgekommen, als bereits alles vorbei war und sie in ihrem Klinikbett lag. Aber so war es nicht gewesen. Er war noch rechtzeitig gekommen, um das Baby zu sehen und in den Armen zu halten, bevor es eingeäschert wurde. Anfangs war er zurückgeschreckt, als der Arzt ihm den Vorschlag machte, aber der Arzt hatte gemeint, es könne ihm bei seiner Trauerarbeit helfen. Shoba hatte geschlafen. Das Baby war gewaschen worden, und seine gewölbten Lider waren fest vor der Welt verschlossen.

»Unser Kind war ein Junge«, sagte er. »Seine Haut war mehr rot als braun. Er hatte schwarze Haare. Er hat fast fünf Pfund gewogen. Seine Hände waren zu Fäusten geballt, wie deine im Schlaf.«

Jetzt sah Shoba ihn an, das Gesicht vor Kummer verzerrt. Er hatte bei einer Prüfung im College geschummelt, das Bild einer Frau aus einer Zeitschrift gerissen. Er hatte einen Pullunder ins Geschäft zurückgebracht und sich am hellichten Tag betrunken. Das waren die Dinge, die er ihr erzählt hatte. Er hatte seinen Sohn, der das Leben nur in ihr kennen gelernt hatte, im Arm gehalten, hatte ihn in einem dunklen Raum in einem fremden Kliniktrakt an seine Brust gedrückt. Er hatte ihn gehalten, bis eine Krankenschwester an die Tür geklopft und ihn fortgeholt hatte, und an jenem Tag hatte er sich geschworen, dass er Shoba niemals davon erzählen würde, weil er sie immer noch liebte und weil es das Einzige in ihrem Leben war, wovon sie sich überraschen lassen wollte.

Shukumar stand auf und stellte seinen Teller in ihren. Er trug die Teller zur Spüle, doch statt das Wasser aufzudrehen, sah er zum Fenster hinaus. Es war ein stiller, warmer Abend, und die Bradfords gingen Arm in Arm vorbei. Während er ihnen nachsah, wurde es plötzlich dunkel im Raum, und er fuhr herum. Shoba hatte das Licht ausgemacht. Sie setzte sich wieder an den Tisch, und nach einer Weile folgte Shukumar ihr. Sie weinten zusammen, all der Dinge wegen, die sie jetzt wussten.

WENN MR. PIRZADA ZUM ESSEN KAM

Im Herbst 1971 kam jeden Abend ein Mann zu uns, mit Süßigkeiten in der Tasche und voller Hoffnung, etwas über Leben oder Tod seiner Familie zu erfahren. Er hieß Mr. Pirzada und stammte aus Dhaka, der Hauptstadt des heutigen Bangladesch, das damals noch zu Pakistan gehörte. In jenem Jahr herrschte in Pakistan Bürgerkrieg. Der Osten des Landes, in dem Dhaka lag, kämpfte um seine Unabhängigkeit von der Regierung im Westen. Im März hatte die pakistanische Armee Dhaka überfallen, in Brand gesetzt und bombardiert. Lehrer waren auf die Straße gezerrt und erschossen worden. Bis zum Ende des Sommers war von dreihunderttausend Toten die Rede. Mr. Pirzada hatte in Dhaka ein zweistöckiges Haus, eine Botanikdozentur an der Universität, eine Frau, mit der er seit zwanzig Jahren verheiratet war, und sieben Töchter zwischen sechs und sechzehn, deren Namen alle mit A anfingen. »Eine Idee der Mutter«, erklärte er einmal und zog aus seiner Brieftasche ein Schwarzweißfoto von sieben Mädchen mit schleifengeschmückten Zöpfen hervor, die bei einem Picknick mit gekreuzten Beinen nebeneinander aufgereiht saßen und Curryhuhn aus Bananenblättern aßen. »Wie soll ich sie auseinander halten? Ayesha, Amira, Amina, Aziza – Sie sehen, es ist nicht leicht.«

Jede Woche schrieb Mr. Pirzada seiner Frau einen Brief und schickte jeder seiner sieben Töchter ein Comic-Heft, aber wie fast alles in Dhaka funktionierte auch die Post nicht mehr, und er hatte seit über einem halben Jahr nichts mehr von ihnen gehört. Mr. Pirzada war mit einem Stipendium des pakistanischen Staates für ein Jahr nach Amerika gekommen, um das Blattwerk der Bäume Neuenglands zu studieren. Im Frühjahr und Sommer hatte er in Vermont und Maine Material gesammelt, und im Herbst war er an eine Universität nördlich von Boston – wo wir wohnten – gegangen, um ein kleines Buch über seine Forschungsergebnisse zu schreiben. Das Stipendium war eine große Ehre, aber in Dollar umgewechselt erwies es sich als nicht sehr üppig. Mr. Pirzada wohnte deshalb in einem Studentenheim und besaß weder einen richtigen Herd noch einen Fernsehapparat. Und so kam er zu uns, um mit uns zu essen und sich die Abendnachrichten im Fernsehen anzuschauen.

Anfangs wusste ich nichts über den Grund seiner Besuche. Ich war zehn Jahre alt, und da meine Eltern aus Indien stammten und an der Universität etliche indische Bekannte hatten, überraschte es mich nicht, dass sie Mr. Pirzada einluden, unsere Mahlzeiten mit uns zu teilen. Der Campus war klein, und seine schmalen Backsteinwege und die Gebäude mit den weißen Säulen lagen am Rande einer scheinbar noch kleineren Stadt. Im Supermarkt gab es kein Senföl, die Ärzte machten keine Hausbesuche, die Nachbarn kamen niemals unaufgefordert vorbei – alles Dinge, die meine Eltern oft beklagten. Auf der Suche nach Landsleuten fuhren sie zu Beginn jedes Semesters mit dem Finger die Spalten im Vorlesungsverzeichnis entlang und kreisten Namen ein, die in ihrer Heimat geläufig waren. Auf diese Weise hatten sie Mr. Pirzada entdeckt; sie hatten ihn angerufen und zu uns eingeladen.

An seinen ersten Besuch erinnere ich mich nicht mehr, auch nicht an den zweiten und dritten. Bis Ende September aber hatte ich mich so sehr an seine Anwesenheit in unserem Wohnzimmer gewöhnt, dass ich eines Abends, während ich Eiswürfel in den Wasserkrug tat, meine Mutter bat, mir ein viertes Glas aus dem Schrank zu geben, zu dem ich noch nicht hinaufreichte. Sie stand am Herd, wo sie über ihre Kasserolle mit gebratenem Spinat und Rettich wachte, und meine Worte gingen im Dröhnen der Dunstabzugshaube und im lauten Schaben des Pfannenwenders unter. Ich drehte mich zu meinem Vater um, der am Kühlschrank lehnte und gesalzene Cashewnüsse aus der hohlen Hand aß.

»Was ist, Lilia?«

»Ich brauche ein Glas, für den Mann aus Indien.«

»Mr. Pirzada kommt heute nicht. Und vor allem: Mr. Pirzada gilt nicht mehr als Inder.« Er wischte sich das Salz aus dem gepflegten schwarzen Bart. »Schon seit der Teilung nicht mehr. Unser Land ist geteilt worden. 1947.«

Ich sagte, ich hätte gedacht, das sei das Jahr der Unabhängigkeit Indiens von Großbritannien, und er erwiderte: »Ja, das auch. Aber kaum waren wir frei, wurden wir aufgeteilt.« Er malte mit dem Finger ein X auf die Tischplatte. »Wie ein Kuchen. Die Hindus hier, die Moslems dort. Dhaka gehört nicht mehr zu uns.« Während der Teilung, so erzählte er, hätten Hindus und Moslems sich gegenseitig ihre Häuser angezündet. Für viele sei es noch heute undenkbar, in Gegenwart des jeweils anderen zu essen.

Ich begriff nicht. Mr. Pirzada und meine Eltern sprachen dieselbe Sprache, sie lachten über dieselben Witze und sahen mehr oder weniger gleich aus. Sie aßen eingelegte Mangos zu den Mahlzeiten und führten den Reis mit den Fingern zum Mund. Wie meine Eltern zog sich auch Mr. Pirzada die Schuhe aus, bevor er ein Zimmer betrat, kaute zur Förderung der Verdauung nach dem Essen Fenchelsamen, trank keinen Alkohol und tunkte als Nachspeise trockene Kekse in mehrere Tassen Tee. Doch mein Vater bestand darauf, mir den Unterschied klarzumachen, und führte mich zu der Weltkarte, die über seinem Schreibtisch mit Klebestreifen an der Wand befestigt war. Er schien zu fürchten, Mr. Pirzada könnte gekränkt sein, wenn ich einmal versehentlich von ihm als Inder sprach, obwohl ich mir nicht vorstellen konnte, dass er so leicht zu kränken war. »Mr. Pirzada ist zwar Bengale, aber er ist Moslem«, klärte mein Vater mich auf. »Deshalb lebt er in Ostpakistan und nicht in Indien.« Sein Finger wanderte über den Atlantik, über Europa, das Mittelmeer und den Nahen Osten hinweg bis zu dem riesigen orangefarbenen Diamanten, von dem meine Mutter einmal gesagt hatte, er gleiche einer Frau im Sari mit ausgestrecktem, linkem Arm. Mehrere Städte waren eingekreist und durch Linien miteinander verbunden, zur Kennzeichnung der Reisen, die meine Eltern unternommen hatten, und ihren Geburtsort Kalkutta markierte ein kleiner silberner Stern. Ich war nur einmal dort gewesen und konnte mich nicht mehr daran erinnern. »Du siehst, Lilia, es ist ein anderes Land, in einer anderen Farbe«, sagte mein Vater. Pakistan war gelb, nicht orange. Ich sah, dass es zwei Teile hatte, einer viel größer als der andere, durch indisches Gebiet getrennt; es war genauso, als bildeten Connecticut und Kalifornien ein Land für sich.

Mein Vater tippte mir mit den Knöcheln auf den Kopf. »Du kennst ja sicher die aktuelle Lage und weißt, dass Ostpakistan um seine Unabhängigkeit kämpft?«

Ich nickte. Ich wusste es nicht.

Wir gingen in die Küche zurück, wo meine Mutter gerade einen Topf mit gekochtem Reis in ein Sieb leerte. Mein Vater öffnete die Dose, die auf dem Tisch stand, aß noch ein paar Cashewnüsse und sah mich über den Rand seiner Brille hinweg scharf an. »Was lernt ihr in der Schule eigentlich? Geschichte? Geografie?«

»Lilia muss in der Schule eine Menge lernen«, sagte meine Mutter. »Wir leben jetzt hier, sie ist hier geboren.« Sie schien regelrecht stolz darauf zu sein, als sei das eine Frage des Charakters. Für sie, das wusste ich, stand fest, dass ich ein sicheres Leben, ein leichtes Leben, eine gute Ausbildung genießen würde. Alle Möglichkeiten würden mir offen stehen. Nie würde ich rationierte Lebensmittel essen, Ausgangssperren einhalten, von meinem Dach herab Straßenkämpfe verfolgen oder Nachbarn in Wassertanks verstecken müssen, damit sie nicht erschossen wurden, wie meine Eltern es getan hatten. »Stell dir vor, wir müssten um einen Platz in einer anständigen Schule kämpfen, stell dir vor, sie müsste beim Schein einer Petroleumlampe lernen, wenn der Strom ausfällt, stell dir den Druck vor, die Nachhilfestunden, die ständigen Prüfungen.« Sie fuhr sich durchs Haar, das auf eine ihrer Halbtagsstelle als Kassiererin einer Bank angemessene Länge geschnitten war. »Woher soll sie denn etwas von der Teilung wissen? Tu die Nüsse weg.«

»Aber was lernt sie über die Welt?« Mein Vater klapperte mit der Dose. »Was lernt sie?«

Was wir lernten, waren natürlich Geschichte und Geografie Amerikas. In diesem Jahr hatten wir wie anscheinend jedes Jahr mit dem Unabhängigkeitskrieg angefangen. Busausflüge wurden organisiert, auf denen wir den Plymouth Rock besichtigten, den Freedom Trail entlanggingen und das Bunker-Hill-Monument bestiegen. Wir bauten ein Diorama aus buntem Tonpapier, das George Washington bei der Durchquerung der schäumenden Wasser des Delaware River zeigte, und wir bastelten King-George-Puppen mit eng anliegenden weißen Hosen und schwarzer Haarschleife. In Tests mussten wir Namen, Jahreszahlen und Hauptstädte in Landkarten der dreizehn Kolonien eintragen. Ich konnte es im Schlaf.

Am nächsten Abend erschien Mr. Pirzada wieder wie üblich um acht Uhr. Er und mein Vater hatten, obwohl sie einander nicht mehr fremd waren, die Gewohnheit beibehalten, sich mit einem Händedruck zu begrüßen.

»Kommen Sie herein, Sir. Lilia, bitte, Mr. Pirzadas Mantel.«

Er trat in die Diele, makellos gekleidet, mit Schal und seidener Krawatte. Abend für Abend erschien er in Pflaumenblau, Olivgrün oder Schokoladenbraun. Von gedrungener Gestalt, hielt er sich trotz seiner auswärts gestellten Füße und seines Bauchansatzes sehr gerade, so als trüge er in jeder Hand einen Koffer, beide gleich schwer. Seine Ohren waren von grau melierten Haarbüscheln umgeben, die ihn gegen das unliebsame Getriebe des Lebens abzuschirmen schienen. Er hatte dicht bewimperte, leicht kampferfarben schattierte Augen, einen üppigen Schnurrbart mit keck aufgezwirbelten Spitzen und mitten auf der linken Wange einen Leberfleck von der Form einer platt gedrückten Rosine. Auf dem Kopf trug er eine mit Haarklemmen befestigte schwarze Persianerkappe, ohne die ich ihn niemals zu Gesicht bekam.

Mein Vater erbot sich jedes Mal, ihn mit dem Auto abzuholen, doch Mr. Pirzada ging die zwanzig Minuten von seinem Wohnheim bis zu uns lieber zu Fuß, um unterwegs Bäume und Büsche studieren zu können. Wenn er dann bei uns ankam, waren seine Knöchel von der frischen Herbstluft rosa.

»Noch ein Flüchtling auf indischem Gebiet, leider.«

»Die letzte Schätzung liegt bei neun Millionen«, sagte mein Vater.

Mr. Pirzada reichte mir seinen Mantel, denn es oblag mir, ihn an den Garderobenständer am Fuß der Treppe zu hängen. Er war aus graublauem, dezent kariertem Wollstoff, mit gestreiftem Futter und Hornknöpfen und verströmte einen schwachen Limonenduft. Innen hatte er kein richtiges Etikett, nur ein kleines, von Hand eingenähtes Schild mit den in glänzend schwarzer Schreibschrift aufgestickten Worten »Z. Sayeed, Suitors«. Manchmal steckte ein Birken- oder ein Ahornblatt in einer der Taschen. Mr. Pirzada schnürte seine Schuhe auf und stellte sie ordentlich an die Fußleiste; an Spitzen und Fersen hatten sie vom Weg durch unseren feuchten, ungeharkten Rasen einen goldenen Überzug. Von seiner äußeren Hülle befreit, berührte Mr. Pirzada mit seinen kurzen, unruhigen Fingern leicht meinen Hals, so wie man die Festigkeit einer Wand prüft, bevor man einen Nagel einschlägt. Dann folgte er meinem Vater ins Wohnzimmer, wo im Fernsehen die Regionalnachrichten liefen. Sowie sie Platz genommen hatten, trug meine Mutter einen Teller Hackfleischröllchen mit Koriander-Chutney aus der Küche herein, und Mr. Pirzada schob sich eines davon in den Mund.

»Man kann nur hoffen«, sagte er und nahm sich noch eines, »dass die Flüchtlinge aus Dhaka ebenso nahrhaft verköstigt werden. Apropos –« Er fasste in die Tasche und gab mir ein kleines, mit Zimtherzen gefülltes Plastikei. »Für die Dame des Hauses«, sagte er mit einer kaum wahrnehmbaren Verbeugung, die Füße nach außen gestellt.

»Also wirklich, Mr. Pirzada«, protestierte meine Mutter. »Jeden Abend! Sie verwöhnen sie.«

»Ich verwöhne nur Kinder, bei denen man ganz sicher nichts verderben kann.«

Es war ein schwieriger Moment für mich, den ich teils fürchtete, teils freudig erwartete. Mr. Pirzadas rundliche Eleganz entzückte mich, und das etwas Theatralische seiner Aufmerksamkeiten schmeichelte mir, zugleich aber verunsicherte mich die wunderbare Leichtigkeit seiner Gesten, denn ich fühlte mich dann einen Moment lang wie eine Fremde im eigenen Haus. Die Szene war für uns zum Ritual geworden, und mehrere Wochen lang, bis unser Umgang miteinander ungezwungener wurde, sprach Mr. Pirzada mich nur in diesen Augenblicken direkt an. Ich wusste keine Antwort, blieb stumm, ließ keine Reaktion auf den steten Strom honiggefüllter Pastillen, Himbeertrüffeln und saurer Drops erkennen. Bedanken konnte ich mich nicht, denn als ich es einmal tat, für einen besonders prächtigen, in lila Glitzerfolie gehüllten Pfefferminzlutscher, hatte Mr. Pirzada gefragt: »Was hat es mit diesem Danke eigentlich auf sich? Die Frau auf der Bank dankt mir, die Kassiererin im Geschäft dankt mir, die Bibliothekarin dankt mir, wenn ich ein überfälliges Buch zurückbringe, das Fräulein vom Amt dankt mir, wenn sie versucht, mich mit Dhaka zu verbinden, aber nicht durchkommt. Sollte ich je in diesem Land begraben werde, wird man mir noch bei meiner Beerdigung danken.«

Es erschien mir unpassend, die Süßigkeiten, die Mr. Pirzada mir schenkte, einfach so aufzuessen. Zwar begehrte ich jeden dieser allabendlichen Schätze so heftig, als handelte es sich um ein Juwel oder um eine Münze aus einem versunkenen Königreich, doch ich legte sie in ein geschnitztes Sandelholzkästchen neben meinem Bett, in dem die Mutter meines Vaters vor langer Zeit in Indien die zerkleinerten Betelnüsse verwahrt hatte, die sie nach ihrem Morgenbad zu sich zu nehmen pflegte. Es war mein einziges Erinnerungsstück an eine Großmutter, die ich nie gekannt hatte, und bis Mr. Pirzada in unser Leben trat, hatte ich nicht gewusst, wofür ich das Kästchen verwenden sollte. Jetzt aber klappte ich abends oft den Deckel auf und verzehrte eine der Köstlichkeiten, ehe ich mir die Zähne putzte und meine Schulkleidung für den nächsten Tag zurechtlegte.

An diesem wie an allen anderen Abenden aßen wir nicht am Esstisch, weil man von dort keinen freien Blick auf den Fernseher hatte. Stattdessen drängten wir uns um den Couchtisch, ohne miteinander zu sprechen, die Teller auf den Knien. Meine Mutter brachte nacheinander die Speisen aus der Küche: gelbe Linsen mit Röstzwiebeln, grüne Bohnen mit Kokosnuss, Fisch mit Rosinen, in Joghurtsoße gekocht. Ich folgte ihr mit den Wassergläsern, dem Teller mit Zitronenschnitzen und den Peperoni, von denen einmal im Monat mehrere Pfund in Chinatown gekauft und im Kühlschrank gelagert wurden. Mein Vater und Mr. Pirzada brachen sie gern auf, zerdrückten sie und mischten sie unter ihr Essen.

Bevor er den ersten Bissen nahm, tat Mr. Pirzada immer etwas Seltsames. Er holte eine einfache silberne Uhr ohne Kette aus seiner Brusttasche, hielt sie kurz an sein büscheliges Ohr und zog sie mit drei flinken Bewegungen von Daumen und Zeigefinger auf. Anders als die Uhr an seinem Handgelenk war die Taschenuhr, wie er mir erklärt hatte, auf Dhaka-Zeit eingestellt, elf Stunden voraus. Für die Dauer der Mahlzeit blieb sie auf seiner gefalteten Papierserviette liegen. Nie sah ich, dass er die Zeit von ihr ablas.

Seit ich wusste, dass Mr. Pirzada kein Inder war, beobachtete ich ihn noch genauer, um herauszufinden, was ihn von uns unterschied. Es musste unter anderem etwas mit der Taschenuhr zu tun haben. An jenem Abend befiel mich ein Unbehagen, als er sie aufzog und auf dem Couchtisch zurechtlegte. Das Leben, so wurde mir bewusst, wurde zuerst in Dhaka gelebt. Ich stellte mir vor, wie Mr. Pirzadas Töchter morgens aufstanden, sich Schleifen ins Haar banden, ans Frühstück dachten, sich für die Schule fertig machten. Unsere eigenen Mahlzeiten, unsere eigenen Tätigkeiten waren nur der Widerschein dessen, was in Dhaka bereits gesehen war, ein hinterherhinkender Schatten von Mr. Pirzadas eigentlicher Welt.

Um halb sieben, wenn die überregionalen Nachrichten begannen, stellte mein Vater den Ton lauter und richtete die Antennen aus. Gewöhnlich nahm ich mir dann ein Buch vor, an diesem Abend aber wollte er, dass ich mit fernsah. Panzer rollten auf dem Bildschirm durch staubige Straßen, eingestürzte Häuser waren zu sehen, Wälder mit unbekannten Bäumen, in die sich Ostpakistaner geflüchtet hatten, um sich auf indischem Gebiet in Sicherheit zu bringen. Boote mit fächerförmigen Segeln schwammen auf breiten, kaffeebraunen Flüssen, Barrikaden umgaben eine Universität, Zeitungsgebäude brannten bis auf die Grundmauern nieder. Ich sah Mr. Pirzada an; die Bilder huschten im Miniaturformat über seine Augäpfel. Er verfolgte das Geschehen mit unbewegter Miene, gelassen und doch hellwach, als beschriebe ihm jemand den Weg zu einem unbekannten Ziel.

Während der Werbepause ging meine Mutter in die Küche, um noch Reis zu holen, und mein Vater und Mr. Pirzada kritisierten die Politik eines Generals namens Yahyah Khan. Sie erörterten Verwicklungen, von denen ich nichts wusste, eine Katastrophe, die ich nicht verstand. »Sieh nur, wie Kinder in deinem Alter dort ums Überleben kämpfen müssen«, sagte mein Vater und legte mir noch ein Stück Makrele auf den Teller. Aber ich konnte nichts mehr essen. Ich konnte nur noch Mr. Pirzada verstohlene Blicke zuwerfen, der in seinem olivgrünen Jackett neben mir saß und ruhig eine Mulde in seinen Reis drückte, um Platz für eine zweite Portion Linsen zu schaffen. So stellte ich mir einen von schweren Sorgen geplagten Mann nicht vor. Ich fragte mich, ob er sich stets so elegant kleidete, um in Würde ertragen zu können, was immer an Nachrichten auf ihn einstürmen mochte, oder vielleicht sogar, um jederzeit einem Begräbnis beiwohnen zu können. Und ich fragte mich, was passieren würde, wenn plötzlich seine sieben Töchter auf dem Bildschirm erscheinen würden, lächelnd und winkend und ihm von einem Balkon herab Küsse zuwerfend. Ich stellte mir vor, wie froh er dann sein würde. Doch es geschah nie.

Als ich an diesem Abend das Plastikei mit den Zimtherzen in das Kästchen auf meinem Nachttisch legte, blieb die feierliche Befriedigung aus, die ich sonst dabei empfand. Ich versuchte, nicht an Mr. Pirzada in seinem limonenduftenden Mantel zu denken, Mr. Pirzada, der etwas mit der wilden, brodelnden Welt zu tun hatte, die wir wenige Stunden zuvor in unserem hellen Wohnzimmer mit seinen weichen Teppichen gesehen hatten. Doch eine Zeit lang konnte ich an nichts anderes denken. Der Magen krampfte sich mir zusammen bei der Vorstellung, seine Frau und seine sieben Töchter könnten Teil jener wogenden, lärmenden Massen sein, die immer wieder über den Bildschirm geflimmert waren. Um das Bild zu verbannen, sah ich mich in meinem Zimmer um, betrachtete das gelbe Himmelbett mit den dazu passenden Volantvorhängen, die gerahmten Klassenfotos an den weiß und violett tapezierten Wänden, die Bleistiftmarkierungen neben der Tür des Wandschranks, wo mein Vater an jedem Geburtstag festhielt, um wie viel ich gewachsen war. Doch je mehr ich mich abzulenken versuchte, desto mehr wuchs in mir die Überzeugung, dass Mr. Pirzadas Familie aller Wahrscheinlichkeit nach tot war. Schließlich nahm ich ein Stück weiße Schokolade aus dem Kästchen, wickelte es aus dem Papier und tat dann etwas,

was ich noch nie getan hatte. Ich steckte die Schokolade in den Mund, ließ sie so weich werden, wie es gerade noch ging, begann dann langsam zu kauen und betete währenddessen, Mr. Pirzadas Familie möge gesund und in Sicherheit sein. Nie zuvor hatte ich um etwas gebetet, niemand hatte es mich je gelehrt oder geheißen, doch jetzt hatte ich in Anbetracht der Umstände das Gefühl, es tun zu müssen. Im Badezimmer gab ich an diesem Abend nur vor, mir die Zähne zu putzen, aus Angst das Gebet fortzuspülen. Um Fragen meiner Eltern zuvorzukommen, machte ich die Bürste nass und legte die Zahnpastatube anders hin, und mit dem süßen Geschmack im Mund schlief ich ein.

In der Schule redete niemand von dem Krieg, der in unserem Wohnzimmer so genau verfolgt wurde. Wir befassten uns nach wie vor mit dem amerikanischen Unabhängigkeitskrieg, hörten von der Ungerechtigkeit einer Besteuerung ohne Vertretung und lernten Teile der Unabhängigkeitserklärung auswendig. In der Pause bildeten die Jungen zwei Gruppen, die einander wild um Schaukeln und Wippen jagten, Rotröcke gegen Kolonisten. Auf einer Landkarte, die sich wie eine Filmleinwand über der Tafel hochschob, zog Mrs. Kenyon, unsere Lehrerin, die Route der *Mayflower* nach oder zeigte uns den Standort der Freiheitsglocke. Jede Woche mussten zwei Schüler über einen Abschnitt des Krieges berichten, und eines Tages wurden meine Freundin Dora und ich in die Schulbibliothek geschickt, wo wir uns über die Schlacht von Yorktown informieren sollten. Mrs. Kenyon gab uns auf einem Zettel die Titel dreier Bücher mit, die wir im Katalog suchen sollten.

Wir fanden sie auch gleich und setzten uns an einen niedrigen, runden Tisch, um zu lesen und uns Notizen zu machen. Doch ich konnte mich nicht konzentrieren. Ich kehrte zu den hellen Holzregalen zurück, wo ich ein Schild mit der Aufschrift »Asien« gesehen hatte. Bücher über China, Indien, Indonesien und Korea standen dort, und schließlich fand ich eines mit dem Titel *Pakistan – ein Land und seine Menschen.* Ich setzte mich auf einen Schemel und schlug es auf. Der laminierte Einband knisterte in meinen Händen. Ich begann die Seiten mit den Fotos von Flüssen, Reisfeldern und Männern in Armeeuniform umzublättern. Ein Kapitel handelte von Dhaka, und ich las über Niederschläge und Juteerzeugung in der Region. Als ich gerade ein Bevölkerungsdiagramm studierte, tauchte Dora in dem Gang zwischen den Regalen auf.

»Was machst du denn da? Mrs. Kenyon ist hier, um nach uns zu sehen.«

Ich klappte das Buch zu, allzu laut. Mrs. Kenyon erschien, und sogleich war der enge Gang vom Duft ihres Parfüms erfüllt. Sie hob das Buch an der Oberkante des Rückens hoch, als wäre es ein Haar auf meiner Jacke, und sah erst auf den Einband und dann auf mich.

»Hat das etwas mit deinem Referat zu tun, Lilia?«

»Nein, Mrs. Kenyon.«

»Dann sehe ich keinen Grund, in diesem Buch zu lesen«, sagte sie und stellte es in die schmale Lücke im Regal zurück. »Du?«

Wochen vergingen, und längere Beiträge über Dhaka wurden in den Nachrichten immer seltener. Sie folgten auf den ersten Werbeblock, manchmal erst auf den zweiten. An manchen Tagen, an vielen Tagen wurde nach einem kurzen Überblick über die Lage nur noch die Zahl der Toten genannt. Die Presse wurde zensiert, behindert, unterdrückt, verdrängt. Immer mehr Dichter wurden hingerichtet, immer mehr Dörfer niedergebrannt. Trotz allem aber verzehrten meine Eltern und Mr. Pirzada Abend für Abend geruhsam und mit Genuss ihre Mahlzeiten. Wenn der Fernseher dann ausgeschaltet und das Geschirr gespült und abgetrocknet war, scherzten sie, erzählten sich Geschichten und tunkten Kekse in ihren Tee. Hatten sie von der Politik genug, erörterten sie das Fortschreiten von Mr. Pirzadas Buch über die Laubbäume Neuenglands, die Nominierung meines Vaters für eine Dauerstellung und die seltsamen Essgewohnheiten der amerikanischen Kollegen meiner Mutter in der Bank. Ich wurde nach oben geschickt, um Hausaufgaben zu machen, doch durch den Teppich hindurch hörte ich, wie sie weiter Tee tranken, sich Kassetten von Kishore Kumar anhörten und bis tief in die Nacht am Couchtisch Scrabble spielten, lachend und die Schreibweise englischer Worte diskutierend. Ich wäre gern dabei gewesen, hätte vor allem gern Mr. Pirzada getröstet, irgendwie. Doch außer auf das Wohl seiner Familie von meinen Süßigkeiten zu essen und für ihre Sicherheit zu beten, konnte ich nichts tun. Bis zu den Elf-Uhr-Nachrichten spielten die anderen unten Scrabble, und gegen Mitternacht kehrte Mr. Pirzada in sein Wohnheim zurück. So sah ich ihn nie weggehen, doch jede Nacht, während ich in den Schlaf hinüberglitt, hörte ich sie über die vermeintlich kurz bevorstehende Gründung eines neuen Staates auf der anderen Seite des Erdballs reden.

An einem Tag im Oktober fragte Mr. Pirzada bei seiner Ankunft: »Was ist denn das für ein Gemüse, das da vor den Haustüren liegt, diese großen orangefarbenen Kugeln?«

»Kürbisse«, antwortete meine Mutter. »Lilia, erinnere mich daran, dass ich im Supermarkt einen mitnehme.«

»Und der Zweck der Übung? Was haben sie zu bedeuten?«

»Man macht Kürbiskopflaternen daraus«, sagte ich und setzte ein Furcht erregendes Grinsen auf. »So. Um die Leute zu vertreiben.«

»Aha.« Mr. Pirzada grinste zurück. »Sehr praktisch.«

Am nächsten Tag kaufte meine Mutter einen dicken, runden Zehnpfundkürbis und legte ihn auf den Esstisch. Vor dem Abendessen, während mein Vater und Mr. Pirzada die Lokalnachrichten sahen, forderte sie mich auf, ihn mit Filzstiften zu bemalen, doch ich wollte das Gesicht richtig herausschneiden, so wie ich es in der Nachbarschaft gesehen hatte.

»Ja, schneiden wir's heraus«, sagte Mr. Pirzada und stand vom Sofa auf. »Die Nachrichten können wir uns heute sparen.« Und ohne lange zu fragen, ging er in die Küche, zog eine Schublade auf und kam mit einem langen Sägemesser zurück. Er sah mich fragend an: »Soll ich?«

Ich nickte. Zum ersten Mal waren wir alle um den Esstisch versammelt, meine Mutter, mein Vater, Mr. Pirzada und ich. Der Fernseher lief unbeachtet weiter, während wir Zeitungspapier auf dem Tisch ausbreiteten. Mr. Pirzada hängte sein Jackett über den Stuhl hinter ihm, nahm seine Opalmanschettenknöpfe heraus und krempelte die Ärmel seines gestärkten Hemdes hoch.

»Erst oben herum – so«, wies ich ihn an und beschrieb mit dem Zeigefinger einen Kreis um den Kürbis.

Er machte einen ersten Einschnitt und zog das Messer dann ringsherum. Wieder am Ausgangspunkt angelangt, fasste er den Kürbis am Stiel. Der Deckel ließ sich mühelos abheben, und Mr. Pirzada beugte sich kurz vor, um das Innere zu inspizieren und den Geruch einzuatmen. Meine Mutter reichte ihm einen langen Blechlöffel, und er höhlte den Kürbis aus, bis auch die letzte Faser entfernt war. Mein Vater löste unterdessen die Kerne aus dem Fruchtfleisch und legte sie zum Trocknen auf ein Backblech, damit wir sie später rösten konnten. Ich zeichnete zwei Dreiecke für die Augen auf die gefurchte Fläche, die Mr. Pirzada getreulich ausschnitt, dann zwei Bögen für die Brauen und ein weiteres Dreieck für die Nase. Nun blieb nur noch der Mund, doch die Zähne stellten mich vor ein Problem. Ich zögerte.

»Soll er lächeln oder böse schauen?«, fragte ich.

»Das bestimmst du«, sagte Mr. Pirzada.

Als Kompromiss malte ich eine Art Grimasse, mit einem geraden Strich als Mund, weder traurig noch freundlich. Mr. Pirzada begann zu schneiden, ganz unbefangen, als hätte er sein Leben lang Kürbislaternen geschnitzt. Als er fast fertig war, fingen die überregionalen Nachrichten an. Der Name Dhaka fiel, und wir alle wandten uns dem Fernseher zu. Ein indischer Regierungssprecher verkündete, Indien müsse Pakistan den Krieg erklären, wenn die Welt nichts zur Linderung der Not der ostpakistanischen Flüchtlinge beitrage. Das Gesicht des Reporters troff von Schweiß. Er trug weder Krawatte noch Jackett, sondern war so gekleidet, als stünde er im Begriff, selbst an den Kämpfen teilzunehmen.

Schützend hielt er sich die Hand vor das glühende Gesicht, während er dem Kameramann seinen Bericht zurief. Das Messer glitt Mr. Pirzada aus der Hand und grub eine tiefe, abwärts verlaufende Kerbe in den Kürbis.

»Ich bitte um Verzeihung.« Er hob die Hand ans Gesicht, als hätte man ihn geschlagen. »Ich bin – es ist furchtbar. Ich kaufe einen neuen. Wir versuchen es noch einmal.«

»Aber nein, aber nein«, sagte mein Vater. Er nahm das Messer und schnitt die Kerbe gleichmäßig aus, sodass die Zähne, die ich aufgemalt hatte, ganz verschwanden. Das Resultat war ein unverhältnismäßig großes Loch vom Umfang einer Zitrone. Unsere Kürbislaterne zeigte jetzt einen milde erstaunten Ausdruck, die Brauen wirkten nicht mehr grimmig, sondern schwebten in erstarrter Überraschung über dem leeren Blick der geometrischen Augen.

Zu Halloween verkleidete ich mich als Hexe. Dora, meine Süßes-oder-Saures-Partnerin, ging ebenfalls als Hexe. Wir trugen Umhänge aus schwarz gefärbten Kopfkissenbezügen und spitze Hüte mit breiter Pappkrempe. Das Gesicht malten wir uns mit einem abgebrochenen Lidschattenstift von Doras Mutter grün an, und für die Süßigkeiten gab meine Mutter uns zwei Säcke, die einmal Basmatireis enthalten hatten. In diesem Jahr hatten unsere Eltern uns für alt genug befunden, ohne Begleitung von Haus zu Haus zu ziehen. Wir sollten bis zu Dora gehen, dort sollte ich anrufen, dass ich gut angekommen sei, dann wollte Doras Mutter mich heimfahren. Mein Vater stattete uns mit Taschenlampen aus, und ich musste meine Armbanduhr anlegen und sie mit seiner gleichstellen. Bis neun sollten wir bei Dora sein.

Als Mr. Pirzada an diesem Abend kam, überreichte er mir eine Schachtel Pfefferminz mit Schokoladenüberzug.

»Da hinein«, sagte ich und hielt meinen Sack auf. »Süßes oder Saures!«

»Ich sehe, du brauchst mein Mitbringsel heute eigentlich gar nicht«, sagte er und legte die Schachtel in den Sack. Er betrachtete mein grünes Gesicht und den unterm Kinn zugebundenen Hut. Behutsam hob er den Saum meines Umhangs an, unter dem ich einen Pullover und eine Flauschjacke mit Reißverschluss trug. »Ist das auch warm genug?«

Ich nickte, wobei der Hut seitlich verrutschte.

Er rückte ihn wieder gerade. »Am besten, du hältst ganz still.«

Am Fuß der Treppe standen Körbchen mit Süßigkeiten aufgereiht, und als Mr. Pirzada sich die Schuhe auszog, stellte er sie nicht an ihren gewohnten Platz, sondern in den Garderobenschrank. Er begann seinen Mantel aufzuknöpfen, doch während ich darauf wartete, ihn ihm abzunehmen, rief Dora aus dem Badezimmer, ich solle ihr einen Leberfleck aufs Kinn malen. Als wir schließlich so weit waren, machte meine Mutter ein Fotos von uns beiden vor dem Kamin, und dann öffnete ich die Haustür. Mr. Pirzada und mein Vater waren nicht ins Wohnzimmer gegangen, sondern standen noch in der Diele. Draußen war es bereits dunkel. Die Luft roch nach nassem Laub, und unsere Kürbiskopflaterne flackerte eindrucksvoll vor den Sträuchern neben der Tür. Von fern hörte man eilige Schritte, die Rufe der größeren Jungen, die außer einer Gummimaske keinerlei Verkleidung trugen, und die raschelnden Umhänge der Jüngsten, von denen manche noch so klein waren, dass ihre Eltern sie von Tür zu Tür trugen.

»Geht in kein Haus, das ihr nicht kennt«, ermahnte uns mein Vater.

Mr. Pirzada runzelte die Stirn. »Besteht denn da eine Gefahr?«

»Nein, nein«, beruhigte ihn meine Mutter. »Alle Kinder sind draußen unterwegs. Es ist ein alter Brauch.«

»Vielleicht sollte ich besser mitkommen?«, schlug Mr. Pirzada vor. Er wirkte plötzlich klein und müde, wie er so mit seinen auswärts gestellten Füßen ohne Schuhe dastand, und in seinen Augen lag eine Panik, die ich noch nie darin gesehen hatte. Trotz der Kälte begann ich unter meinem Kissenbezug zu schwitzen.

»Nein, wirklich, Mr. Pirzada«, sagte meine Mutter, »mit ihrer Freundin zusammen ist Lilia absolut sicher.«

»Und wenn es zu regnen anfängt? Wenn sie sich verlaufen?«

»Keine Sorge.« Es war das erste Mal, dass ich diese Worte Mr. Pirzada gegenüber aussprach, zwei einfache Worte, die ich ihm schon seit Wochen hatte sagen wollen, ohne es zu können, die ich nur in meinen Gebeten geäußert hatte. Jetzt schämte ich mich dafür, dass ich sie um meiner selbst willen gesagt hatte.

Er legte mir seinen kurzen Finger an die Wange und drückte ihn dann auf seinen Handrücken, wo er einen schwachen grünen Abdruck hinterließ. Er gab sich geschlagen. »Wie das Fräulein meinen«, sagte er mit einer knappen Verbeugung.

Wir machten uns auf den Weg, ein wenig stolpernd in unseren spitzen schwarzen, gebraucht gekauften Schuhen, und als wir uns am Ende der Auffahrt umdrehten, um zum

Abschied zu winken, stand Mr. Pirzada in der Tür, eine kleine Gestalt zwischen meinen Eltern, und winkte zurück.

»Wieso wollte der Mann denn mitkommen?«, fragte Dora.

»Seine Töchter werden vermisst.« Kaum hatte ich es gesagt, wünschte ich, ich hätte es nicht getan. Es kam mir vor, als würde es dadurch wahr, als wären Mr. Pirzadas Töchter wirklich vermisst und er würde sie nie mehr wieder sehen.

»Du meinst, sie sind entführt worden?«, fuhr Dora fort. »Aus einem Park oder so?«

»Nein, ich hab nicht gemeint, sie werden vermisst, ich hab gemeint, er vermisst sie. Sie leben in einem anderen Land, und er hat sie lange nicht mehr gesehen, das ist alles.«

Wir wanderten von Haus zu Haus, gingen Fußwege entlang, drückten auf Klingeln. Manche Leute hatten um der gruseligen Wirkung willen alle Lichter gelöscht oder Gummifledermäuse in die Fenster gehängt. Bei den McIntyres stand ein Sarg vor der Tür, aus dem sich Mr. McIntyre mit weiß angemaltem Gesicht schweigend erhob, um eine Hand voll kleiner Bonbons in unsere Säcke zu werfen. Einige Leute sagten, sie hätten noch nie eine indische Hexe gesehen, andere vollzogen die Transaktion kommentarlos. Während wir uns mit den parallelen Lichtkegeln unserer Taschenlampen unseren Weg suchten, sahen wir zerschlagene Eier mitten auf der Straße, von Rasierschaum bedeckte Autos, Girlanden in den Zweigen der Bäume. Als wir bei Dora anlangten, hatten wir vom rauen Stoff unserer prall gefüllten Säcke Blasen an den Händen, und unsere angeschwollenen Füße schmerzten. Doras Mutter versorgte uns mit Pflaster, warmem Apfelwein und Karamellpopcorn. Sie erinnerte mich daran, meinen Eltern zu sagen, dass ich gut angekommen war, und als ich anrief, hörte ich im Hintergrund den Fernseher laufen. Meine Mutter war nicht sonderlich erleichtert, von mir zu hören. Als ich auflegte, merkte ich, dass bei Dora der Fernseher gar nicht eingeschaltet war. Ihr Vater lag auf dem Sofa und las in einer Zeitschrift, neben ihm stand ein Glas Wein auf dem Couchtisch, und aus der Stereoanlage kam Saxofonmusik.

Nachdem Dora und ich unsere Beute durchgesehen und so lange gezählt, gekostet und getauscht hatten, bis wir beide zufrieden waren, fuhr ihre Mutter mich nach Hause. Ich bedankte mich, und sie wartete in der Auffahrt, bis ich an der Haustür war. Im Licht der Scheinwerfer sah ich, dass unser Kürbis geborsten war; dicke Schalenstücke lagen im Gras verstreut. Tränen brannten mir in den Augen, und plötzlich tat mir der Hals weh, als steckte er voll von den scharfkantigen kleinen Steinchen, die bei jedem Schritt unter meinen schmerzenden Füßen knirschten. Ich öffnete die Tür in der Erwartung, dass die drei in der Diele stehen würden, um mich zu begrüßen und unseren zerstörten Kürbis zu betrauern, aber da war niemand. Mr. Pirzada, mein Vater und meine Mutter saßen im Wohnzimmer nebeneinander auf dem Sofa. Der Fernseher war ausgeschaltet, und Mr. Pirzada hielt den Kopf in die Hände gestützt.

An diesem Abend hatten sie gehört, was sie noch an vielen Abenden hören sollten: dass Indien und Pakistan einem Krieg immer näher rückten. Truppen beider Seiten waren an der Grenze aufmarschiert, und Dhaka forderte nicht weniger als seine Unabhängigkeit. Der Krieg sollte auf ostpakistanischem Gebiet geführt werden. Die USA ergriffen

Partei für Westpakistan, die Sowjetunion für Indien und das spätere Bangladesch. Am vierten Dezember wurde der Krieg offiziell erklärt, zwölf Tage danach kapitulierte die pakistanische Armee in Dhaka, geschwächt durch einen Kampf, den sie dreitausend Meilen von ihrer Nachschubbasis entfernt hatte führen müssen. Das alles weiß ich jetzt, weil ich es in jedem Geschichtsbuch, in jeder Bibliothek nachlesen kann. Damals aber war es mir größtenteils ein fernes Rätsel, zu dessen Lösung es nur einige wahllose Anhaltspunkte gab. In Erinnerung geblieben ist mir von diesen zwölf Kriegstagen, dass mein Vater mich nicht mehr aufforderte, die Nachrichten zu sehen, dass Mr. Pirzada mir keine Süßigkeiten mehr mitbrachte und meine Mutter sich weigerte, etwas anderes als hart gekochte Eier und Reis zum Abendbrot aufzutischen. Und ich erinnere mich, dass ich ihr an manchen Abenden half, auf dem Sofa ein Bett für Mr. Pirzada herzurichten, und dass mitten in der Nacht laute Stimmen zu mir heraufdrangen, wenn meine Eltern unsere Verwandten in Kalkutta anriefen, um Näheres über die Lage zu erfahren. Am deutlichsten aber erinnere ich mich daran, dass sich die drei in dieser Zeit so verhielten, als wären sie eine einzige Person, als würden sie sich eine einzige Mahlzeit, einen einzigen Körper, ein einziges Schweigen und eine einzige Angst teilen.

Im Januar flog Mr. Pirzada nach Dhaka zurück, um zu sehen, was von seinem zweistöckigen Haus noch übrig war. Wir hatten ihn in den letzten Wochen des Jahres nicht mehr oft gesehen. Er musste sein Manuskript fertig stellen, und wir fuhren über Weihnachten zu Freunden meiner Eltern nach Philadelphia. So wenig wie sein erster Besuch ist mir sein letzter im Gedächtnis haften geblieben. Eines Nachmittags, als ich noch in der Schule war, brachte mein Vater ihn zum Flughafen. Lange Zeit hörten wir nichts mehr von ihm. Unsere Abende verliefen wie gewohnt, das Essen wurde zur Nachrichtenzeit vor dem Fernseher eingenommen, nur mit dem Unterschied, dass Mr. Pirzada und seine Zweituhr nicht mehr dabei waren. Berichten aus Dhaka zufolge begann die Stadt unter einer neu gebildeten parlamentarischen Regierung langsam mit dem Wiederaufbau. Der bis vor kurzem inhaftierte neue Führer, Scheich Mujibur Rahman, appellierte an das Ausland, Baumaterial für mehr als eine Million im Krieg zerstörte Häuser bereitzustellen. Zahllose Flüchtlinge kehrten aus Indien zurück und sahen sich, wie wir erfuhren, mit Arbeitslosigkeit und einer drohenden Hungersnot konfrontiert. Hin und wieder studierte ich die Landkarte über dem Schreibtisch meines Vaters und stellte mir Mr. Pirzada auf dem kleinen gelben Fleck vor, heftig schwitzend in seinem Anzug, auf der Suche nach seiner Familie. Die Karte war jetzt natürlich veraltet.

Endlich, nach mehreren Monaten, kam eine Karte von Mr. Pirzada zum moslemischen Neujahrsfest, zusammen mit einem kurzen Brief. Er sei, so schrieb er, wieder mit Frau und Kindern vereint. Es gehe ihnen gut, die Ereignisse des vergangenen Jahres hätten sie auf einem Gut seiner Schwiegereltern in den Shillong-Bergen überstanden. Seine sieben Töchter seien jetzt etwas größer, sonst aber unverändert, und er könne ihre Namen noch immer nicht auseinander halten. Zum Schluss dankte er uns für unsere Gastfreundschaft und fügte hinzu, dass es aber noch lange nicht ausreiche, um seine Dankbarkeit auszudrücken. Zur Feier der guten Nachricht kochte meine Mutter an diesem Abend etwas Besonderes, und als wir uns zum Essen an den Couchtisch setzten, stießen wir mit unseren Wassergläsern an. Aber mir war nicht nach Feiern zu Mute. Obwohl ich Mr. Pirzada seit Monaten nicht mehr gesehen hatte, begann er mir erst jetzt zu fehlen. Erst jetzt, als ich mein Wasserglas auf ihn erhob, begriff ich, was es hieß, jemanden zu vermissen, der so viele Meilen und Stunden entfernt war, so wie er selbst seine Frau und seine Töchter so viele Monate vermisst hatte. Er hatte keinen Grund, zu uns zurückzukehren, und meine Eltern sagten richtig voraus, dass wir ihn nie wieder sehen würden. Seit Januar hatte ich jeden Abend vor dem Schlafengehen eine der Süßigkeiten, die ich mir von Halloween aufgespart hatte, auf das Wohl seiner Familie gegessen. An diesem Abend war das nicht mehr nötig. Und irgendwann warf ich sie fort.

DOLMETSCHER KLEINER UNPÄSSLICHKEITEN

Am Teestand zankten sich Mr. und Mrs. Das darüber, wer Tina zur Toilette bringen sollte. Schließlich gab Mrs. Das nach, als Mr. Das sie daran erinnerte, dass er das Mädchen am Abend zuvor gebadet hatte. Im Rückspiegel beobachtete Mr. Kapasi, wie Mrs. Das langsam aus seinem schweren weißen Ambassador stieg, ihre rasierten, weitgehend nackten Beine über den Rücksitz zog. Sie hielt das kleine Mädchen nicht an der Hand, als sie zu den Toiletten gingen.

Sie waren unterwegs zum Sonnentempel von Konarak. Es war ein strahlender, trockener Samstag, die Julihitze durch eine stetige Meeresbrise gemildert, ideales Besichtigungswetter. Normalerweise hielt Mr. Kapasi nicht schon so bald an, aber kaum fünf Minuten nachdem er die Familie an diesem Morgen am Hotel Sandy Villa abgeholt hatte, fing das kleine Mädchen an zu quengeln. Als er Mr. und Mrs. Das mit ihren Kindern unter dem Säulenvordach des Hotels stehen sah, war ihm als Erstes aufgefallen, wie jung sie waren, vielleicht noch keine dreißig. Außer Tina hatten sie noch zwei Jungen, Ronny und Bobby, zwischen denen der Altersunterschied sehr gering zu sein schien und deren Zähne von einem Geflecht blitzender Silberdrähte überzogen waren. Die fünf sahen indisch aus, waren aber wie Ausländer gekleidet, die Kinder mit steifen, leuchtend bunten Sachen und durchsichtigen Sonnenschutzschilden. Mr. Kapasi war an ausländische Touristen gewöhnt; da er Englisch sprach, wurde er regelmäßig für sie eingeteilt. Gestern hatte er ein älteres Paar aus Schottland gefahren, beide mit fleckigem Gesicht und weißem Flaumhaar, so dünn, dass man die sonnenverbrannte Kopfhaut sah. Umso eindrucksvoller wirkten die gebräunten jugendlichen Gesichter von Mr. und Mrs. Das. Als er sich vorstellte, hatte Mr. Kapasi die Handflächen zusammengelegt, doch Mr. Das hatte ihm auf amerikanische Art die Hand gedrückt, so fest, dass Mr. Kapasi es bis in den Ellenbogen hinauf gespürt hatte. Mrs. Das hatte einen Mundwinkel hochgezogen und ihn pflichtschuldigst angelächelt, ohne das geringste Interesse für ihn zu bekunden.

Während sie am Teestand warteten, kletterte Ronny, dem Aussehen nach der ältere der beiden Jungen, plötzlich vom Rücksitz. Eine angepflockte Ziege hatte seine Neugier geweckt.

»Nicht anfassen«, sagte Mr. Das. Er sah von seinem Reiseführer auf, einem offensichtlich im Ausland gedruckten Paperback, auf dem in gelben Lettern »INDIA« stand. Seine Stimme klang irgendwie unfertig und ein wenig schrill, als sei sie noch nicht zu voller Reife gelangt.

»Ich will ihr nur einen Kaugummi geben«, rief der Junge zurück und trabte weiter.

Mr. Das stieg aus und ging kurz in die Hocke, um seine Muskeln zu dehnen. Mit seinem glatt rasierten Gesicht sah er genau aus wie Ronny im Großformat. Sein Sonnenschild war strahlend blau, und er trug Shorts, Turnschuhe und ein T-Shirt. Das einzig Komplizierte an seinem Äußeren war die Kamera, die ihm um den Hals hing, mit ihrem imposanten Teleobjektiv und den zahlreichen Knöpfen und Markierungen. Er runzelte die Stirn, als Ronny auf die Ziege zulief, gedachte aber offenbar nicht einzugreifen. »Bobby, geh und pass auf, dass dein Bruder keine Dummheiten macht.«

»Ich hab keine Lust.« Bobby rührte sich nicht vom Fleck. Er saß vorn neben Mr. Kapasi und studierte ein Bild des Elefantengottes, das mit Klebstreifen am Handschuhfach befestigt war.

»Keine Sorge«, sagte Mr. Kapasi, »die sind ganz zahm.« Mr. Kapasi war sechsundvierzig Jahre alt, sein Haar lichtete sich bereits und war inzwischen durchgehend silbern, doch beim Anblick seines karamellfarbenen Teints und der faltenlosen Stirn, die er gelegentlich mit Lotosölbalsam betupfte, konnte man sich gut vorstellen, wie er in jüngeren Jahren ausgesehen hatte. Er trug eine graue Hose und dazu passend ein jackettartig geschnittenes, tailliertes Hemd aus dünnem, aber strapazierfähigem Synthetik, mit kurzen Ärmeln und langen, spitzen Kragenecken. Was Schnitt und Stoff anbelangte, hatte er seinem Schneider genaue Anweisungen gegeben – es war seine bevorzugte Uniform für Führungen, weil sie während der langen Stunden am Steuer nicht knitterte. Durch die Windschutzscheibe beobachtete er, wie Ronny um die Ziege herumging, sie kurz an der Seite berührte und dann zum Auto zurücklief.

»Sind Sie als Kind nach Amerika gekommen?«, fragte Mr. Kapasi, nachdem Mr. Das sich wieder auf dem Beifahrersitz niedergelassen hatte.

»Nein, nein, Mina und ich sind in Amerika geboren«, erklärte Mr. Das, plötzlich in ganz vertraulichem Ton. »Geboren und aufgewachsen. Aber unsere Eltern leben jetzt hier, in Assansol. Sie sind im Ruhestand. Alle paar Jahre besuchen wir sie.« Er wandte den Kopf und sah dem kleinen Mädchen entgegen, das auf den Wagen zugerannt kam, wobei die breiten lila Schleifen ihres Trägerkleidchens auf den schmalen braunen Schultern auf und ab wippten. Sie hielt eine Puppe an sich gedrückt, deren blondes Haar aussah, als sei es im Zuge einer Strafmaßnahme mit einer stumpfen Schere gestutzt worden. »Für Tina ist es die erste Indienreise, nicht wahr, Tina?«

»Jetzt muss ich nicht mehr«, verkündete Tina.

»Wo ist denn Mina?«, fragte Mr. Das.

Mr. Kapasi fand es seltsam, dass Mr. Das seine Frau dem kleinen Mädchen gegenüber beim Vornamen nannte. Tina zeigte zum Teestand, wo Mrs. Das bei einem der Männer, die dort mit nacktem Oberkörper arbeiteten, etwas kaufte. Mr. Kapasi hörte, wie einer von ihnen ein paar Takte aus einem beliebten Hindi-Liebeslied sang, als Mrs. Das zum Auto zurückging, aber sie schien den Text nicht zu verstehen, denn sie ließ weder Ärger oder Verlegenheit noch sonst eine Reaktion erkennen.

Er beobachtete sie. Sie trug einen rot-weiß karierten Rock, der über den Knien endete, Slipper mit viereckigen Holzabsätzen und eine enge, wie ein Männerunterhemd geschnittene Bluse mit einer Baumwollapplikation in der Form einer Erdbeere auf der Brust. Sie war klein und ein wenig mollig, mit kleinen pfotenartigen Händen und rosa schillernd lackierten Fingernägeln, die zu ihrem Lippenstift passten. Ihr Haar war kaum länger als das ihres Mannes, mit einem tief angesetzten Seitenscheitel. Sie hatte eine große dunkelbraune, rosa getönte Sonnenbrille auf, und ihre schüsselförmige Strohtasche, aus der eine Wasserflasche hervorsah, war fast so groß wie ihr Oberkörper. Sie kam langsam heran, in der Hand ein Paket aus Zeitungspapier mit einer Mischung aus Puffreis, Erdnüssen und Chilischoten. Mr. Kapasi wandte sich Mr. Das zu.

»Wo in Amerika wohnen Sie?«

»In New Brunswick, New Jersey.«

»Bei New York?«

»Genau. Ich bin dort Lehrer.«

»Welche Fächer?«

»Naturwissenschaften. Ich mache jedes Jahr mit meinen Schülern einen Ausflug nach New York City, ins Naturkundemuseum. Wir haben also viel gemeinsam, könnte man sagen, Sie und ich. Wie lange sind Sie schon Fremdenführer, Mr. Kapasi?«

»Fünf Jahre.«

Mrs. Das war am Wagen angelangt. »Wie lange fahren wir noch?«, fragte sie und schloss die Tür.

»Ungefähr zweieinhalb Stunden«, antwortete Mr. Kapasi.

Mrs. Das stieß einen ungeduldigen Seufzer aus, als sei sie ihr Leben lang ununterbrochen gereist. Sie fächelte sich mit einer englischsprachigen Filmzeitschrift aus Bombay Luft zu.

»Ich dachte, der Sonnentempel liegt nur achtzehn Meilen nördlich von Puri«, sagte Mr. Das und klopfte auf seinen Reiseführer.

»Die Straßen nach Konarak sind schlecht. Und es sind zweiundfünfzig Meilen«, erwiderte Mr. Kapasi.

Mr. Das nickte und rückte den Tragegurt seiner Kamera zurecht, der ihn im Nacken kratzte.

Bevor er den Motor anließ, vergewisserte sich Mr. Kapasi, dass die klinkenförmigen Griffe der hinteren Türen gesichert waren. Kaum hatte sich der Wagen in Bewegung gesetzt, begann das kleine Mädchen an dem Griff auf ihrer Seite herumzuspielen und ihn mit einiger Anstrengung vor- und zurückzubewegen, ohne dass Mrs. Das eingeschritten wäre. Sie saß ein wenig zusammengesunken auf dem Rücksitz und bot niemandem von ihrem Puffreis an. Ronny und Tina saßen links und rechts neben ihr und kauten schmatzend hellgrünen Kaugummi.

»Seht mal!«, rief Bobby, während der Wagen beschleunigte. Er zeigte auf die hohen Bäume am Straßenrand. »Seht mal!«

»Affen!«, schrie Ronny. »Wow!«

Sie saßen in Gruppen auf den Ästen, mit glänzend schwarzen Gesichtern, silbernen Leibern, waagerechten Augenbrauen und einem kleinen Haarschopf auf dem Kopf. Ihre langen grauen Schwänze baumelten wie Seile zwischen den Blättern. Einige kratzten sich mit den schwarzen, ledrigen Fingern oder schwangen die Füße hin und her und starrten das vorbeifahrende Auto an.

»Wir nennen sie Hanuman«, sagte Mr. Kapasi. »Man sieht sie in der Gegend ziemlich häufig.«

Er hatte den Satz noch nicht beendet, als einer der Affen mitten auf die Straße sprang, sodass Mr. Kapasi scharf bremsen musste. Ein anderer hüpfte auf die Kühlerhaube und wieder herunter. Mr. Kapasi hupte. Die Kinder wurden ganz aufgeregt, zogen die Luft ein und hielten sich die Hände halb vors Gesicht. Außer im Zoo hätten sie noch nie Affen gesehen, erklärte Mr. Das. Er bat Mr. Kapasi anzuhalten, er wolle eine Aufnahme machen.

Während Mr. Das sein Teleobjektiv einstellte, nahm Mrs. Das ein Fläschchen farblosen Nagellack aus ihrer Strohtasche und machte sich daran, den Nagel ihres Zeigefingers zu lackieren.

Das kleine Mädchen streckte die Hand aus. »Ich auch, Mommy, ich auch!«

»Pass doch auf«, sagte Mrs. Das, pustete über den Nagel und drehte sich ein wenig weg. »Ich verschmiere sonst alles.«

Das kleine Mädchen begann den Kittel ihrer Plastikpuppe auf- und zuzuknöpfen.

»So«, sagte Mr. Das und setzte den Deckel wieder aufs Objektiv.

Sie holperten in hohem Tempo die staubige Straße entlang, und alle hüpften hin und wieder vom Sitz hoch, doch Mrs. Das fuhr fort, sich die Nägel zu lackieren. Mr. Kapasi ging vom Gas, damit der Wagen ruhiger fuhr. Als er nach dem Schalthebel griff, schwenkte der Junge neben ihm höflich die glatten Knie beiseite. Mr. Kapasi bemerkte, dass seine Haut etwas heller war als die der beiden anderen Kinder. »Daddy, warum sitzt der Fahrer hier auch auf der falschen Seite?«, fragte der Junge.

»Das tun die hier doch alle, Doofie«, antwortete Ronny.

»Sag nicht Doofie zu deinem Bruder«, ermahnte ihn Mr. Das. Er wandte sich Mr. Kapasi zu. »In Amerika, wissen Sie … Das verwirrt sie.«

»O ja, ich weiß.« So behutsam wie möglich schaltete Mr.

Kapasi von neuem und beschleunigte, weil sie auf eine Steigung zufuhren. »Ich sehe es in *Dallas* – da ist das Steuer links.«

»Was ist *Dallas*?«, wollte Tina wissen und schlug mit ihrer jetzt nackten Puppe gegen die Rückenlehne von Mr. Kapasis Sitz.

»Eine Fernsehserie«, klärte Mr. Das sie auf. »Aber die läuft nicht mehr.«

Sie sind alle wie Geschwister, dachte Mr. Kapasi, während sie an einer Reihe Dattelpalmen vorbeifuhren. Mr. und Mrs. Das benahmen sich wie ein großer Bruder und eine große Schwester, nicht wie Eltern. Sie machten den Eindruck, als hätten sie die Kinder nur an diesem einen Tag in ihrer Obhut; man konnte sich kaum vorstellen, dass sie dauerhaft für etwas anderes als sich selbst verantwortlich waren. Mr. Das trommelte mit den Fingern auf den Deckel seines Objektivs und den Reiseführer und fuhr ab und zu mit dem Daumennagel kratzend über die Seiten. Mrs. Das war nach wie vor mit ihren Nägeln beschäftigt. Die Sonnenbrille hatte sie noch auf. Von Zeit zu Zeit wiederholte Tina ihre Bitte, ihr ebenfalls die Nägel zu lackieren, und schließlich tupfte Mrs. Das einen Tropfen auf den Finger des kleinen Mädchens und verstaute das Fläschchen dann wieder in der Strohtasche.

»Hat der Wagen keine Klimaanlage?«, fragte sie und pustete sich erneut über die Nägel. Das Fenster auf Tinas Seite ließ sich nicht öffnen.

»Hör auf zu jammern«, sagte Mr. Das. »So heiß ist es auch wieder nicht.«

»Ich hab doch gesagt, du sollst einen Wagen mit Klimaanlage bestellen«, fuhr Mrs. Das fort. »Was soll das, Raj, geht's dir um die paar lächerlichen Rupien? Was sparen wir dabei, fünfzig Cent?«

Alle sprachen mit dem Akzent, den Mr. Kapasi aus amerikanischen Fernsehsendungen kannte, wenn auch nicht aus *Dallas*.

»Wird Ihnen das nicht langweilig, Mr. Kapasi, den Leuten jeden Tag dasselbe zu zeigen?«, fragte Mr. Das und kurbelte sein Fenster ganz herunter. »Ach, würden Sie bitte mal anhalten? Ich möchte den Mann da fotografieren.«

Mr. Kapasi fuhr an den Straßenrand, und Mr. Das machte eine Aufnahme von einem barfüßigen Mann auf einem von zwei Ochsen gezogenen Karren voller Getreidesäcke. Der Mann war ebenso ausgemergelt wie die Ochsen. Mrs. Das schaute währenddessen aus dem Fenster auf ihrer Seite zum Himmel auf, an dem fast durchsichtige Wolken rasch aneinander vorbeizogen.

»Nein, ich freue mich sogar darauf«, sagte Mr. Kapasi im Weiterfahren. »Der Sonnentempel ist einer meiner Lieblingsplätze. Es ist fast eine Art Belohnung für mich. Ich mache nur freitags und samstags Führungen. Unter der Woche habe ich einen anderen Beruf.«

»Ja? Was denn für einen?«

»Ich arbeite in einer Arztpraxis.«

»Sie sind Arzt?«

»Ich selbst nicht, aber ich arbeite mit einem Arzt zusammen. Als Dolmetscher.«

»Wozu braucht ein Arzt einen Dolmetscher?«

»Er hat viele Patienten aus Gujarat. Mein Vater war von dort, aber hier gibt es nicht viele Leute, die Gujarati sprechen, der Arzt auch nicht. Deshalb hat er mich gebeten, bei ihm in der Praxis mitzuarbeiten und ihm zu übersetzen, was die Patienten sagen.«

»Interessant. So was hab ich noch nie gehört«, sagte Mr. Das.

Mr. Kapasi zuckte die Schultern. »Es ist eine Arbeit wie jede andere.«

»Aber so romantisch«, sagte Mrs. Das verträumt und brach damit ihr langes Schweigen. Sie schob sich die rosa getönte braune Sonnenbrille wie ein Diadem ins Haar. Zum ersten Mal begegneten ihre Augen im Rückspiegel denen Mr. Kapasis: hell, etwas klein, der Blick starr, aber schläfrig.

Mr. Das drehte sich zu ihr um und sah sie an. »Was ist daran romantisch?«

»Ich weiß nicht. Irgendetwas.« Sie zuckte die Schultern und runzelte einen Moment lang die Brauen. »Möchten Sie einen Kaugummi, Mr. Kapasi?«, fragte sie freundlich. Sie holte ein kleines grün-weiß verpacktes Rechteck aus ihrer Strohtasche und gab es ihm. Kaum hatte sich Mr. Kapasi den Kaugummi in den Mund geschoben, ergoss sich eine dicke, süße Flüssigkeit über seine Zunge.

»Erzählen Sie uns von Ihrer Arbeit, Mr. Kapasi«, sagte Mrs. Das.

»Was möchten Sie denn wissen, Madam?«

»Ich weiß auch nicht.« Sie zuckte erneut die Achseln, kaute Puffreis und leckte sich das Senföl aus den Mundwinkeln. »Beschreiben Sie eine typische Situation.« Sie lehnte sich bequem zurück, den Kopf in einen Sonnenfleck geneigt, und schloss die Augen. »Damit ich es mir vorstellen kann.«

»Also gut. Neulich kam ein Mann mit Halsschmerzen.«

»Hat er geraucht?«

»Nein. Es war wirklich seltsam. Er hat über ein Gefühl geklagt, als steckten ihm lange Stohhalme im Hals. Ich habe es dem Arzt gesagt, und er konnte das richtige Medikament verschreiben.«

»Toll.«

»Ja«, pflichtete Mr. Kapasi nach kurzem Zögern bei.

»Die Patienten sind also ganz auf Sie angewiesen«, sagte Mrs. Das. Sie sprach langsam, als würde sie laut denken. »Eigentlich mehr auf Sie als auf den Arzt.«

»Wieso? Wie meinen Sie das?«

»Sie könnten dem Arzt doch zum Beispiel sagen, dass sich der Schmerz wie ein Brennen anfühlt und nicht wie Stroh. Der Patient wüsste nicht, was Sie dem Arzt gesagt haben, und der Arzt wüsste nicht, dass Sie ihm etwas Falsches gesagt haben. Eine große Verantwortung haben Sie da.«

»Ja, eine große Verantwortung, Mr. Kapasi«, pflichtete Mr. Das bei.

Mr. Kapasi hatte seine Arbeit noch nie unter so schmeichelhaften Gesichtspunkten betrachtet. In seinen Augen war sie ein undankbares Geschäft. Er fand nichts Großartiges dabei, Symptombeschreibungen zu dolmetschen, gewissenhaft immer und immer wieder Schilderungen von geschwollenen Gliedmaßen zu übersetzen, von Magen- und Darmkrämpfen, von Flecken auf der Handfläche, deren Farbe, Form und Größe sich veränderten. Der Arzt, kaum halb so alt wie er, hatte ein Faible für Schlaghosen und machte humorlose Witze über die Kongresspartei. Gemeinsam arbeiteten sie in einem heißen, muffigen kleinen Behandlungsraum, wo Mr. Kapasi trotz des Deckenventilators, der seine geschwärzten Blätter über ihren Köpfen drehte, die zweckmäßig geschnittenen Kleider am Leibe klebten.

Die Arbeit, die er dort tat, war Ausdruck seines Versagens. In seiner Jugend hatte er mit Feuereifer Fremdsprachen gelernt und eine eindrucksvolle Sammlung von Wörterbüchern sein Eigen genannt. Er hatte davon geträumt, Dolmetscher von Diplomaten und Würdenträgern zu werden, Konflikte zwischen Völkern und Staaten zu lösen, Streitigkeiten beizulegen, bei denen er allein beide Seiten verstand. Er war Autodidakt. Bevor seine Eltern seine Heirat arrangierten, hatte er abends in etlichen Notizbüchern die gemeinsamen Wurzeln von Wörtern aufgelistet, und es hatte in seinem Leben eine Zeit gegeben, da traute er sich zu, sich bei gegebener Gelegenheit auf Englisch, Französisch, Russisch, Portugiesisch und Italienisch zu unterhalten, ganz zu schweigen von Hindi, Bengali, Oriya und Gujarati. Inzwischen aber hatte er nur noch eine Hand voll europäischer Ausdrücke im Kopf, einzelne Wörter für Gegenstände wie Untertassen und Stühle. Englisch war die einzige nicht-indische Sprache, die er noch fließend beherrschte. Mr. Kapasi wusste, dass das kein ungewöhnliches Talent war. Manchmal fürchtete er, seine Kinder könnten besser Englisch als er, einfach durchs Fernsehen. Doch bei den Führungen leisteten seine Sprachkenntnisse ihm gute Dienste.

Er hatte die Stelle als Dolmetscher übernommen, als sein erster Sohn mit sieben Jahren an Typhus erkrankt war; damals hatte er den Arzt kennen gelernt. Mr. Kapasi hatte an einem Gymnasium Englisch unterrichtet und mit seinen Dolmetscherhonoraren die immer horrenderen Rechnungen für die Behandlung bezahlt. Doch eines Abends war der Junge, die Glieder von Fieber glühend, in den Armen seiner Mutter gestorben. Danach hatte Mr. Kapasi Geld für die Beerdigung gebraucht und für die anderen Kinder, die bald geboren wurden, für das neue, größere Haus, die guten Schulen und die Nachhilfestunden, für feine Schuhe, den Fernseher und tausend andere Dinge, mit denen er seine Frau zu trösten suchte, damit sie im Schlaf nicht mehr weinte. Als ihm daher der Arzt das Doppelte dessen bot, was er an dem Gymnasium verdiente, hatte er zugesagt. Dass seine Frau nicht viel von seiner Dolmetscherei hielt, wusste er. Sie fühlte sich dadurch an den Sohn erinnert, den sie verloren hatte, und nahm es ihm übel, dass er, mit seinen bescheidenen Mitteln, das Leben anderer retten half. Sie gebrauchte für seinen Beruf, wenn sie ihn überhaupt je erwähnte, die Bezeichnung »Arzthelfer«, als sei das Dolmetschen gleichzusetzen mit Fiebermessen und Bettpfannenleeren. Nie fragte sie nach den Patienten, die in die Praxis kamen, nie sagte sie, dass er große Verantwortung trage.

Es schmeichelte Mr. Kapasi deshalb, dass Mrs. Das so fasziniert von seiner Arbeit war. Anders als seine Frau hatte sie ihn an die intellektuellen Anforderungen seiner Aufgabe erinnert. Und sie hatte sie »romantisch« genannt. Ihrem Mann gegenüber verhielt sie sich gar nicht romantisch, für ihn aber hatte sie dieses Wort gebraucht. Er fragte sich, ob Mr. und Mrs. Das ebenso wenig zusammenpassten wie er und seine Frau. Vielleicht hatten auch sie außer drei Kindern und einem Jahrzehnt ihres Lebens wenig gemeinsam. Die Anzeichen dafür, die er aus seiner eigenen Ehe kannte, waren da – das Gezänk, die Gleichgültigkeit, das lange Schweigen.

Mrs. Das' plötzliches Interesse für ihn, ein Interesse, das sie weder für ihren Mann noch für ihre Kinder zeigte, berauschte ihn ein wenig. Als er noch einmal an ihr »romantisch« dachte, verstärkte sich dieses Gefühl.

Er begann während der Fahrt sein Aussehen im Rückspiegel zu überprüfen und war froh, dass er am Morgen den grauen Anzug gewählt hatte und nicht den braunen, dessen Knie leicht ausbeulten. Von Zeit zu Zeit warf er im Spiegel einen Blick auf Mrs. Das. Er betrachtete nicht nur ihr Gesicht, sondern auch die Erdbeere zwischen ihren Brüsten und die goldbraune Mulde an ihrem Hals. Er beschloss, noch von zwei anderen Patienten zu erzählen: der jungen Frau, die über ein Gefühl wie Regentropfen in der Wirbelsäule geklagt hatte, dem Herrn, aus dessen Muttermal neuerdings Haare sprossen. Mrs. Das hörte aufmerksam zu, bürstete sich mit einer kleinen Plastikbürste, die wie ein ovales Nagelbrett aussah, die Haare und stellte ihm Fragen, wollte ein weiteres Beispiel hören. Die Kinder waren still und spähten gespannt in die Bäume, um noch mehr Affen zu entdecken, und Mr. Das war in seinen Reiseführer vertieft, sodass eine Art Privatgespräch zwischen Mr. Kapasi und Mrs. Das stattfand. Auf diese Weise verging die nächste halbe Stunde, und er war ganz enttäuscht, als sie zum Mittagessen an einem Straßenrestaurant hielten, in dem es Schmalzgebackenes und Omelett-Sandwiches gab, eine Pause, auf die er sich normalerweise freute, weil er sich dann in Ruhe hinsetzen und heißen Tee trinken konnte. Während sich die Familie unter einem tiefroten Sonnenschirm mit weißen und orangen Quasten niederließ und bei einem der Kellner, die Dreispitzmützen trugen, ihre Bestellung aufgab, strebte er zögernd dem Nebentisch zu.

»Moment, Mr. Kapasi, hier ist noch Platz«, rief Mrs. Das. Sie nahm Tina auf den Schoß und bestand darauf, dass er sich zu ihnen setzte. Und so tranken sie alle zusammen Mangosaft aus Flaschen und aßen Sandwiches und in Eierteig ausgebackene Kartoffeln mit Zwiebeln. Nachdem er zwei Omelett-Sandwiches verzehrt hatte, fotografierte Mr. Das die anderen beim Essen.

»Wie lange noch?«, fragte er Mr. Kapasi, während er einen neuen Film einlegte.

»Anderthalb Stunden ungefähr.«

Die Kinder waren aufgestanden, um sich die Affen anzusehen, die in einem nahen Baum saßen, sodass zwischen Mr. Kapasi und Mrs. Das eine größere Lücke klaffte. Mr. Das hob die Kamera ans Gesicht und kniff ein Auge zu, die Zunge im Mundwinkel. »Das sieht komisch aus, Mina, du musst dich näher zu Mr. Kapasi beugen.«

Sie tat es. Er nahm einen Duft auf ihrer Haut wahr, wie eine Mischung aus Whisky und Rosenwasser. Plötzlich fürchtete er, sie könnte den Schweiß riechen, der sich unter dem Synthetikstoff seines Hemdes gesammelt hatte. Er kippte seinen Mangosaft in einem Zug hinunter und strich sich das silberne Haar glatt. Etwas Saft war ihm aufs Kinn getropft. Er fragte sich, ob Mrs. Das es bemerkt hatte.

Sie hatte nichts bemerkt. »Wie ist Ihre Adresse, Mr. Kapasi?«, erkundigte sie sich und kramte in ihrer Strohtasche.

»Sie möchten meine Adresse?«

»Damit wir Ihnen Abzüge schicken können. Von den Fotos.« Sie gab ihm einen Zettel, den sie hastig von einer Seite ihrer Filmzeitschrift gerissen hatte. Es war nur wenig freier Platz darauf, denn der schmale Streifen war eng bedruckt und zeigte ein winziges Bild von einem Filmhelden und einer Filmheldin, die sich untr einem Eukalyptusbaum küssten.

Das Papier rollte sich auf, während Mr. Kapasi seine Adresse in deutlich lesbaren Buchstaben sorgfältig aufschrieb. Mrs. Das würde ihm schreiben und ihn nach seiner Arbeit in der Praxis fragen, und er würde wohl formuliert antworten und nur die amüsantesten Geschichten auswählen, solche, über die sie laut lachen würde, wenn sie sie in ihrem Haus in New Jersey las. Mit der Zeit würde sie ihm die Enttäuschung ihrer Ehe offenbaren, und er würde das Gleiche tun. So würde ihre Freundschaft wachsen und gedeihen. Er würde ein Foto von ihnen beiden haben, auf dem sie unter einem tiefroten Sonnenschirm Röstzwiebeln aßen, ein Foto, das er an einem sicheren Ort zu verwahren beschloss: zwischen den Seiten seiner russischen Grammatik. Seine Gedanken gingen mit ihm durch und lösten eine sanfte, angenehme Erschütterung in ihm aus. Es war ein ähnliches Gefühl, wie er es vor langer Zeit empfunden hatte, wenn er nach Monaten des Übersetzens mit Hilfe eines Wörterbuchs endlich eine Passage aus einem französischen Roman oder ein italienisches Sonett lesen und verstehen konnte, Wort für Wort, unbelastet von seinen Mühen. In solchen Augenblicken war Mr. Kapasi überzeugt gewesen, dass die Welt in Ordnung sei, dass alle Kämpfe belohnt würden, dass alle Irrtümer am Ende einen Sinn hätten. Die Aussicht, von Mrs. Das zu hören, erfüllte ihn nun mit der gleichen Überzeugung.

Als er fertig war, reichte er ihr den Zettel, doch kaum hatte er es getan, machte er sich Sorgen, er könnte entweder seinen Namen falsch geschrieben oder versehentlich die Ziffern seiner Postleitzahl vertauscht haben. Er fürchtete die Möglichkeit eines verlorenen Briefes, einer Fotografie, die ihn nie erreichte, die sich irgendwo in Orissa befand, nahe und letztlich doch unerreichbar. Er dachte daran, sich den Zettel noch einmal geben zu lassen, um sich zu vergewissern, dass die Adresse stimmte, doch Mrs. Das hatte ihn schon im Durcheinander ihrer Tasche versenkt.

Um halb drei kamen sie in Konarak an. Der Tempel, ein mächtiger, pyramidenförmiger Sandsteinbau von der Form eines Wagens, war der großen Herrin des Lebens geweiht, der Sonne, die auf ihrer täglichen Reise über den Himmel drei Seiten des Gebäudes beschien. Vierundzwanzig monumentale Räder waren an der Nord- und der Südseite in den Sockel gehauen. Sieben Pferde, die über den Himmel zu sprengen schienen, zogen den Wagen. Im Näherkommen erläuterte Mr. Kapasi, dass der Tempel zwischen 1243 und 1255 v. Chr. mit den vereinten Kräften von zwölfhundert Handwerkern von König Narasimha Deva I., dem großen Herrscher der Ganga-Dynastie, zum Gedenken an seinen Sieg über die Moslemarmee erbaut worden sei.

»Der Tempel nimmt eine Fläche von fast siebzig Hektar ein«, las Mr. Das aus seinem Reiseführer vor.

»Hier sieht's aus wie in der Wüste«, sagte Ronny und ließ den Blick über die Sandflächen schweifen, die sich rings um den Tempel erstreckten.

»Früher floss eine Meile nördlich von hier der Chandrabhaga. Jetzt ist er ausgetrocknet«, sagte Mr. Kapasi und stellte den Motor ab.

Sie stiegen aus und gingen zum Tempel, wo sie sich als Erstes bei dem Löwenpaar, das die Stufen flankierte, für ein paar Fotos aufstellten. Dann führte Mr. Kapasi sie zu einem der Räder, die mit einem Durchmesser von fast drei Metern höher waren als der größte Mensch.

»›Die Räder symbolisieren das Rad des Lebens‹«, las Mr. Das vor. »›Sie stellen den Kreislauf von Schöpfung, Bewahrung und Vollendung dar.‹ Klasse.« Er blätterte die Seite um. »›Die Räder sind durch je acht breitere und schmalere Speichen unterteilt, die den Tag in acht gleiche Abschnitte gliedern. Am Radkranz sind Vögel und andere Tiere in den Stein gemeißelt, die Reliefs der Medaillons in den Speichen zeigen Frauenskulpturen in schwelgerischen Posen von stark erotischem Gepräge.‹«

Er meinte damit die zahllosen Friese mit nackten Leibern, die einander umschlangen und sich in diversen Stellungen liebten, Frauen, die am Hals von Männern hingen und ihre Knie auf ewig um die Hüften des Geliebten wanden. Daneben gab es Szenen aus dem täglichen Leben, aus Jagd und Handel, Wild, das mit Pfeil und Bogen erlegt wurde, marschierende Krieger mit Schwertern in der Hand.

Betreten konnte man den Tempel nicht mehr, weil er vor Jahren mit Schutt aufgefüllt worden war, aber sie schlenderten wie alle Touristen, die Mr. Kapasi hierher brachte, langsam um ihn herum und bewunderten ihn von außen. Mr. Das trottete fotografierend hinterdrein. Die Kinder rannten voraus und zeigten auf nackte Figuren, fasziniert vor allem von den Nagamithunas, den Paaren, halb Mensch, halb Schlange, die der Legende zufolge in den tiefsten Tiefen des Meeres lebten, wie Mr. Kapasi erläuterte. Er freute sich, dass der Tempel allen gefiel, freute sich besonders, dass er Mrs. Das beeindruckte. Sie blieb alle paar Schritte stehen und betrachtete schweigend die steinernen Liebenden, die Elefantenprozessionen und die halb nackten Musikanten, die ihre zweifelligen Trommeln schlugen.

Mr. Kapasi war unzählige Male hier gewesen, doch erst jetzt, als er die halb nackten Frauen betrachtete, wurde ihm bewusst, dass er seine eigene Frau nie völlig unbekleidet gesehen hatte. Selbst wenn sie miteinander schliefen, blieb ihre Bluse zugehakt und das Band ihres Unterrocks um ihre Taille geschlungen. Nie hatte er von hinten ihre Beine bewundert, so wie er jetzt Mrs. Das' Beine bewunderte, die nur ihm zuliebe vor ihm herzugehen schien. Nackte Gliedmaßen hatte er natürlich oft gesehen, an Amerikanerinnen und Europäerinnen, die seine Führungen mitmachten. Doch Mrs. Das war anders. Im Gegensatz zu diesen Frauen, die sich nur für den Tempel interessierten und die Nase in ihren Reiseführer steckten oder sich eine Kamera vors Gesicht hielten, interessierte sich Mrs. Das für ihn.

Mr. Kapasi wollte nichts lieber als mit ihr allein sein, das Privatgespräch fortsetzen, wagte jedoch nicht, neben ihr herzugehen. Sie hatte sich hinter ihre Sonnenbrille zurückgezogen, ignorierte die Bitten ihres Mannes, sich fotografieren zu lassen, folgte ihren Kindern, als wären es Fremde. Mr. Kapasi fürchtete sie zu stören und ging voraus, um wie immer die drei lebensgroßen Inkarnationen des Sonnengottes Surya in ihren Nischen in der Tempelmauer zu bewundern, die bei Tagesanbruch, am Mittag und am Abend die Sonne begrüßten. Sie trugen einen aufwendigen Kopfputz, ihre lang gestreckten Augen waren träge geschlossen, und die nackte

Brust war mit gemeißelten Ketten und Amuletten geschmückt. Hibiskusblüten, Opfergaben anderer Besucher, lagen zu ihren graugrünen Füßen verstreut. Die letzte Figur an der Nordwand des Tempels war Mr. Kapasis Lieblingsstatue. Dieser Surya saß, von schwerem Tagewerk ermattet, mit müdem Gesichtsausdruck und angezogenen Beinen auf einem Pferd. Selbst die Augen des Pferdes blickten schläfrig. Um ihn herum waren kleinere Skulpturen von Frauen mit vorgeschobener Hüfte paarweise angeordnet.

»Wer ist das?«, fragte Mrs. Das. Er erschrak, als er sie neben sich stehen sah.

»Astachala-Surya«, sagte er. »Die untergehende Sonne.«

»Also geht in ein paar Stunden genau hier die Sonne unter?« Sie schlüpfte aus einem ihrer Schuhe mit den rechteckigen Absätzen und rieb sich an der Wade des anderen Beins die Zehen.

»So ist es.«

Sie hob einen Moment die Sonnenbrille und senkte sie dann wieder. »Toll.«

Mr. Kapasi wusste nicht recht, was mit dem Wort gemeint war, empfand es aber als eine positive Reaktion. Er hoffte, Mrs. Das hatte Suryas Schönheit und Kraft verstanden. Vielleicht würden sie sich in ihren Briefen weiter darüber austauschen. Er würde ihr manches erklären, über Indien, und sie würde ihm manches über Amerika erklären. Auf ihre Art würde die Korrespondenz seinen Traum erfüllen, Dolmetscher zwischen Nationen zu sein. Er betrachtete Mrs. Das' Strohtasche und freute sich, dass seine Adresse darin vergraben lag. Doch als er sich Mrs. Das so viele tausend Meilen entfernt vorstellte, wurde ihm schwer ums Herz, so schwer, dass ihn ein überwältigendes Bedürfnis überkam, sie in die Arme zu schließen, mit ihr, und sei es nur für einen Augenblick, in einer Umarmung zu erstarren, deren Zeuge sein Lieblings-Surya sein würde. Doch Mrs. Das hatte sich schon wieder in Bewegung gesetzt.

»Wann fahren Sie nach Amerika zurück?«, fragte er betont gelassen.

»In zehn Tagen.«

Er rechnete: eine Woche, um sich wieder einzugewöhnen, eine Woche, um die Filme entwickeln zu lassen, ein paar Tage, um den Brief zu schreiben, zwei Wochen, bis er per Luftpost in Indien eintraf. Nach seiner Rechnung würde er, wenn man Verzögerungen einkalkulierte, in etwa sechs Wochen von Mrs. Das hören.

Die Familie schwieg, als Mr. Kapasi sie um kurz nach halb fünf zurückfuhr. Die Kinder hatten sich an einem Souvenirstand Miniaturausgaben der Wagenräder aus Granit gekauft und drehten sie zwischen den Fingern. Mr. Das las wieder in seinem Buch. Mrs. Das entwirrte mit ihrer Bürste Tinas Haar und teilte es in zwei kleine Pferdeschwänze.

Mr. Kapasi graute vor dem Gedanken, sie am Hotel Sandy Villa absetzen zu müssen. Er wollte nicht, dass die sechswöchige Wartezeit, bis er von Mrs. Das hörte, schon jetzt begann. Während er verstohlene Blicke in den Rückspiegel warf und sie Gummibänder um Tinas Haar winden sah, überlegte er, wie er die Tour ein wenig in die Länge ziehen konnte. Normalerweise nahm er eine Abkürzung nach Puri, um schnell nach Hause zu kommen, sich Hände und Füße mit Sandelholzseife zu schrubben und bei einer Tasse Tee, die seine Frau ihm schweigend hinstellte, genüsslich die Zeitung zu lesen. Der Gedanke an dieses Schweigen, mit dem er sich längst abgefunden hatte, bedrückte ihn jetzt, und so schlug er vor, die Höhlenklöster von Udayagiri und Khandagiri zu besichtigen, die einander an einem Hohlweg zwischen zwei Hügeln gegenüberlagen. Sie seien einige Meilen entfernt, aber sehr sehenswert, sagte er.

»O ja, hier in dem Buch steht etwas darüber«, sagte Mr. Das. »Von einem Jain-König erbaut oder so.«

»Sollen wir hinfahren?«, fragte Mr. Kapasi. Er hielt an einer Abzweigung. »Dann müssten wir hier nach links.«

Mr. Das sah Mrs. Das an. Beide zuckten die Schultern.

»Nach links, nach links!«, riefen die Kinder ihm Chor.

Mr. Kapasi drehte das Steuer, und vor Erleichterung wurde ihm fast schwindlig. Was er tun oder zu Mrs. Das sagen würde, wenn sie ankamen, wusste er noch nicht. Vielleicht würde er ihr sagen, was für ein angenehmes Lächeln sie habe. Vielleicht würde er ihr ein Kompliment über ihr Erdbeerhemd machen, das er über die Maßen kleidsam fand. Vielleicht, wenn Mr. Das fotografierte, würde er ihre Hand nehmen.

Er hätte sich keine Gedanken zu machen brauchen. Als sie an den Hügeln anlangten, zwischen denen ein steiler, dicht mit Bäumen bestandener Weg verlief, weigerte sich Mrs. Das auszusteigen. Den ganzen Weg entlang saßen dutzende von Affen auf Steinen und in den Ästen der Bäume, die Hinterbeine vor sich hochgestreckt, die Füße auf Schulterhöhe, die Arme auf den Knien.

»Meine Beine sind müde«, sagte sie und ließ sich tief in den Sitz sinken. »Ich bleibe hier.«

»Wieso musstest du auch diese dummen Schuhe anziehen?«, fragte Mr. Das. »Jetzt kommst du nicht mit auf die Bilder.«

»Tu einfach so, als wär ich dabei.«

»Aber wir könnten eins von den Fotos für unsere Weihnachtskarten verwenden. Beim Sonnentempel haben wir keins gemacht, auf dem wir alle drauf sind. Mr. Kapasi könnte uns fotografieren.«

»Ich komme nicht mit. Außerdem graut mir vor den Affen.«

»Die sind doch harmlos.« Mr. Das wandte sich an Mr. Kapasi. »Nicht wahr?«

»Sie sind eher hungrig als gefährlich«, sagte Mr. Kapasi. »Wenn man sie nicht mit Futter reizt, lassen sie einen in Ruhe.«

Mr. Das begann mit den Kindern den Hohlweg hinaufzusteigen, die Jungen links und rechts von ihm, das kleine Mädchen auf seinen Schultern. Mr. Kapasi sah sie an einem japanischen Paar vorbeigehen, den einzigen anderen Touristen hier. Die beiden blieben stehen, um eine letzte Aufnahme zu machen, stiegen dann in ein nahebei parkendes Auto und fuhren davon. Als der Wagen außer Sicht war, stießen einige der Affen leise Schreie aus und liefen auf ihren platten schwarzen Händen und Füßen den Weg hinauf. Einige von ihnen umringten Mr. Das und die Kinder. Tina schrie vor Entzücken. Ronny rannte um seinen Vater herum. Bobby bückte sich und hob einen dicken Stock vom Boden auf. Er hielt ihn den Affen hin, und einer von ihnen kam näher, ergriff ihn und schlug damit kurz auf den Boden.

»Ich gehe mit«, sagte Mr. Kapasi und öffnete die Fahrertür. »Zu den Höhlenklöstern gibt es viel zu erklären.«

»Nein. Bleiben Sie einen Moment.« Mrs. Das kletterte von der Rückbank auf den Beifahrersitz. »Raj hat ja dieses blöde Buch.« Durch die Windschutzscheibe schauten Mrs. Das und Mr. Kapasi zu, wie Bobby und der Affe den Stock zwischen sich hin und her reichten.

»Ein mutiger kleiner Junge«, sagte Mr. Kapasi.

»Kein Wunder.«

»Wieso?«

»Er ist nicht von ihm.«

»Bitte?«

»Von Raj. Er ist nicht Rajs Sohn.«

Mr. Kapasi spürte ein Prickeln auf der Haut. Er nahm die kleine Dose Lotosölbalsam, die er stets bei sich trug, aus seiner Hemdtasche und betupfte sich an drei Stellen die Stirn. Er wusste, dass Mrs. Das ihn beobachtete, sah sie jedoch nicht an. Er blickte den kleiner werdenden Gestalten von Mr. Das und den Kindern nach, die den steilen Pfad hinaufstiegen und hin und wieder für ein Foto Halt machten, von immer mehr Affen umringt.

»Überrascht Sie das?«

Die Art, wie sie es sagte, ließ ihn seine Worte mit Bedacht wählen.

»An so etwas denkt man normalerweise nicht«, erwiderte er langsam. Er steckte den Lotosölbalsam wieder ein.

»Nein, natürlich nicht. Und natürlich weiß niemand davon. Keine Menschenseele. Ich habe es die ganzen acht Jahre geheim gehalten.« Sie betrachtete Mr. Kapasi und legte dabei den Kopf schräg, als wollte sie ihn aus einem neuen Blickwinkel sehen. »Aber jetzt hab ich es Ihnen gesagt.«

Mr. Kapasi nickte. Er hatte plötzlich schrecklichen Durst, und seine Stirn war warm und von dem Balsam ein wenig taub. Er dachte daran, Mrs. Das um einen Schluck aus ihrer Wasserflasche zu bitten, entschied sich dann aber dagegen.

»Wir waren noch sehr jung, als wir uns kennen gelernt haben.« Sie kramte in ihrer Strohtasche und holte das Puffreispaket hervor. »Möchten Sie?«

»Nein, danke.«

Sie schob sich eine Hand voll in den Mund, rutschte ein wenig tiefer in ihren Sitz und wandte den Blick von Mr. Kapasi ab, um auf ihrer Seite zum Fenster hinauszusehen. »Wir haben geheiratet, als wir noch auf dem College waren. Seit der High-School waren wir einander versprochen. Wir gingen natürlich auf dasselbe College. Damals konnten wir die Vorstellung, auch nur einen Tag, eine Minute getrennt zu sein, kaum ertragen. Unsere Eltern waren die besten Freunde und wohnten in derselben Stadt. Ich habe Raj mein ganzes Leben lang jedes Wochenende gesehen, bei uns oder bei ihm. Wir wurden zum Spielen nach oben geschickt, und unsere Eltern haben Witze über unsere Heirat gemacht. Stellen Sie sich das vor! Sie haben uns nie erwischt, aber ich glaube, das Ganze war eine Art abgekartetes Spiel. Was wir an diesen Freitag- und Samstagabenden alles gemacht haben, während unsere Eltern unten Tee getrunken haben! Sachen könnte ich Ihnen erzählen, Mr. Kapasi ...«

Da sie auf dem College ihre gesamte Zeit mit Raj verbracht habe, fuhr sie fort, habe sie nicht viele enge Freundschaften geschlossen. Es gebe niemanden, mit dem sie nach einem schwierigen Tag über Raj sprechen, dem sie ihre Sorgen anvertrauen oder einen Augenblicksgedanken mitteilen könne. Ihre Eltern lebten jetzt auf der anderen Seite des Erdballs, aber sie habe ihnen ohnehin nie sehr nahe gestanden. Zu viel war auf sie eingestürmt, nachdem sie so jung geheiratet hatte – das Kind, das schon so bald gekommen war, das Stillen, das Fläschchenwärmen und Temperaturfühlen, während Raj, in Cordhose und Pullover, seinen Schülern von Gesteinen und Dinosauriern erzählte. Raj war nie mürrisch oder abgespannt gewesen, oder zu dick, so wie sie nach dem ersten Kind.

Da sie ständig müde war, hatte sie Einladungen ihrer wenigen Collegefreundinnen zum Essen oder zum Einkaufen in Manhattan abgelehnt, bis niemand mehr angerufen hatte und sie den ganzen Tag mit dem Kind allein geblieben war, umgeben von Spielzeug, über das sie stolperte und an dem sie sich wehtat, wenn sie sich versehentlich darauf setzte, immer müde und schlecht gelaunt. Nach Ronnys Geburt gingen sie nur noch selten aus, und noch seltener luden sie Gäste ein. Raj störte das nicht; er freute sich darauf, abends nach Hause zu kommen, fernzusehen und Ronny auf den Knien zu schaukeln. Sie war empört gewesen, als er ihr sagte, dass ein Freund aus dem Punjab, den sie einmal gesehen hatte, aber an den sie sich nicht mehr erinnerte, eine Woche bei ihnen wohnen werde, weil er einige Vorstellungsgespräche in der Gegend von New Brunswick habe.

Bobby wurde auf einem Sofa voller Beißspielsachen gezeugt, unter Ronnys Geschrei, der aus seinem Laufstall herauswollte, an dem Nachmittag, als der Freund erfahren hatte, dass er eine Stelle bei einem Pharmaunternehmen in

London bekommen hatte. Sie protestierte nicht, als er ihr beim Kaffeekochen die Hand ins Kreuz legte und sie an seinen glatten marineblauen Anzug drückte. Er liebte sie schnell, schweigend, so kundig, wie sie es nie erlebt hatte, ohne das Lächeln und die bedeutungsvolle Miene, auf die Raj danach so großen Wert legte. Am nächsten Tag brachte Raj ihn zum Flughafen. Inzwischen war der Freund verheiratet, mit einer Frau aus dem Punjab, sie lebten nach wie vor in London, und jedes Jahr schickten sich die beiden Paare Weihnachtskarten, denen stets ein Familienfoto beigefügt wurde. Er wusste nicht, dass er Bobbys Vater war. Er würde es nie wissen.

»Ich bitte um Verzeihung, Mrs. Das, aber warum sagen Sie mir das?«, fragte Mr. Kapasi, nachdem Mrs. Das geendet und sich ihm wieder zugewandt hatte.

»Hören Sie um Himmels willen auf, mich Mrs. Das zu nennen. Ich bin achtundzwanzig. Wahrscheinlich haben Sie Kinder in meinem Alter.«

»Nicht ganz.« Es störte Mr. Kapasi, dass sie ihn als Vater sah. Das Gefühl, das er ihr gegenüber empfunden und das ihn veranlasst hatte, während der Fahrt sein Aussehen im Rückspiegel zu überprüfen, begann sich zu verflüchtigen.

»Ich habe es Ihnen wegen Ihrer Fähigkeiten erzählt.« Sie legte das Puffreispaket in ihre Tasche zurück, ohne es wieder zu verschließen.

»Ich verstehe nicht«, sagte Mr. Kapasi.

»Nein? Acht Jahre konnte ich mit niemandem darüber reden, mit Freunden nicht und schon gar nicht mit Raj. Er ahnt es nicht einmal. Er denkt, ich bin immer noch in ihn verliebt. Und, haben Sie nichts dazu zu sagen?«

»Wozu?«

»Zu dem, was ich Ihnen gerade erzählt habe. Zu meinem Geheimnis und dazu, wie furchtbar ich mich deswegen fühle. Ich fühle mich furchtbar, wenn ich meine Kinder ansehe, und Raj, einfach furchtbar. Ich habe einen schrecklichen Drang, Sachen wegzuwerfen, Mr. Kapasi. Einmal hatte ich den Drang, alles, was ich besitze, aus dem Fenster zu werfen, den Fernseher, die Kinder, alles. Meinen Sie nicht, das ist krankhaft?«

Er schwieg.

»Haben Sie nichts dazu zu sagen, Mr. Kapasi? Ich dachte, das sei Ihr Beruf.«

»Mein Beruf ist es, Führungen zu machen, Mrs. Das.«

»Nein, Ihr anderer Beruf. Als Dolmetscher.«

»Aber zwischen uns gibt es doch keine Sprachbarriere. Wozu braucht man da einen Dolmetscher?«

»Das meine ich nicht. Ich hätte es Ihnen sonst nie erzählt. Merken Sie nicht, was es für mich bedeutet, Ihnen das alles zu erzählen?«

»Was bedeutet es denn?«

»Es bedeutet, dass ich es satt habe, mich ständig so furchtbar zu fühlen. Acht Jahre, Mr. Kapasi – seit acht Jahren habe ich Schmerzen. Ich hatte gehofft, Sie könnten mir helfen, mich besser zu fühlen, Sie könnten das Richtige sagen. Mir irgendein Medikament nennen.«

Er betrachtete sie, in ihrem rot karierten Rock und dem Erdbeer-T-Shirt, eine Frau, die noch keine dreißig war, die weder ihren Mann noch ihre Kinder liebte, die bereits jetzt das Leben nicht mehr liebte. Ihr Geständnis deprimierte ihn, deprimierte ihn noch mehr, wenn er an Mr. Das dort oben auf dem Weg dachte, wie er mit Tina auf den Schultern antike Höhlenklöster fotografierte, um sie in Amerika seinen Schülern zu zeigen, nicht ahnend und nicht spürend, dass einer seiner Söhne nicht sein Kind war. Es kränkte Mr. Kapasi, dass Mrs. Das sich mit ihrem banalen kleinen Geheimnis an ihn gewandt hatte. Sie war nicht wie die Patienten, die in die Praxis kamen, mit glasigem Blick, verzweifelt, außer Stande, zu schlafen, zu atmen oder Wasser zu lassen, außer Stande vor allem, ihre Beschwerden in Worte zu fassen. Dennoch hielt Mr. Kapasi es für seine Pflicht, Mrs. Das zu helfen. Vielleicht sollte er ihr raten, Mr. Das die Wahrheit zu sagen. Er würde ihr sagen, dass Ehrlichkeit die beste Strategie sei. Ehrlichkeit würde ihr zweifellos helfen, sich besser zu fühlen, wie sie es ausgedrückt hatte. Vielleicht würde er anbieten, bei dem Gespräch dabei zu sein, als Vermittler. Um zum Kern der Sache zu kommen, beschloss er, mit der nächstliegenden Frage zu beginnen, und so fragte er: »Sind es wirklich Schmerzen, die Sie haben, Mrs. Das, oder sind es Schuldgefühle?«

Sie wandte sich um und starrte ihn zornig an, die rosa schillernden Lippen von Senföl glänzend. Sie setzte zum Sprechen an, doch während sie Mr. Kapasi zornig anstarrte, schien eine Gewissheit vor ihren Augen vorbeizuziehen, und sie hielt inne. Er war niedergeschmettert; in diesem Augenblick begriff er, dass er ihr nicht einmal eine richtige Beleidigung wert war. Sie öffnete die Tür und begann den Weg hinaufzusteigen, ein wenig wackelig auf ihren viereckigen Holzabsätzen. Sie griff in ihre Strohtasche und schob sich Hände voll Puffreis in den Mund. Er glitt ihr zwischen den Fingern durch und hinterließ eine Zickzackspur auf dem Weg, bei deren Anblick ein Affe von seinem Baum herabsprang, um die kleinen weißen Körner zu verschlingen. In der Hoffnung auf mehr folgte er Mrs. Das. Andere kamen dazu, und bald lief ein halbes Dutzend Affen mit nachschleifenden Samtschwänzen hinter ihr her.

Mr. Kapasi stieg aus. Er wollte rufen, sie irgendwie warnen, doch er fürchtete, sie würde Angst bekommen, wenn sie die Affen hinter sich sah. Vielleicht würde sie das Gleichgewicht verlieren. Vielleicht würden sie an ihren Haaren oder an ihrer Tasche zerren. Er setzte sich in Trab und hob einen herabgefallenen Zweig auf, um die Tiere zu verscheuchen. Mrs. Das ging weiter, ohne etwas zu merken, zog weiter ihre Puffreisspur. Kurz vor dem höchsten Punkt des Weges, bei einer Gruppe von Höhlen mit einer Reihe gedrungener Steinsäulen davor, kniete Mr. Das am Boden und stellte das Objektiv seiner Kamera ein. Die Kinder standen unter den Bögen, bald verdeckt, bald wieder sichtbar.

»Wartet auf mich«, rief Mrs. Das, »ich komme!«

Tina hüpfte auf und ab. »Da kommt Mommy!«

»Schön«, sagte Mr. Das, ohne aufzuschauen. »Genau rechtzeitig. Dann kann Mr. Kapasi ein Foto von uns allen machen.«

Mr. Kapasi beschleunigte seinen Schritt und schwenkte den Zweig, sodass die Affen aufgeregt in eine andere Richtung hasteten.

»Wo ist Bobby?«, fragte Mrs. Das und blieb stehen.

Mr. Das sah von der Kamera auf. »Ich weiß nicht. Ronny, wo ist denn Bobby?«

Ronny zuckte die Schultern. »Eben war er noch da.«

»Wo ist er?«, wiederholte Mrs. Das scharf. »Was ist hier eigentlich los?«

Sie gingen ein Stück den Weg hinauf und hinunter und riefen nach dem Jungen, doch über ihren eigenen Rufen hörten sie seine Schreie anfangs nicht. Endlich fanden sie ihn weiter abwärts unter einem Baum, von über einem Dutzend Affen umringt, die mit ihren langen schwarzen Fingern an seinem T-Shirt zogen. Der Puffreis, den Mrs. Das hatte fallen lassen, lag zu seinen Füßen verstreut, von Affenhänden dorthin geharkt. Der Junge war verstummt, erstarrt; Tränen liefen ihm rasch über das erschrockene Gesicht. Seine nackten Beine waren staubbedeckt und rot von den Striemen, die ihm einer der Affen mit dem Stock, den er ihm zuvor gegeben hatte, beibrachte.

»Daddy, der Affe tut Bobby weh«, sagte Tina.

Mr. Das wischte sich die Hände an seinen Shorts ab. In seiner Aufregung drückte er versehentlich auf den Auslöser der Kamera; das Surren des Filmtransports reizte die Affen, und der mit dem Stock schlug noch heftiger auf Bobby ein. »Was sollen wir tun? Was ist, wenn sie angreifen?«

»Mr. Kapasi!«, rief Mrs. Das schrill, als sie ihn bemerkte. »Tun Sie doch was, um Himmels willen, tun Sie was!«

Mr. Kapasi verscheuchte die Affen mit dem Stock, zischte einige, die nicht weichen wollten, an und stampfte mit den Füßen auf, um ihnen Angst einzujagen. Die Tiere zogen sich gemessenen Schrittes zurück, gehorsam, aber nicht eingeschüchtert. Mr. Kapasi nahm Bobby in die Arme und trug ihn zu seinen Eltern und Geschwistern. Im Gehen war er versucht, ihm ein Geheimnis ins Ohr zu flüstern. Doch Bobby war wie betäubt und zitterte vor Angst, und dort, wo der Stock die Haut an seinen Beinen aufgeritzt hatte, blutete er ein wenig. Nachdem Mr. Kapasi ihn seinen Eltern übergeben hatte, wischte Mr. Das ihm den Schmutz vom Hemd und rückte seinen Sonnenschild zurecht. Mrs. Das kramte ein Pflaster aus ihrer Strohtasche hervor und klebte es über die Wunde an seinem Knie. Ronny bot seinem Bruder einen frischen Kaugummi an. »Alles in Ordnung. Nur ein bisschen erschrocken, was, Bobby?«, sagte Mr. Das und tätschelte ihm den Kopf.

»O Gott, nichts wie weg hier«, sagte Mrs. Das. Sie verschränkte die Arme über der Erdbeere auf ihrer Brust. »Ich find's hier unheimlich.«

»Ja. Ins Hotel, auf dem schnellsten Weg«, pflichtete Mr. Das ihr bei.

»Armer Bobby«, sagte Mrs. Das. »Komm mal her. Mommy kämmt dich.« Wieder griff sie in ihre Strohtasche, diesmal nach ihrer Bürste, und fuhr damit um den durchsichtigen Sonnenschild herum. Als sie die Bürste ausklopfte, flatterte der Zettel mit Mr. Kapasis Adresse im Wind davon. Niemand außer ihm selbst bemerkte es. Er sah ihm nach, wie er hochgeweht wurde, höher und höher, in die Bäume, in denen die Affen saßen und würdevoll die Szene unten verfolgten. Auch Mr. Kapasi verfolgte sie, und er wusste, dass er dieses Bild der Familie Das für immer in sich tragen würde.

EIN RICHTIGER DURWAN

Boori Ma, die Treppenhausfegerin, hatte zwei Nächte nicht mehr geschlafen. Am Morgen vor der dritten Nacht schüttelte sie deshalb die Milben aus ihrem Bettzeug. Sie schwenkte ihre Flickendecken einmal unter den Briefkästen, wo sie wohnte, dann noch einmal auf der Gasse, sodass die Krähen, die dort in den Gemüseabfällen pickten, nach allen Seiten aufflogen.

Als sie die vier Treppen zum Dach hinaufzusteigen begann, hielt Boori Ma sich das Knie, das jedes Jahr zu Anfang der Regenzeit anschwoll. Das bedeutete, dass sie sich den Eimer, die Flickendecken und dazu noch das Riedbündel, das ihr als Besen diente, unter den anderen Arm klemmen musste. In letzter Zeit kam es Boori Ma so vor, als seien die Stufen steiler geworden, als steige sie eher eine Leiter als eine Treppe hinauf. Sie war vierundsechzig Jahre alt, ihr Haar war zu einem Knoten gebunden, der nicht größer war als eine Walnuss, und von vorn wirkte sie fast ebenso schmal wie von der Seite.

Das Einzige, was an Boori Ma dreidimensional schien, war ihre Stimme: brüchig vor Sorgen, säuerlich wie Quark und scharf genug, um das Fleisch einer Kokosnuss zu raspeln. Mit dieser Stimme zählte sie zweimal täglich, während sie das Treppenhaus fegte, die Einzelheiten ihres Elends und die Verluste auf, die sie seit ihrer Vertreibung nach Kalkutta infolge der Teilung erlitten hatte. Damals, so behauptete sie, war sie im allgemeinen Aufruhr von einem Ehemann, vier Töchtern, einem einstöckigen Backsteinhaus, einem *almari* aus Rosenholz und mehreren Truhen getrennt worden, deren Schlüssel zusammen mit ihren gesamten Ersparnissen am freien Ende ihres Saris befestigt waren.

Außer ihren Nöten schilderte Boori Ma auch gern bessere Zeiten. Bis sie auf dem Treppenabsatz des ersten Stocks angelangt war, hatte sie bereits das Augenmerk des ganzen Hauses auf die Speisenfolge bei der Hochzeitsfeier ihrer dritten Tochter gelenkt. »Wir haben sie mit einem Schulrektor verheiratet. Der Reis war in Rosenwasser gekocht. Der Bürgermeister war eingeladen. Alle haben sich die Hände in Zinnschüsseln gewaschen.« Hier hielt sie inne, um wieder zu Atem zu kommen, und rückte die Gegenstände, die sie unterm Arm trug, zurecht. Sie nutzte die Gelegenheit, um eine Küchenschabe zwischen den Geländerpfosten hervorzuscheuchen, und fuhr dann fort: »Es gab Senfkrabben, in Bananenblättern gedünstet. Keine Delikatesse hat gefehlt. Aber das war für uns nichts Ungewöhnliches. Wir haben zu Hause zweimal in der Woche Ziegenfleisch gegessen. Wir hatten einen Teich auf unserem Anwesen, voll mit Fischen.«

Inzwischen konnte Boori Ma schon das Licht sehen, das vom Dach her ins Treppenhaus fiel. Und obwohl es erst acht Uhr war, schien die Sonne bereits so stark, dass sich die obersten Betonstufen unter Boori Mas Füßen warm anfühlten. Es war ein sehr altes Haus, eines, in dem das Badewasser noch in Tonnen gespeichert werden musste, ein Haus mit scheibenlosen Fenstern und Abtritten mit Backsteinen als Fußstützen.

»Ein Mann kam und hat unsere Datteln und Guaven gepflückt. Ein anderer hat den Hibiskus gestutzt. Ja, dort hatte ich etwas vom Leben. Hier esse ich mein Abendbrot aus einem Reistopf.« An dieser Stelle ihrer Schilderung begannen Boori Mas Ohren zu glühen, und durch ihr angeschwollenes Knie fraß sich ein Schmerz. »Habe ich schon erzählt, dass ich mit nichts als zwei Armreifen über die Grenze gekommen bin? Dabei hat es Zeiten gegeben, da haben meine Füße nur Marmor berührt. Ob ihr's glaubt oder nicht: Solchen Luxus könnt ihr euch nicht mal im Traum vorstellen.«

Ob etwas Wahres an Boori Mas Litaneien war, wusste niemand. Schon deshalb nicht, weil sich die Ausmaße ihres einstigen Anwesens von Tag zu Tag verdoppelten, ebenso wie der Inhalt ihres *almaris* und ihrer Truhen. Man zweifelte nicht daran, dass sie ein Flüchtling war; das verriet schon der Akzent ihres Bengali. Doch die Bewohner des Mietshauses vermochten ihre Berichte von vergangenem Reichtum nicht mit der wesentlich glaubwürdigeren Geschichte zu vereinbaren, wie sie zwischen Hanfsäcken auf der Ladefläche eines Lastwagens mit tausenden anderer Flüchtlinge über die Grenze Ostbengalens gelangt war. An anderen Tagen wiederum behauptete sie steif und fest, sie sei auf einem Ochsenkarren nach Kalkutta gekommen.

»Was war's denn nun, ein Lastwagen oder ein Karren?«, fragten die Kinder sie manchmal auf ihrem Weg zum Räuber- und Gendarmspiel in der Gasse. Boori Ma ließ dann die Schlüssel am freien Ende ihres Saris rasseln und erwiderte: »Wozu nach Einzelheiten fragen? Wozu den Kalk von einem Betelblatt kratzen? Ob ihr's glaubt oder nicht: Mein Leben besteht aus Kümmernissen, die könnt ihr euch nicht mal im Traum vorstellen.«

Sie verdrehte Tatsachen. Sie widersprach sich selbst. Sie schmückte fast alles aus. Doch ihre Monologe waren so überzeugend, ihre Klagen so plastisch, dass man sich ihnen schwer entziehen konnte.

Wie kommt es, dass eine Grundbesitzerin Treppen fegt? Das fragte sich Mr. Dalal aus dem zweiten Stock jedes Mal, wenn er auf dem Weg vom oder ins Büro, wo er in einer Großhandlung für Gummischläuche, Rohre und Ventile im Klempnerbezirk der College Street Belege abheftete, an Boori Ma vorbeikam.

Bechareh, wahrscheinlich denkt sie sich Geschichten aus, um über den Verlust ihrer Familie hinwegzukommen, so die einhellige Vermutung der meisten Frauen im Haus.

Und der Refrain des alten Mr. Chatterjee lautete: »Boori Ma hat den Mund voller Asche, aber sie ist ein Opfer sich ändernder Zeiten.« Er hatte sich seit der Unabhängigkeit weder von seinem Balkon wegbewegt noch eine Zeitung aufgeschlagen, und dennoch – oder vielleicht gerade deshalb – wurde auf seine Meinung stets größter Wert gelegt.

Schließlich verbreitete sich die Theorie, Boori Ma sei früher Lohnarbeiterin bei einem wohlhabenden *zamindar* im Osten gewesen und auf Grund dessen in der Lage, ihre Vergangenheit mit solchem Detailreichtum aufzuplustern. Ihre heiseren Schwindeleien taten niemandem weh. Alle waren sich darin einig, dass sie eine großartige Unterhalterin sei. Als Gegenleistung für ihr Logis unter den Briefkästen hielt

Boori Ma das gewundene Treppenhaus makellos sauber. Besonders angenehm war es den Mietern, dass sie nachts hinter dem Scherengittertor schlief, ein Wachposten zwischen ihnen und der Außenwelt.

Niemand in dem Mietshaus verfügte über Besitztümer, die zu stehlen sich gelohnt hätte. Mrs. Misra, die Witwe im ersten Stock, war die Einzige, die ein Telefon hatte. Trotzdem waren die Bewohner froh, dass Boori Ma das Geschehen auf der Gasse überwachte und die Hausierer siebte, die an den Türen Kämme und Tücher verkauften, dass sie jederzeit eine Rikscha herbeirufen konnte und mit wenigen Hieben ihres Besens jede verdächtige Gestalt in die Flucht schlug, die sich dem Haus näherte, um auszuspucken, zu urinieren oder sonstigen Ärger zu verursachen.

Kurzum, mit den Jahren wurden Boori Mas Dienste denen eines richtigen *durwan* immer ähnlicher. Normalerweise war das keine Arbeit für eine Frau, doch Boori Ma stellte sich der Verantwortung und hielt nicht weniger getreulich Wache als der Torhüter eines Hauses in der Lower Circular Road, am Jodhpur Park oder in einer anderen feinen Gegend.

Auf dem Dach hängte Boori Ma ihre Flickendecken über die Wäscheleine. Der Draht war von einer Ecke der Brüstung zur anderen gespannt, schräg vor dem Blick auf Fernsehantennen, Reklametafeln und die fernen Bögen der Howrah-Brücke. Boori Ma wandte sich in alle vier Himmelsrichtungen und erkundete den Horizont. Dann drehte sie den Hahn unten am Wassertank auf. Sie wusch sich das Gesicht, spülte sich die Füße ab und putzte sich mit zwei

Fingern die Zähne. Danach begann sie die Decken von beiden Seiten mit ihrem Besen auszuklopfen. Ab und zu hielt sie inne, um einen kurzen Blick auf den Zementboden zu werfen, in der Hoffnung, die Verursacher ihrer schlaflosen Nächte zu entdecken. So vertieft war sie in ihre Tätigkeit, dass sie erst nach einer Weile Mrs. Dalal aus dem zweiten Stock bemerkte, die heraufgekommen war, um eingesalzene Zitronenschalen auf einem Tablett zum Trocknen in die Sonne zu legen.

»Irgendetwas in diesen Decken hält mich nachts wach«, sagte Boori Ma. »Sehen Sie vielleicht, was es ist?«

Mrs. Dalal hatte eine Schwäche für Boori Ma; hin und wieder gab sie der alten Frau Ingwerpaste zum Würzen ihrer Eintöpfe. »Ich seh nichts«, sagte sie nach einer Weile. Sie hatte durchsichtige Augenlider und sehr schlanke, beringte Zehen.

»Dann müssen sie Flügel haben«, schloss Boori Ma. Sie legte ihren Besen auf den Boden und beobachtete eine Wolke, die hinter einer anderen vorbeizog. »Sie fliegen weg, bevor ich sie zerquetschen kann. Aber schauen Sie sich mal meinen Rücken an. Der muss ganz rot sein von den Stichen.«

Mrs. Dalal hob das Tuch von Boori Mas Sari an – billiger weißer Stoff mit einer Bordüre von der Farbe eines schmutzigen Tümpels. Sie inspizierte die Haut oberhalb und unterhalb der Bluse, einer Bluse von einem Schnitt, wie es ihn längst nicht mehr zu kaufen gab. Dann sagte sie: »Sie bilden sich da etwas ein, Boori Ma.«

»Ich sage Ihnen, diese Milben fressen mich bei lebendigem Leibe auf.«

»Vielleicht sind es Hitzepickel«, meinte Mrs. Dalal.

Da schüttelte Boori Ma das freie Ende ihres Saris und ließ die Schlüssel rasseln. »Ich kenne Hitzepickel«, sagte sie. »Das sind keine Hitzepickel. Ich habe drei, vielleicht auch vier Nächte nicht mehr geschlafen. Ich kann sie schon gar nicht mehr zählen. Früher hatte ich immer ein sauberes Bett. Unsere Bettwäsche war aus Musselin. Ob Sie's glauben oder nicht: Unsere Moskitonetze waren seidenweich. Solchen Luxus können Sie sich nicht mal im Traum vorstellen.«

»Nicht mal im Traum«, wiederholte Mrs. Dalal. Sie senkte ihre durchsichtigen Lider und seufzte. »Nicht mal im Traum, Boori Ma. Ich wohne in zwei baufälligen Zimmern und bin mit einem Mann verheiratet, der Toilettenzubehör verkauft.« Mrs. Dalal wandte sich ab und betrachtete eine der Decken. Sie fuhr mit dem Finger über eine Naht und fragte: »Wie lange schlafen Sie schon in dem Bettzeug, Boori Ma?«

Boori Ma legte den Finger an die Lippen und erwiderte, sie wisse es nicht mehr.

»Warum haben Sie nie etwas gesagt? Trauen Sie uns nicht zu, dass wir Ihnen saubere Decken besorgen? Oder wenigstens ein Stück Wachstuch?« Sie sah beleidigt drein.

»Das ist nicht nötig«, sagte Boori Ma. »Jetzt sind sie ja sauber. Ich hab sie mit dem Besen ausgeklopft.«

»Keine Widerrede. Sie brauchen neues Bettzeug. Decken, ein Kissen. Und für den Winter eine Wolldecke.« Bei jedem der benötigten Gegenstände berührte Mrs. Dalal mit dem Daumen eine ihrer Fingerkuppen.

»An Festtagen kamen die Armen und haben bei uns gegessen«, sagte Boori Ma. Sie füllte Kohlen von dem Haufen auf der anderen Seite des Dachs in ihren Eimer.

»Ich werde mit Mr. Dalal reden, wenn er aus dem Büro kommt«, rief Mrs. Dalal im Hinuntergehen zurück. »Kommen Sie heute Nachmittag vorbei. Ich habe Pickles für Sie und Puder für Ihren Rücken.«

»Das sind keine Hitzepickel«, sagte Boori Ma.

Hitzepickel traten zwar häufig während der Regenzeit auf, doch Boori Ma zog es vor, das, was sie im Bett so störte, was ihr den Schlaf raubte, was wie Feuer auf ihrer dünner werdenden Haut und Kopfhaut brannte, einer weniger profanen Ursache zuzuschreiben.

Beim Treppenfegen – sie ging dabei stets von oben nach unten vor – grübelte sie über diese Dinge nach, als es zu regnen anfing. Der Regen klatschte auf das Dach wie die zu großen Schlappen eines Jungen und spülte Mrs. Dalas Zitronenschalen in die Dachrinne. Ehe die Leute draußen ihre Schirme öffnen konnten, rauschte ihnen das Wasser schon in Kragen, Taschen und Schuhe. In dem Mietshaus und in allen Nachbarhäusern wurden knarrend die Fensterläden geschlossen und mit Schnüren aus gedrehtem Stoff am Fensterkreuz befestigt.

Boori Ma hatte sich zu diesem Zeitpunkt bereits bis zum Treppenabsatz des ersten Stocks vorgearbeitet. Sie sah die leiterähnlichen Stufen hinauf, und als sich das Geräusch des niederstürzenden Wassers um sie her verdichtete, wusste sie, dass ihre Flickendecken sich in Joghurt verwandelten.

Doch dann fiel ihr das Gespräch mit Mrs. Dalal wieder ein. Im gleichen Rhythmus wie zuvor fuhr sie fort, Zigarettenstummel und Bonbonpapierchen aufzufegen, bis sie bei den Briefkästen unten angelangt war. Sie kramte in ihren Körben nach Zeitungspapier und stopfte es in die rautenförmigen Öffnungen im Tor, um den Wind abzuhalten. Dann setzte sie auf ihrem frisch mit Kohle gefüllten Eimer ihr Mittagessen auf und hielt das Feuer mit einem geflochtenen Palmfächer in Gang.

Am Nachmittag wand Boori Ma, wie es ihre Gewohnheit war, ihren Knoten neu, löste das freie Ende ihres Saris und zählte ihre Ersparnisse. Sie war gerade von einem zwanzigminütigen Schläfchen auf einem provisorischen Lager aus Zeitungspapier aufgewacht. Es hatte aufgehört zu regnen, und der saure Geruch nasser Mangoblätter hing schwer über das Gasse.

Manchmal besuchte Boori Ma nachmittags ihre Mitbewohner. Es gefiel ihr, in den verschiedenen Haushalten ein und aus zu gehen. Die Mieter ihrerseits versicherten ihr, dass sie stets willkommen sei; außer zur Nacht schoben sie nie den Riegel an der Tür vor. Sie unterbrachen ihre Tätigkeit nicht und schimpften weiter mit ihren Kindern, addierten ihre Ausgaben oder klaubten Steinchen aus dem Abendreis. Manchmal bekam Boori Ma ein Glas Tee, die Crackerdose wurde an sie weitergereicht, oder sie half den Kindern die Steine über das Karombrett schnippen. Da sie sich nicht auf Stühle oder Sofas setzen wollte, kauerte sie in Eingängen und Fluren und beobachtete Gesten und Verhaltensweisen, so wie man den Verkehr in einer fremden Stadt studiert.

An diesem Nachmittag beschloss Boori Ma, Mrs. Dalals Einladung anzunehmen. Ihr Rücken juckte noch immer, auch nach ihrem Nickerchen auf den Zeitungen, und Puder gegen Hitzepickel erschien ihr nun doch erstrebenswert. Sie nahm ihren Besen – ohne ihn fühlte sie sich nie ganz wohl – und wollte gerade nach oben, als eine Rikscha vor dem Tor hielt.

Es war Mr. Dalal. Die Jahre, die er damit zugebracht hatte, Belege abzuheften, hatten violette Ringe unter seinen Augen hinterlassen. Heute aber war sein Blick klar. Die Zungenspitze spielte zwischen seinen Zähnen, und mit den Schenkeln hielt er zwei kleine Keramikwaschbecken umklammert.

»Boori Ma, es gibt Arbeit für Sie. Helfen Sie mir die Waschbecken hinauftragen.« Er drückte sich ein zusammengefaltetes Taschentuch an Stirn und Hals und gab dem Rikschafahrer eine Münze. Dann trugen er und Boori Ma die Becken bis in den zweiten Stock hinauf. Erst als sie in der Wohnung waren, erklärte er Mrs. Dalal, Boori Ma und einigen anderen Hausbewohnern, die sich ihnen neugierig angeschlossen hatten, endlich Folgendes: dass die Zeiten, in denen er in einer Großhandlung für Gummischläuche, Rohre und Ventile Belege abgeheftet hatte, vorbei seien. Dass der Großhändler, der sich nach frischerer Luft sehne und dessen Gewinne sich verdoppelt hätten, eine Filiale in Burdwan eröffne. Und dass er ihn, Mr. Dalal, in Anbetracht seines jahrelangen unermüdlichen Wirkens zum Leiter des Betriebs in der College Street befördere. In seiner Euphorie hatte Mr. Dalal auf dem Nachhauseweg durch den Klempnerbezirk die beiden Waschbecken erstanden.

»Was sollen wir mit zwei Waschbecken in einer Zweizimmerwohnung?«, fragte Mrs. Dalal. Sie schmollte bereits wegen der Zitronenschalen. »Hat man so etwas schon gehört? Ich koche immer noch mit Petroleum. Du weigerst dich, ein Telefon zu beantragen. Und auf den Kühlschrank, den du mir bei unserer Heirat versprochen hast, warte ich heute noch. Und für das alles sollen mich zwei Waschbecken entschädigen?«

Der Streit, der darauf folgte, war so laut, dass man ihn bis zu den Briefkästen hinunter hörte. Er war so laut und dauerte so lange, dass er den zweiten Regenschauer übertönte, der nach Einbruch der Dunkelheit niederging. Er war so laut, dass er selbst Boori Ma ablenkte, als sie die Treppe zum zweiten Mal an diesem Tag von oben nach unten fegte. Sie sprach deshalb weder von ihrem Elend noch von den besseren Zeiten. Die Nacht verbrachte sie auf einem Lager aus Zeitungen.

Der Streit zwischen Mr. und Mrs. Dalal war noch mehr oder weniger im Gange, als früh am nächsten Morgen ein Trupp barfüßiger Handwerker kam, um die Waschbecken zu installieren. Nach einer Nacht des Hin-und-her-Wälzens und Auf-und-ab-Gehens hatte Mr. Dalal beschlossen, eines der Becken im Wohnzimmer anbringen zu lassen, das andere auf dem ersten Treppenabsatz. »So kann es jeder benutzen«, erklärte er an allen Türen. Die Bewohner waren entzückt; jahrelang hatten sie sich die Zähne mit Wasser aus dem Tank geputzt, das sie in Becher füllten.

Bei sich dachte Mr. Dalal unterdessen: Ein Waschbecken im Treppenhaus macht auf Besucher Eindruck. Man wusste schließlich nicht, wer alles kommen würde, jetzt, da er Geschäftsführer war.

Die Handwerker mühten sich mehrere Stunden ab. Treppauf, treppab liefen sie und verzehrten, an den Geländerpfosten kauernd, ihr mitgebrachtes Essen. Sie hämmerten und brüllten, fluchten und spuckten aus. Mit dem Turbanende wischten sie sich den Schweiß ab. Boori Ma machten sie es an diesem Tag unmöglich, die Treppe zu fegen.

Um sich die Zeit zu vertreiben, zog Boori Ma sich aufs Dach zurück. Sie schlurfte die Brüstung entlang, aber vom Schlafen auf den Zeitungen schmerzten ihr die Hüften. Nachdem sie sich in alle vier Himmelsrichtungen gewandt und den Horizont erkundet hatte, riss sie die Reste ihrer Flickendecken in mehrere Streifen und beschloss, zu einem späteren Zeitpunkt die Geländerpfosten zu polieren.

Am frühen Abend versammelten sich die Mieter, um das vollendete Werk zu bewundern. Auch Boori Ma wurde genötigt, die Hände unter das fließende klare Wasser zu halten. Sie rümpfte die Nase. »Bei uns kamen Blütenblätter und Rosenöl ins Badewasser. Ob ihr's glaubt oder nicht: Solchen Luxus könnt ihr euch nicht mal im Traum vorstellen.«

Mr. Dalal führte vor, wie das Waschbecken funktionierte. Er drehte jeden Hahn einzeln ganz auf und ganz zu. Dann drehte er beide Hähne gleichzeitig auf, um die Unterschiede des Wasserdrucks zu demonstrieren. Zog man einen kleinen Hebel zwischen den Hähnen hoch, lief das Becken auf Wunsch voll.

»Ein Höhepunkt an Stil und Komfort«, schloss Mr. Dalal.

»Ein deutliches Zeichen sich ändernder Zeiten«, soll Mr. Chatterjee von seinem Balkon aus zugestimmt haben.

Unter den Frauen aber machte sich bald Unmut breit. Während sie morgens Schlange standen, um sich die Zähne zu putzen, ärgerten sie sich darüber, dass sie warten mussten, bis sie an die Reihe kamen, dass sie die Hähne nach jedem Gebrauch sauber wischen mussten und Zahnpasta und Seife nicht auf dem schmalen Rand liegen lassen konnten. Die

Dalals hatten ihr eigenes Becken; warum sollten sich alle anderen ein einziges teilen?

»Als ob wir uns nicht unser eigenes Waschbecken kaufen könnten!«, platzte eines Morgens schließlich eine von ihnen heraus.

»Sind die Dalals etwa die Einzigen, die die Verhältnisse in diesem Haus verbessern können?«, fragte eine andere.

Gerüchte verbreiteten sich: Mr. Dalal habe seiner Frau nach dem Streit zum Trost zwei Kilo Senföl, einen Kaschmirschal und zwölf Stück Sandelholzseife gekauft; Mr. Dalal habe einen Antrag auf Verlegung einer Telefonleitung gestellt; Mrs. Dalal tue den ganzen Tag nichts anderes, als sich in ihrem Waschbecken die Hände zu waschen. Und als wäre es damit noch nicht genug, zwängte sich am nächsten Morgen ein Taxi mit Fahrtziel Howrah-Bahnhof in die Gasse – die Dalals reisten für zehn Tage nach Simla.

»Ich habe Sie nicht vergessen, Boori Ma. Wir bringen Ihnen eine Schafwolldecke mit, in den Bergen gewebt«, versprach Mrs. Dalal durchs offene Taxifenster. Im Schoß hielt sie eine Handtasche aus türkisfarbenem Leder, die zur Bordüre ihres Saris passte.

»Wir bringen zwei mit!«, rief Mr. Dalal, der neben seiner Frau saß, und klopfte seine Taschen ab, um sich zu vergewissern, dass sein Portemonnaie darin war.

Von allen, die in dem Mietshaus wohnten, war Boori Ma die Einzige, die am Scherengittertor stand und den Dalals gute Reise wünschte.

Kaum waren sie fort, begannen die Frauen ihre eigenen Renovierungen zu planen. Eine entschloss sich, einen Teil ihrer Hochzeitsarmreife zu verkaufen, und bestellte einen

Maler, der die Wände im Treppenhaus tünchen sollte. Eine andere versetzte ihre Nähmaschine und ließ einen Kammerjäger kommen. Eine Dritte brachte einen Satz Dessertschalen zum Silberschmied zurück; sie wollte die Fensterläden gelb streichen lassen.

Tag und Nacht machten sich nun Handwerker in dem Mietshaus breit. Um dem Getriebe zu entgehen, gewöhnte Boori Ma sich an, auf dem Dach zu schlafen. So viele Leute gingen durch das Tor ein und aus, so viele andere drängten sich ständig in der Gasse, dass es sinnlos geworden war, sie im Auge behalten zu wollen.

Nach ein paar Tagen brachte Boori Ma auch ihre Körbe und ihren Kocheimer aufs Dach. Das Waschbecken unten brauchte sie nicht zu benutzen, denn sie konnte sich, wie sie es stets getan hatte, ebenso gut am Hahn des Wassertanks waschen. Noch immer hatte sie vor, mit den Lappen, die sie von ihren Flickendecken gerissen hatte, die Geländerpfosten zu polieren. Sie schlief weiterhin auf ihren Zeitungen.

Die Regenfälle kehrten wieder. Eine Zeitung auf den Kopf gedrückt, kauerte Boori Ma unter der tropfenden Markise und schaute zu, wie die Monsunameisen mit ihren Eiern zwischen den Kiefern die Wäscheleine entlangmarschierten. Die feuchteren Winde taten ihrem Rücken wohl. Ihre Zeitungen wurden knapp.

Boori Mas Vormittage waren lang, die Nachmittage noch länger. An ihr letztes Glas Tee konnte sie sich schon gar nicht mehr erinnern. Sie dachte weder an ihr Elend noch an frühere Zeiten und fragte sich nur, wann die Dalals mit dem neuen Bettzeug zurückkommen würden.

Unruhe erfasste sie auf dem Dach, und um sich Bewegung zu verschaffen, begann sie nachmittags in der Gegend umherzustreifen. Mit ihrem Riedbesen in der Hand, den Sari mit Druckerschwärze verschmiert, wanderte sie über die Märkte und fing an, ihr Erspartes für kleine Leckereien auszugeben: heute ein Päckchen Puffreis, morgen ein paar Cashewnüsse, tags darauf ein Becher Zuckerrohrsaft. An einem Tag ging sie bis zu den Bücherständen in der College Street, am nächsten noch weiter, zu den Obst- und Gemüsehändlern im Bow-Basar. Und während sie dort in einer Einkaufspassage Jackfrüchte und Persimonen begutachtete, zupfte jemand am freien Ende ihres Saris. Als sie hinsah, waren ihre restlichen Ersparnisse und ihre Schlüssel weg.

Die Hausbewohner standen am Tor und warteten bereits auf Boori Ma, als sie an diesem Nachmittag zurückkam. Erboste Rufe schallten durchs ganze Treppenhaus, alle desselben Inhalts: Das Waschbecken auf dem Treppenabsatz war gestohlen worden. Ein großes Loch klaffte in der frisch getünchten Wand, aus dem ein Gewirr von Rohren und Gummischläuchen hervorstand. Putzbrocken lagen am Boden verstreut. Boori Ma umklammerte ihren Riedbesen und schwieg.

In ihrer Hast trugen die Mieter sie fast zum Dach hinauf. Sie stellten sie auf die eine Seite der Wäscheleine und begannen sie von der anderen her anzuschreien.

»Sie ist schuld!«, rief einer von ihnen und zeigte mit dem Finger auf Boori Ma. »Sie hat es den Dieben gesagt. Wo war sie, als sie das Tor bewachen sollte?«

»Seit Tagen läuft sie durch die Straßen und redet mit wildfremden Leuten«, sagte ein anderer.

»Wir geben ihr von unserer Kohle, wir geben ihr einen

Schlafplatz. Wie konnte sie uns nur so hintergehen?«, räsonierte ein Dritter.

Obwohl niemand sie direkt angesprochen hatte, entgegnete Boori Ma: »Ob ihr's glaubt oder nicht: Ich hab den Dieben nichts gesagt.«

»Seit Jahren hören wir uns Ihre Lügen an«, gaben sie zurück. »Und jetzt sollen wir Ihnen glauben?«

Die Beschuldigungen nahmen kein Ende. Wie sollten sie es den Dalals erklären? Schließlich wandten sie sich an Mr. Chatterjee um Rat. Er saß auf seinem Balkon und beobachtete einen Verkehrsstau.

Ein Mieter aus dem ersten Stock sagte: »Boori Ma hat die Sicherheit dieses Hauses gefährdet. Es gibt hier Wertgegenstände. Die Witwe, Mrs. Misra, lebt ganz allein mit ihrem Telefon. Was sollen wir tun?«

Mr. Chatterjee hörte sich die Argumente seiner Mitbewohner an. Während er alles überdachte, zog er das Tuch zurecht, das um seine Schultern lag, und blickte auf das Bambusgerüst, das seinen Balkon neuerdings umgab. Die Fensterläden hinter ihm, farblos, so weit er zurückdenken konnte, waren jetzt gelb gestrichen. Schließlich sagte er: »Boori Ma hat den Mund voller Asche. Aber das ist nichts Neues. Neu ist dagegen die Fassade dieses Hauses. Was so ein Haus braucht, ist ein richtiger *durwan*.«

Und so warfen die Bewohner Boori Mas Eimer und ihre Lappen, ihre Körbe und ihren Riedbesen die Treppen hinunter, an den Briefkästen vorbei und durch das Scherengittertor auf die Gasse. Dann warfen sie Boori Ma hinaus. Alle hatten es eilig, sich auf die Suche nach einem richtigen *durwan* zu machen.

Von dem Haufen ihrer Habseligkeiten behielt Boori Ma nur ihren Besen. »Ob ihr's glaubt oder nicht«, sagte sie noch einmal, während ihre Gestalt sich entfernte. Sie schüttelte das freie Ende ihres Saris, aber nichts rasselte.

SEXY

Es war der Alptraum jeder Ehefrau. Nach neunjähriger Ehe, so erzählte Laxmi Miranda, hatte sich der Mann ihrer Cousine in eine andere Frau verliebt. Er hatte im Flugzeug neben ihr gesessen, auf einem Flug von Delhi nach Montreal, und statt zu Frau und Sohn zurückzukehren, war er mit ihr in Heathrow ausgestiegen. Er hatte zu Hause angerufen und gesagt, er habe ein Gespräch gehabt, das sein Leben verändert habe, und er brauche Zeit, um sich über alles klar zu werden. Laxmis Cousine lag nur noch im Bett.

»Ich kann's ihr nicht verdenken«, sagte Laxmi. Sie griff nach der Tüte mit der Hot-Mix-Knabbermischung, die sie von früh bis spät mampfte; Miranda fand, der Inhalt sah aus wie verstaubte Orangen-Cornflakes. »Stell dir das vor! Eine Engländerin, halb so alt wie er.« Laxmi war nur wenige Jahre älter als Miranda, aber sie war bereits verheiratet, und in ihrer Kabine, die an Mirandas angrenzte, hing ein Foto, das sie und ihren Mann auf einer weißen Steinbank vor dem Taj Mahal zeigte. Laxmi telefonierte seit mindestens einer Stunde mit ihrer Cousine und versuchte sie zu beruhigen. Niemand merkte es; sie arbeiteten bei einem staatlichen Rundfunksender in der Spendenabteilung und waren von Leuten umgeben, die den ganzen Tag am Telefon saßen und Spenden einholten.

»Am meisten tut es mir für den Jungen Leid«, fuhr Laxmi fort. »Er ist seit Tagen zu Hause. Meine Cousine sagt, sie kann ihn nicht mal mehr zur Schule bringen.«

»Schrecklich«, sagte Miranda. Laxmis Telefonate – meist mit ihrem Mann, über die Frage, was zum Abendessen gekocht werden sollte – lenkten Miranda normalerweise von der Arbeit ab, wenn sie in ihrer eigenen Kabine Briefe tippte, in denen sie den Hörern eine Einkaufstasche oder einen Regenschirm versprach, wenn sie ihren jährlichen Spendenbeitrag erhöhten. Durch die Press-Stoffwand zwischen den beiden Schreibtischen konnte sie Laxmi, die hin und wieder ein indisches Wort in ihre Sätze einflocht, deutlich hören. An diesem Nachmittag aber hatte Miranda nicht zugehört. Sie hatte selbst telefoniert, mit Dev, und mit ihm einen Treffpunkt für den Abend vereinbart.

»Andererseits werden ihm ein paar Tage zu Hause nicht schaden.« Laxmi schob sich noch etwas Hot Mix in den Mund und verstaute die Tüte dann in einer Schublade. »Er ist ein kleines Genie. Seine Mutter stammt aus dem Punjab, sein Vater ist Bengale, und da er in der Schule Französisch und Englisch lernt, spricht er bereits vier Sprachen. Ich glaube, er hat zwei Klassen übersprungen.«

Auch Dev war Bengale. Anfangs hatte Miranda geglaubt, das sei eine Religion, doch dann hatte er ihr auf einer Karte in einer Ausgabe des *Economist* eine Provinz in Indien gezeigt, die sich Bengalen nannte. Er hatte die Zeitschrift eigens mitgebracht, denn sie besaß weder einen Atlas noch irgendwelche anderen Bücher mit Landkarten darin. Er hatte auf die Stadt gezeigt, in der er geboren war, und auf eine andere, in der sein Vater geboren war. Eine der beiden Städte war zur Hervorhebung mit einem Kästchen umrahmt. Als Miranda wissen wollte, was das Karree bedeutete, rollte Dev die Zeitschrift mit den Worten: »Nichts, worüber du dir je Gedanken machen müsstest«, zusammen und tätschelte ihr scherzhaft den Kopf.

Bevor er ging, hatte er die Zeitschrift in den Mülleimer geworfen, zusammen mit den Resten der drei Zigaretten, die er bei jedem seiner Besuche rauchte. Nachdem sein Wagen die Commonwealth Avenue hinab verschwunden war, heimwärts zu seinem Haus in einem Vorort, in dem er mit seiner Frau wohnte, hatte Miranda das Heft wieder herausgeholt, die Asche vom Umschlag gewischt und es andersherum aufgerollt, um es zu glätten. Sie hatte sich wieder ins Bett gelegt, das noch ganz zerwühlt war, und sich eine Weile die Grenzen Bengalens angesehen. Rechts davon lag ein Meer, oberhalb davon waren Berge. Die Karte gehörte zu einem Artikel über etwas, das sich Gramin Bank nannte. Sie blätterte um in der Hoffnung, ein Foto der Stadt zu finden, in der Dev geboren war, doch da waren nur Grafiken und Tabellen. Sie betrachtete sie trotzdem und dachte dabei die ganze Zeit an Dev und daran, wie er noch vor einer Viertelstunde ihre Füße auf seine Schultern gelegt, ihre Knie gegen ihre Brust gedrückt und ihr gesagt hatte, dass er gar nicht genug von ihr bekommen könne.

Sie hatte ihn vor einer Woche bei Filene's kennen gelernt. In der Mittagspause hatte sie dort im Souterrain eine herabgesetzte Strumpfhose gekauft. Dann war sie mit dem Aufzug ins Erdgeschoss gefahren, in die Kosmetikabteilung, wo die Seifen und Cremes wie Juwelen präsentiert wurden und Lidschatten und Puder wie hinter Glas aufgespießte Schmetterlinge schimmerten. Miranda hatte noch nie mehr als einen Lippenstift gekauft, aber von Zeit zu Zeit schlenderte sie gern hier durch. Die engen Gänge dieses Labyrinths waren ihr vertraut, der Rest von Boston irgendwie noch nicht. Sie mochte es, sich ihren Weg zwischen den Frauen hindurchzubahnen, die an jeder Ecke postiert standen und Parfüm auf Kärtchen sprühten, die sie dann hin und her schwenkten. Manchmal fand sie ein solches Kärtchen Tage später zusammengefaltet in ihrer Manteltasche, und der schwere Duft, der noch schwach wahrzunehmen war, wärmte sie, wenn sie an einem kalten Morgen auf die U-Bahn wartete.

An diesem Tag war Miranda stehen geblieben, um an einem ziemlich angenehm riechenden Kärtchen zu schnuppern, als sie an einem der Verkaufstische einen Mann bemerkte. Er hielt einen Zettel mit feinen, weiblichen Schriftzügen in der Hand. Eine Verkäuferin warf einen kurzen Blick darauf und begann Schubladen aufzuziehen. Sie holte ein rechteckiges Stück Seife in einer schwarzen Schachtel hervor, eine Feuchtigkeitsmaske, ein Fläschchen mit einer zellregenerierenden Flüssigkeit und zwei Tuben Gesichtscreme. Der Mann war dunkel, und auf seinen Fingern sprossen schwarze Härchen. Er hatte ein flamingofarbenes Hemd an, einen marineblauen Anzug und einen Kamelhaarmantel mit glänzenden Lederknöpfen. Zum Bezahlen hatte er seine Schweinslederhandschuhe ausgezogen. Knisternde Geldscheine kamen aus einer dunkelroten Brieftasche zum Vorschein. Er trug keinen Ehering.

»Kann ich Ihnen helfen?«, fragte die Verkäuferin Miranda. Über den Rand ihrer Schildpattbrille hinweg taxierte sie Mirandas Teint.

Miranda wusste nicht, was sie wollte. Sie wusste nur, was sie nicht wollte, nämlich dass der Mann wegging. Er schien zu zögern und gemeinsam mit der Verkäuferin darauf zu warten, dass sie etwas sagte. Sie betrachtete ein paar Flaschen auf einem ovalen Tablett, einige klein, andere groß, wie eine Familie, die sich für ein Foto aufgestellt hat.

»Ich suche eine Creme«, sagte sie schließlich.

»Wie alt sind Sie?«

»Zweiundzwanzig.«

Die Verkäuferin nickte und schraubte ein Mattglastöpfchen auf. »Das ist vielleicht etwas kräftiger, als Sie's gewöhnt sind, aber Sie sollten jetzt damit anfangen. Bis fünfundzwanzig haben sich alle Falten gebildet. Dann werden sie allmählich sichtbar.«

Der Mann schaute zu, wie die Verkäuferin Miranda die Creme aufs Gesicht tupfte. Während Miranda darüber belehrt wurde, wie sie die Creme aufzutragen habe, mit raschen Bewegungen vom Hals aufwärts, drehte er den Lippenstiftständer. Er pumpte sich ein Gel gegen Zellulitis auf den Handrücken und massierte es ein. Er öffnete ein Döschen, beugte sich vor und schnupperte daran, sodass ein Cremeklecks an seiner Nasenspitze hängen blieb.

Miranda lächelte, aber ihr Mund wurde von einem großen Pinsel verdeckt, mit dem die Verkäuferin ihr übers Gesicht fegte. »Das ist Rouge Nummer zwei«, sagte sie. »Das gibt Farbe.«

Miranda nickte und warf einen Blick in einen der schräg

gestellten Spiegel auf der Theke. Sie hatte silberne Augen und eine papierhelle Haut, und wegen des Kontrasts zu ihrem Haar, das dunkel glänzte wie eine Espressobohne, wurde sie als eine auffallende Erscheinung, wenn nicht sogar als hübsch bezeichnet. Sie hatte etwas Fohlenhaftes, und ihr schmaler, ovaler Kopf lief nach oben spitz zu. Auch ihr Gesicht war schmal und ihre Nasenlöcher so eng, als wären sie einmal mit einer Wäscheklammer zugeklemmt worden und nie wieder ganz aufgegangen. Jetzt glühte ihr Gesicht, die Wangen rosig, die Haut unterhalb des Stirnbeins rauchfarben. Ihre Lippen glänzten.

Der Mann sah ebenfalls in einen Spiegel und wischte sich schnell die Creme von der Nase. Miranda fragte sich, woher er kommen mochte. Er hätte Spanier sein können oder auch Libanese. Als er ein neues Töpfchen öffnete und zu niemandem im Besonderen »Das riecht nach Ananas« sagte, hörte sie kaum einen Akzent heraus.

»Kann ich sonst noch etwas für Sie tun?«, fragte die Verkäuferin und nahm Mirandas Kreditkarte.

»Nein, danke.«

Die Frau packte die Creme in mehrere Schichten rotes Seidenpapier. »Sie werden mit diesem Produkt sehr zufrieden sein.« Mirandas Hand zitterte ein wenig, als sie die Quittung unterschrieb. Der Mann hatte sich nicht von der Stelle gerührt.

»Ich habe Ihnen ein Pröbchen von unserem neuen Augengel dazugetan«, sagte die Verkäuferin und gab Miranda eine kleine Tragetasche. Sie warf einen Blick auf die Kreditkarte und schob sie über die Theke zurück. »Wiedersehen, Miranda.«

Miranda setzte sich in Bewegung. Erst ging sie schnell, doch dann, als sie die Drehtür sah, die auf Downtown Crossing hinausging, wurde sie langsamer.

»Ein Teil Ihres Namens ist indisch«, sagte der Mann und passte sich ihrem Schritt an.

An einem runden, von Tannenzapfen und Samtschleifen umrahmten Tisch, auf dem Pullover aufgestapelt lagen, blieb sie stehen. Er ebenfalls. »Miranda?«

»Mira. Eine Tante von mir heißt so.«

Er selbst hieß Dev. Er arbeite bei einer Investmentbank da hinten, sagte er und wies mit dem Kopf in Richtung South Station. Miranda registrierte, dass er der erste Mann mit Schnurrbart war, der ihr gefiel.

Sie gingen zusammen an den Verkaufsständen mit billigen Gürteln und Handtaschen vorbei zur Station Park Street. Ein ungestümer Januarwind verwehte Mirandas Scheitel. Während sie in ihrer Manteltasche nach einem Token kramte, fiel ihr Blick auf die Tragetasche, die gleiche wie ihre, die Dev zusammen mit seiner Brieftasche in der Hand hielt. »Und das ist für sie?«

»Für wen?«

»Für Ihre Tante Mira?«

»Das ist für meine Frau.« Er sagte es langsam und hielt dabei Mirandas Blick fest. »Sie fliegt für ein paar Wochen nach Indien.« Er verdrehte die Augen. »Sie ist süchtig nach dem Zeug.«

Da die Frau nicht da war, schien es irgendwie weniger unrecht. Anfangs verbrachten Miranda und Dev fast jede Nacht zusammen, wenn auch nicht die ganze. Er erklärte ihr, dass er nicht bis zum Morgen bleiben könne, weil seine Frau täglich um sechs aus Indien anrufe, wo es dann vier Uhr nachmittags sei. Er verließ Mirandas Wohnung deshalb um zwei, drei, oft erst um vier Uhr früh und fuhr in seinen Vorort zurück. Tagsüber rief er Miranda jede Stunde, so kam es ihr vor, vom Büro aus oder mit dem Handy an. Als er ihre Arbeitszeiten kannte, hinterließ er jeden Tag um halb sechs, während sie auf dem Nachhauseweg in der U-Bahn saß, eine Nachricht auf ihrem Anrufbeantworter, damit sie, so sagte er, gleich seine Stimme hören könne, wenn sie zur Tür hereinkomme. »Ich denke an dich«, kam es vom Band. »Ich kann es kaum erwarten, dich zu sehen.« Er sei gern bei ihr, sagte er, in ihrer Wohnung mit der Küche, die nicht größer war als ein Brotkasten, den verkratzten, schräg abfallenden Böden und dem Türöffner im Flur, der immer ein etwas peinliches Geräusch machte, wenn er darauf drückte. Er sagte, er bewundere sie dafür, dass sie nach Boston gegangen sei, wo sie niemanden gekannt habe, anstatt in Michigan zu bleiben, wo sie aufgewachsen war und studiert hatte. Als Miranda erwiderte, da gebe es nichts zu bewundern, deswegen sei sie ja nach Boston gegangen, schüttelte er den Kopf. »Ich weiß, was Einsamkeit ist«, sagte er, plötzlich ganz ernst, und in diesem Augenblick hatte Miranda das Gefühl, dass er sie verstand – verstand, wie sie sich manchmal abends in der U-Bahn fühlte, wenn sie allein im Kino gewesen war, wenn sie in einer Buchhandlung Zeitschriften gelesen hatte oder mit Laxmi, die sich dann immer nach ein, zwei Stunden mit ihrem Mann an der Station Alewife treffen musste, etwas trinken gegangen war. In weniger ernsten Momenten sagte Dev, wie sehr es ihm gefalle, dass ihre Beine länger seien als ihr Rumpf. Er hatte es bemerkt, als sie zum ersten Mal nackt durchs Zimmer ging. »Du bist die Erste«, sagte er, während er sie vom Bett aus bewunderte. »Die erste Frau mit so langen Beinen, die ich kenne.«

Dev war der erste Mann, der ihr das sagte. Die Jungen, mit denen sie auf dem College zusammen war, waren einfach nur größere, schwerere Ausgaben der Jungen gewesen, mit denen sie auf der High-School zusammen war. Dev war der Erste, der stets bezahlte, der ihr die Tür aufhielt, der im Restaurant manchmal über den Tisch fasste und ihr die Hand küsste. Er war der Erste, der ihr einen so riesigen Blumenstrauß brachte, dass sie ihn auf alle sechs Trinkgläser, die sie besaß, verteilen musste, und er war der Erste, der wieder und wieder ihren Namen flüsterte, wenn sie sich liebten. Bereits wenige Tage nachdem sie ihn kennen gelernt hatte, wünschte sich Miranda, sie hätte ein Foto von ihnen beiden an der Wand ihrer Kabine, wie das von Laxmi und ihrem Mann vor dem Taj Mahal. Sie sagte Laxmi nichts von Dev. Sie sagte niemandem etwas. Manchmal hätte sie Laxmi gern von ihm erzählt, und sei es nur, weil sie ebenfalls aus Indien stammte, aber sie telefonierte ständig mit ihrer Cousine, die immer noch im Bett lag, deren Mann immer noch in London war und deren Sohn immer noch nicht wieder zur Schule ging. »Du musst etwas essen«, drängte Laxmi. »Du darfst deine Gesundheit nicht ruinieren.« Wenn sie nicht mit ihrer Cousine sprach, sprach sie mit ihrem Mann, kürzere Telefonate, bei denen zum Schluss jedes Mal darüber gestritten wurde, ob es zum Abendessen Huhn oder Lamm geben solle. »Tut mir Leid«, entschuldigte sie sich einmal, »aber ich bin ein bisschen durchgedreht wegen der ganzen Sache.«

Miranda und Dev stritten nicht. Sie gingen ins Nickelodeon-Kino und küssten sich während der ganzen Vorstellung. Sie aßen im Davis Square Schweinefleisch in weißer Soße mit Maisbrot, und Dev steckte sich die Papierserviette in den Kragen, sodass sie wie eine Krawatte aussah. In der Bar eines spanischen Restaurants tranken sie Sangria, und ein grinsender Schweinekopf wachte über ihr Gespräch. Sie gingen ins Museum of Fine Arts und suchten ein Poster mit Seerosen für Mirandas Schlafzimmer aus. Eines Samstags zeigte er ihr nach einem Nachmittagskonzert in der Symphony Hall seinen Lieblingsplatz in der Stadt, das Mapparium im Christian Science Center, einen Raum ganz aus leuchtenden Buntglasscheiben, der wie das Innere eines Globus geformt war und wie das Äußere eines Globus aussah. Im Zentrum war eine durchsichtige Brücke, auf der man im Mittelpunkt der Erde zu stehen glaubte. Dev zeigte auf Indien, das rot war und viel detaillierter als die Karte im *Economist.* Er erklärte ihr, dass viele der Länder, Siam und Italienisch-Somaliland beispielsweise, nicht mehr existierten; sie hätten jetzt andere Namen. Der Ozean, so blau wie eine Pfauenbrust, hatte zweierlei Schattierungen, je nach Tiefe. Dev zeigte ihr den tiefsten Punkt der Erde oberhalb der Karolinen, wo der Ozean über elf Kilometer tief ist. Sie beugten sich über das Geländer und sahen unter sich die Antarktis, legten den Kopf in den Nacken und sahen über sich einen riesigen Metallstern. Devs Stimme wurde von den Glaswänden zurückgeworfen, bald laut, bald leise, bald so, dass sie in Mirandas Brust zu klingen schien, bald so, dass sie ihr Ohr gar nicht erreichte. Einmal stand eine Gruppe Touristen auf der Brücke, und man hörte ihr Räuspern und

Husten wie durch ein Mikrofon. Das liege an der Akustik, sagte Dev.

Miranda entdeckte London, wo der Mann von Laxmis Cousine war, mit der Frau, die er im Flugzeug kennen gelernt hatte. Sie fragte sich, in welcher Stadt in Indien Devs Frau sein mochte. Der fernste Punkt, den sie selbst je erreicht hatte, waren die Bahamas, wo sie als Kind einmal gewesen war. Sie suchte die Inseln, konnte sie aber auf den Glasscheiben nicht finden. Als die Touristen gegangen und sie und Dev wieder allein waren, forderte er sie auf, sich ans Ende der Brücke zu stellen. Obwohl neun Meter zwischen ihnen lägen, sagte er, würden sie einander flüstern hören.

»Das glaub ich nicht.« Es waren Mirandas erste Worte, seit sie den Raum betreten hatten. Sie kam sich vor, als hätte sie Lautsprecher in den Ohren.

»Geh schon«, drängte er und ging rückwärts ans andere Ende der Brücke. Seine Stimme senkte sich zu einem Flüstern. »Sag was.« Sie sah, wie seine Lippen die Worte formten, und hörte sie gleichzeitig so deutlich, dass sie sie unter der Haut spürte, unter ihrem Wintermantel, so nahe und so voll Wärme, dass ihr selbst ganz warm wurde.

»Hallo«, flüsterte sie, weil ihr nichts anderes einfiel.

»Du bist sexy«, flüsterte er zurück.

In der darauf folgenden Woche erzählte Laxmi, dass es nicht die erste Affäre sei, die der Mann ihrer Cousine habe. »Sie hat beschlossen abzuwarten, bis er wieder zur Vernunft kommt«, sagte sie eines Abends, als sie sich zum Gehen fertig machten. »Wegen des Jungen, sagt sie. Sie ist bereit, ihm zu verzeihen, wegen des Jungen.« Miranda wartete, bis Laxmi ihren Computer abgeschaltet und die Hot-Mix-Tüte in einer Schublade verstaut hatte. »Irgendwann kommt er wieder angekrochen, und sie lässt ihn rein.« Laxmi schüttelte den Kopf. »Mir könnte das nicht passieren. Wenn mein Mann eine andere Frau auch nur anschauen würde, ich würde die Schlösser auswechseln lassen.« Sie betrachtete das Bild an der Wand ihrer Kabine. Der Arm ihres Mannes lag um ihre Schultern, seine Knie waren ihr zugekehrt. Sie drehte sich zu Miranda um. »Du nicht?«

Miranda nickte. Devs Frau sollte am nächsten Tag aus Indien zurückkommen. Am Nachmittag hatte er Miranda am Telefon gesagt, er müsse sie vom Flughafen abholen. Er hatte ihr versprochen, so bald wie möglich anzurufen.

»Wie ist das Taj Mahal?«, fragte sie Laxmi.

»Es ist der romantischste Ort der Welt.« Laxmis Gesicht leuchtete bei der Erinnerung auf. »Ein unvergängliches Denkmal der Liebe.«

Am nächsten Tag, während Dev am Flughafen war, ging Miranda zu Filene's ins Untergeschoss und kaufte sich Dinge, die eine Geliebte ihrer Meinung nach brauchte. Sie fand ein Paar schwarze Stöckelschuhe mit Spangen, die kleiner waren als Babyzähne. Sie fand einen Satinunterrock mit festonierten Rändern und einen knielangen Morgenrock aus Seide. Statt der Strumpfhosen, die sie zur Arbeit trug, nahm sie dünne Nylonstrümpfe mit Naht. Sie stöberte in Wühltischen und wanderte zwischen Kleiderständern durch, schob Bügel um Bügel zurück, bis sie ein Cocktailkleid aus geschmeidigem, silbrigem Stoff mit Kettchen als Trägern fand. Die ganze Zeit dachte sie dabei an Dev und daran, was er im Mapparium gesagt hatte. Es war das erste Mal, dass ein Mann sie sexy genannt hatte, und wenn sie die Augen schloss, spürte sie noch, wie sein Flüstern unter ihrer Haut durch ihren Körper schwebte. In der Umkleidekabine, einem einzigen großen Raum mit Spiegeln an den Wänden, fand sie einen freien Platz neben einer älteren Frau mit glänzendem Gesicht und gefärbtem Haar. Sie stand barfuß in der Unterwäsche da und zog einen schwarzen Netzbody zwischen den Fingern straff.

»Man muss immer schauen, ob die Sachen Fäden ziehen«, sagte sie.

Miranda zog den Satinunterrock mit den festonierten Rändern hervor. Sie hielt ihn sich an die Brust.

Die Frau nickte zustimmend. »O ja.«

»Und das?« Miranda hielt das silberne Cocktailkleid hoch.

»Unbedingt. Das wird er Ihnen gleich im Restaurant vom Leib reißen wollen.«

Miranda stellte sich vor, wie sie beide, sie selbst in dem Cocktailkleid und Dev im Anzug, in dem Restaurant in South End saßen, in dem sie zuletzt gewesen waren; Dev hatte Gänseleber und eine Suppe bestellt, dazu Champagner und hinterher Erdbeeren. Sie malte sich aus, wie er ihr über den Tisch hinweg die Hand küsste. Doch als er sie das nächste Mal besuchte, am Sonntagnachmittag, mehrere Tage nachdem sie sich zuletzt gesehen hatten, war er in Sportkleidung. Seit seine Frau zurück war, gab er vor, sonntags in die Stadt zu fahren und am Charles River zu joggen. Am ersten Sonntag empfing Miranda ihn in ihrem knielangen Morgenrock, doch Dev, in Jogginghose und Laufschuhen, merkte es gar nicht. Er trug sie zum Bett und drang ohne ein Wort in sie ein. Später schlüpfte sie noch einmal in den Morgenrock, um eine Untertasse für seine Zigaretten zu holen, doch er beschwerte sich, dass sie ihm den Anblick ihrer langen Beine vorenthalte, und forderte sie auf, den Morgenrock wieder auszuziehen. Am Sonntag darauf machte sie deshalb keine Umstände mehr. Sie trug Jeans. Die neue Wäsche lag ganz hinten in der Schublade, hinter den normalen Sachen. Das silberne Cocktailkleid, dessen Etikett noch am Saum baumelte, hing im Wandschrank. Oft, wenn sie morgens ihre Schuhe suchte, sah sie das Kleid zerknüllt am Boden liegen; die Kettenträger rutschten immer von dem Metallbügel.

Aber Miranda freute sich auf die Sonntage. Morgens ging sie in ein Feinkostgeschäft und kaufte eine Baguette und kleine Plastikbehälter mit Sachen, die Dev gern aß, eingelegten Hering beispielsweise, Kartoffelsalat, Pestotörtchen und Mascarpone. Sie aßen im Bett, auf der Decke, nahmen den Hering mit den Fingern und brachen sich Stücke von der Baguette ab. Dev erzählte von seiner Kindheit, wie er nach der Schule zu Hause Mangosaft getrunken habe, der ihm auf einem Tablett serviert worden sei, und dann an einem See Cricket gespielt habe, ganz in Weiß. Er erzählte, wie er mit achtzehn während des so genannten Notstandes auf ein College nördlich von New York geschickt worden sei und Jahre gebraucht habe, um im Kino den amerikanischen Akzent zu verstehen, obwohl er mit Englisch als Hauptsprache aufgewachsen sei. Währenddessen rauchte er drei Zigaretten, die er in der Untertasse auf dem Nachttisch ausdrückte. Manchmal stellte er ihr Fragen, zum Beispiel, wie viele Liebhaber sie schon gehabt habe (drei) und wie alt sie beim ersten Mal gewesen sei (neunzehn). Nach dem Essen liebten sie sich inmitten von Baguettekrümeln, und danach hielt er ein zwölfminütiges Schläfchen. Miranda hatte noch nie einen Erwachsenen gekannt, der ein Schläfchen hielt, doch Dev sagte, das habe er in Indien von klein auf getan; es sei so heiß dort, dass man vor Sonnenuntergang nicht aus dem Haus gehe. »Außerdem kann man dann miteinander schlafen«, murmelte er verschmitzt und legte den Arm wie einen großen Armreif um sie.

Miranda schlief nicht. Sie sah auf die Uhr neben dem Bett oder drückte ihr Gesicht an Devs Finger, die mit ihren verschränkt waren, jeder mit einem halben Dutzend Härchen an den Knöcheln. Nach sechs Minuten drehte sie sich zu ihm um, seufzte und reckte sich nachdrücklich, um zu testen, ob er wirklich schlief. Er schlief immer. Beim Atmen zeichneten sich trotz seines leichten Bauchansatzes Rippen unter der Haut ab. Er beklagte sich über die Haare auf seinen Schultern, aber Miranda fand ihn vollkommen und mochte ihn sich gar nicht anders vorstellen.

Waren zwölf Minuten um, öffnete Dev die Augen, als wäre er die ganze Zeit wach gewesen, und lächelte sie an, so zufrieden, wie sie es selbst gern gewesen wäre. »Die besten zwölf Minuten der Woche«, seufzte er und strich ihr über die Waden. Dann sprang er aus dem Bett, zog seine Jogginghose an und schnürte die Schuhe. Er ging ins Bad, putzte sich mit dem Zeigefinger die Zähne, eine Methode, den Rauchgeschmack im Mund loszuwerden, sagte er, die alle Inder beherrschten. Wenn sie ihn zum Abschied küsste, roch sie in seinem Haar manchmal sich selbst. Aber sie wusste, dass seine Ausrede, er sei am Charles River entlanggejoggt, es ihm erlaubte, sofort zu duschen, wenn er nach Hause kam.

Außer Laxmi und Dev waren die einzigen Inder, die Miranda je kennen gelernt hatte, die Dixits, eine Familie, die in der Gegend wohnte, in der sie aufgewachsen war. Zur Erheiterung der Kinder in der Nachbarschaft, sie selbst eingeschlossen, die Dixit-Kinder nicht eingeschlossen, joggte Mr. Dixit jeden Abend in normalem Hemd und normaler Hose durch die flachen, gewundenen Straßen der Siedlung; sein einziges Zugeständnis an ein sportliches Outfit waren ein Paar billige Turnschuhe. Jedes Wochenende zwängte sich die Familie – Vater, Mutter, zwei Jungen und ein Mädchen – ins Auto und fuhr weg, niemand wusste wohin. Die Väter beklagten sich, dass Mr. Dixit seinen Rasen nicht anständig dünge und viel zu spät das Laub zusammenharke, und waren sich darin einig, dass sein Haus, das Einzige mit Kunststoffverkleidung, der Wohngegend einiges von ihrem Reiz nehme. Die Mütter luden Mrs. Dixit niemals ein, an den Swimmingpool der Armstrongs mitzukommen. An der Bushaltestelle standen die Dixit-Kinder für sich, und die anderen flüsterten sich »Dixit, Dixit, nix wie Shit« zu und lachten los.

Einmal waren alle Kinder der Nachbarschaft zur Geburtstagsparty der Tochter eingeladen. Miranda erinnerte sich, dass es in dem Haus durchdringend nach Räucherstäbchen und Zwiebeln gerochen und dass neben der Haustür eine Menge Schuhe auf einem Haufen gelegen hatten. Am deutlichsten aber erinnerte sie sich an ein Stück Stoff etwa von der Größe eines Kopfkissenbezugs, das an einem Holzstab am Fuß der Treppe hing. Eine nackte Frau war darauf gemalt, mit einem roten Gesicht, das wie der Schild eines Ritters geformt war. Sie hatte riesige weiße, zu den Schläfen hin abfallende Augen mit einfachen Punkten als Pupillen. Zwei Kreise mit ebensolchen Punkten in der Mitte kennzeichneten ihre Brüste. In der Hand schwang sie einen Dolch, mit dem Fuß zermalmte sie einen zappelnden Mann am Boden. Blutige, wie zu einer Popcornkette aufgereihte Köpfe wanden sich um ihren Körper. Sie streckte Miranda die Zunge heraus.

»Das ist die Göttin Kali«, erklärte Mrs. Dixit fröhlich und rückte den Stab ein wenig zurecht, um das Bild zu glätten. Ihre Hände waren mit Henna bemalt, ein kompliziertes Muster aus Zickzacklinien und Sternen. »Und nun kommt, es ist Zeit für den Kuchen.«

Miranda, die damals neun Jahre alt war, hatte solche Angst gehabt, dass sie nichts von dem Kuchen essen konnte. Noch Monate später hatte sie nicht einmal auf der Straßenseite der Dixits zu gehen gewagt, an deren Haus sie zweimal am Tag vorbei musste, einmal auf dem Weg zur Bushaltestelle, das zweite Mal auf dem Heimweg. Eine Zeit lang hatte sie sogar den Atem angehalten, bis sie an der nächsten Rasenfläche angelangt war, wie sie es auch tat, wenn der Schulbus an einem Friedhof vorbeifuhr.

Jetzt schämte sie sich dafür. Jetzt schloss sie, wenn sie mit Dev schlief, die Augen und sah Wüsten, Elefanten und im Vollmond auf einem See schwimmende Marmorpavillons. Eines Samstags, als sie nichts anderes zu tun hatte, ging sie zu Fuß bis zum Central Square und bestellte in einem indischen Restaurant Tandoori-Hähnchen. Beim Essen versuchte sie sich die indischen Ausdrücke für »sehr gut«, »Wasser«, »Bitte zahlen« und dergleichen einzuprägen, die am unteren Rand der Speisekarte standen. Da sie sie nicht behalten konnte, ging sie ab und zu in die Fremdsprachenabteilung der Buchhandlung am Kenmore Square und studierte das Bengali-Alphabet in einem Buch der Reihe *Zu Hause lernen.* Einmal versuchte sie sogar den indischen Teil ihres Namens, Mira, in ihrem Kalender zu transkribieren. Ihre Hand bewegte sich in ungewohnte Richtungen, blieb stehen, wand und drehte sich und setzte den Kugelschreiber ab, wenn Miranda am wenigsten darauf gefasst war. Den Pfeilen in dem Buch folgend, zog sie eine Linie von links nach rechts, von der die Buchstaben herabhingen. Einer sah mehr wie eine Zahl aus, ein anderer wie ein auf der Seite liegendes Dreieck. Erst nach mehreren Versuchen glichen die Buchstaben ihres Namens den Musterbuchstaben im Buch, und selbst dann wusste Miranda nicht, ob sie Mira oder Mara geschrieben hatte. Für sie war es ein Gekritzel, aber irgendwo auf der Welt, so machte sie sich betroffen klar, bedeutete es etwas.

Die Woche über ging es ganz gut. Miranda war mit ihrer Arbeit beschäftigt, und sie und Laxmi aßen jetzt mittags in einem neuen indischen Restaurant um die Ecke, wo Laxmi sie über den neuesten Stand der Dinge in der Ehe ihrer Cousine informierte. Manchmal versuchte Miranda das Thema zu wechseln. Sie kam sich dabei vor wie in ihrer Studienzeit, wenn sie und ihr damaliger Freund, der in einer Band spielte und immer ein Paar Trommelschlägel in der

Gesäßtasche hatte, einen voll besetzten Schnellimbiss verließen, ohne zu zahlen, nur um zu sehen, ob sie ungeschoren davonkamen. Doch Laxmi redete von nichts anderem. »Ich an ihrer Stelle würde mit dem nächsten Flugzeug nach London fliegen und die beiden erschießen«, verkündete sie eines Tages. Sie brach ein Papadam entzwei und tunkte es in Chutney. »Ich versteh nicht, wie sie einfach so warten kann.«

Miranda konnte warten. Abends saß sie am Esstisch und lackierte sich die Nägel mit farblosem Lack, aß Salat aus der Schüssel, sah fern und wartete auf den Sonntag. Die Samstage waren am schlimmsten, denn dann schien es, als würde der Sonntag nie kommen. Eines Samstags, als Dev sie spätabends anrief, hörte sie im Hintergrund Leute lachen und reden, so viele, dass sie ihn fragte, ob er in einem Konzertsaal sei. Aber er war zu Hause in dem Vorort. »Ich kann dich nicht gut hören«, sagte er. »Wir haben Gäste. Vermisst du mich?« Sie sah auf den Bildschirm; eine Komödie lief, deren Ton sie abgeschaltet hatte, als das Telefon klingelte. Sie stellte sich vor, wie er in sein Handy flüsterte, in einem Zimmer im ersten Stock, die Hand am Türknauf, während sich unten die Gäste drängten. »Vermisst du mich, Miranda?«, fragte er noch einmal. Sie bejahte.

Als er am nächsten Tag kam, fragte sie ihn, wie seine Frau aussehe. Sie hatte Angst davor und wartete, bis er die dritte Zigarette geraucht und mit einer kräftigen Drehung auf der Untertasse ausgedrückt hatte. Sie fragte sich, ob sie Streit bekommen würden. Aber die Frage überraschte Dev nicht. Er legte ein Stück geräucherten Weißfisch auf einen Cracker und sagte, seine Frau sehe einer indischen Schauspielerin namens Madhuri Dixit ähnlich.

Mirandas Herz setzte aus. Doch nein, die Tochter der Dixits hatte anders geheißen, irgendein Name mit P. Aber vielleicht war sie mit der Schauspielerin verwandt. Sie war ein reizloses Mädchen gewesen, das während der ganzen High-School-Zeit Zöpfe trug.

Ein paar Tage später ging Miranda in ein indisches Lebensmittelgeschäft mit Videoverleih am Central Square. Die Tür öffnete sich unter kompliziertem Glöckchengebimmel. Es war Abendessenszeit, und sie war die einzige Kundin in dem Laden, in dem es wie im Haus der Dixits roch, nur noch stärker. Auf einem Bildschirm oben in einer Ecke des Raums lief ein Video: Junge Frauen in Pluderhosen und Tanktops schwangen an einem Strand synchron die Hüften.

»Kann ich Ihnen helfen?«, fragte der Mann an der Kasse. Er aß ein Samosa, das er in eine dunkelbraune Soße auf einem Pappteller tunkte. Auf den Tabletts unter der Glastheke vor ihm lagen weitere bauchige Samosas, etwas, das aussah wie helle rautenförmige, in Folie verpackte Fondants, und hellorangefarbenes, in Sirup schwimmendes Gebäck. »Möchten Sie ein Video?«

Miranda schlug ihren Kalender auf, in dem sie sich »Mottery Dixit« notiert hatte. Sie musterte die Videos in den Regalen hinter dem Ladentisch. Frauen waren darauf zu sehen mit tief auf den Hüften sitzenden Georgetteröcken und Oberteilen, die zwischen den Brüsten geknotet waren. Einige von ihnen lehnten den Kopf an eine Mauer oder einen Baum. Sie waren schön, so schön wie die am Strand tanzenden Frauen, mit schwarz ummalten Augen und langem, schwarzem Haar. Da wusste Miranda, dass auch Madhuri Dixit schön war.

»Wir haben auch welche mit Untertiteln«, sagte der Mann. Er wischte sich eilig die Fingerspitzen an seinem Hemd ab und nahm drei Videos heraus.

»Nein, nein«, sagte Miranda, »danke.« Sie sah sich noch ein wenig in dem kleinen Laden um, betrachtete Regale mit Päckchen und Dosen ohne Etikett. Die Tiefkühltruhe war voll gestopft mit Pitabrot und Gemüsesorten, die sie nicht kannte. Das Einzige, was sie kannte, waren Tüten über Tüten mit der Hot-Mix-Mischung, die Laxmi ständig aß. Miranda dachte daran, ihr welche mitzubringen, zögerte dann aber, weil sie nicht wusste, wie sie ihr erklären sollte, weshalb sie in einem indischen Lebensmittelladen gewesen war.

»Sehr scharf«, sagte der Mann, schüttelte den Kopf und ließ die Augen über Mirandas Körper wandern. »Zu scharf für Sie.«

Im Februar war der Mann von Laxmis Cousine noch immer nicht zur Vernunft gekommen. Er war nach Montreal geflogen, hatte zwei Wochen lang erbittert mit seiner Frau gestritten, hatte zwei Koffer gepackt und war wieder nach London zurückgekehrt. Er wollte die Scheidung.

Miranda saß in ihrer Kabine und hörte zu, wie Laxmi ihrer Cousine wieder und wieder versicherte, es gebe bessere Männer auf der Welt, die nur darauf warteten, aus der Versenkung aufzutauchen. Am nächsten Tag kündigte die Cousine an, sie werde mit ihrem Sohn zu ihren Eltern nach Kalifornien reisen, um sich dort etwas zu erholen. Laxmi überredete sie, vorher ein Wochenende in Boston einzulegen. »Ein schneller Tapetenwechsel wird dir gut tun«, drängte sie sanft. »Außerdem haben wir uns Jahre nicht mehr gesehen.«

Während Laxmi redete und redete, sah Miranda ihr eigenes Telefon an und wünschte sich, Dev würde anrufen. Sie hörte, wie Laxmi sich von der Fernsprechauskunft die Nummer eines Schönheitssalons geben ließ. »Etwas Beruhigendes«, verlangte sie. Sie vereinbarte Termine für Massage, Gesichtsbehandlung, Maniküre und Pediküre. Dann reservierte sie im Four Seasons einen Tisch zum Lunch. Wild entschlossen, ihre Cousine aufzumuntern, hatte sie jedoch nicht an deren Sohn gedacht. Sie klopfte an die Zwischenwand.

»Hast du am Samstag schon was vor?«

Der Junge war dünn. Er trug einen gelben Rucksack, eine graue Fischgräthose, einen roten V-Ausschnittpullover und schwarze Lederschuhe. Das Haar fiel ihm in dichten Fransen in die Stirn, und um die Augen hatte er dunkle Ringe. Die dunklen Ringe waren das Erste, was Miranda an seinem Gesicht auffiel. Sie ließen ihn abgespannt aussehen, als würde er, obwohl er erst sieben war, zu viel rauchen und zu wenig schlafen. Er hielt einen großen Spiralblock an sich gedrückt. Er hieß Rohin.

»Frag mich nach einer Hauptstadt«, sagte er und sah zu Miranda auf.

Sie erwiderte seinen Blick. Es war am Samstagmorgen um halb neun. Sie trank einen Schluck Kaffee aus der großen Tasse, die sie in der Hand hielt. »Nach was?«

»Das ist ein Spiel, das er immer macht«, erklärte Laxmis Cousine. Sie war ebenso mager wie ihr Sohn, hatte ein langes Gesicht und die gleichen dunklen Ringe unter den Augen. Ein rostroter Mantel hing ihr schwer um die Schultern. Ihr schwarzes Haar hatte an den Schläfen graue Strähnen und war wie bei einer Ballett-Tänzerin zurückgekämmt. »Sie nennen ihm ein Land, und er sagt Ihnen die Hauptstadt.«

»Du hättest ihn im Auto hören sollen«, sagte Laxmi. »Er hat schon ganz Europa durch.«

»Das ist kein Spiel«, erklärte Rohin. »Es ist ein Wettkampf, mit einem aus meiner Klasse. Wer die meisten Hauptstädte weiß. Ich gewinne.«

Miranda nickte. »Okay. Was ist die Hauptstadt von Indien?«

»Das gilt nicht.« Er marschierte Arme schwingend wie ein Spielzeugsoldat ein Stück weg. Dann marschierte er zu seiner Mutter zurück und zupfte sie an der Manteltasche. »Frag mich was Schweres.«

»Senegal«, sagte sie.

»Dakar!«, rief Rohin triumphierend und rannte in immer größeren Kreisen durchs Zimmer. Zum Schluss lief er in die Küche, und Miranda hörte, wie er den Kühlschrank öffnete und wieder schloss.

»Nimm nichts, ohne zu fragen, Rohin«, rief Laxmis Cousine matt. Sie brachte ein Lächeln für Miranda zu Stande, das sie trotz ihrer dunklen Augenringe hübsch aussehen ließ. »Keine Sorge, in ein paar Stunden schläft er. Und vielen Dank, dass Sie auf ihn aufpassen.«

»Um drei sind wir zurück«, sagte Laxmi und verschwand hinter ihrer Cousine den Flur hinab. »Wir parken in zweiter Reihe.«

Miranda legte die Türkette vor. Sie ging in die Küche,

aber Rohin war inzwischen im Wohnzimmer und kniete auf einem der Regiestühle am Esstisch. Er zog den Reißverschluss seines Rucksacks auf, schob den Korb mit Mirandas Maniküresachen beiseite und verteilte seine Buntstifte über den Tisch. Miranda stellte sich hinter ihn und sah ihm über die Schulter. Er nahm einen blauen Stift und zeichnete die Konturen eines Flugzeugs.

»Schön ist das«, sagte sie. Als keine Antwort kam, ging sie in die Küche, um sich Kaffee nachzuschenken.

»Für mich bitte auch«, rief Rohin.

Sie kehrte ins Wohnzimmer zurück. »Auch was?«

»Kaffee. Es ist genug da. Ich hab die Kanne gesehen.«

Sie setzte sich ihm gegenüber an den Tisch. Ab und zu erhob er sich halb, um einen neuen Stift zu nehmen. Er hinterließ kaum einen Abdruck auf dem Regiestuhl.

»Du bist noch zu klein für Kaffee.«

Rohin beugte sich so tief über seinen Block, dass die schmächtige Brust und die schmalen Schultern ihn fast berührten, und legte den Kopf schräg. »Aber die Stewardess hat mir auch Kaffee gegeben«, sagte er. »Mit Milch und massenhaft Zucker.« Er richtete sich wieder auf, sodass neben dem Flugzeug ein Frauenkopf sichtbar wurde, mit langem, gewelltem Haar und Augen wie Sterne. »Ihre Haare haben noch mehr geglänzt«, sagte er und setzte hinzu: »Mein Vater hat im Flugzeug auch eine schöne Frau kennen gelernt.« Er sah Miranda an. Als sie von ihrem Kaffee trank, verdüsterte sich seine Miene. »Kann ich nicht ein kleines bisschen kriegen? Bitte!«

Sie fragte sich, ob er nicht trotz seines ruhigen, ernsten Gesichtsausdrucks der Typ für einen Wutanfall war, und stellte sich vor, wie er mit seinen Lederschuhen nach ihr trat und ihr bis drei die Ohren nach Kaffee voll schrie. Sie ging in die Küche und machte ihm eine Tasse, so wie er es verlangt hatte. Sie wählte eine, die ihr nicht wichtig war, für den Fall, dass er sie fallen ließ.

»Danke«, sagte er, als sie sie neben seinem Zeichenblock auf den Tisch stellte. Er trank in kleinen Schlucken und hielt die Tasse dabei fest in beiden Händen.

Nachdem er ausgetrunken hatte, zeichnete er weitere Flugzeuge. Miranda blieb bei ihm sitzen, doch als sie sich die Nägel lackieren wollte, protestierte er. Er zog einen Taschenbuch-Weltalmanach aus seinem Rucksack hervor und forderte sie auf, ihm Fragen zu stellen. Die Länder waren nach Erdteilen gruppiert, je sechs auf einer Seite, die Hauptstädte fett gedruckt, gefolgt von einem kurzen Eintrag über Staatsform, Einwohnerzahl und andere statistische Daten. Miranda schlug eine Seite im afrikanischen Teil auf und ging die Liste durch.

»Malawi«, sagte sie.

»Lilongwe.«

»Mali.«

»Bamako.«

Sie dachte an das Afrika im Mapparium. Der breite obere Teil war grün gewesen.

»Weiter«, sagte Rohin.

»Mauretanien.«

»Nouakchott.«

»Mauritius.«

Er schwieg, kniff die Augen zusammen, öffnete sie wieder, gab sich geschlagen. »Ich weiß nicht mehr.«

»Port Louis.«

»Port Louis.« Er murmelte es vor sich hin, immer und immer wieder, wie einen Sprechgesang.

Nach dem letzten Land mit M erklärte Rohin, er wolle Zeichentrickfilme sehen, aber Miranda müsse mitschauen. Als die Filme zu Ende waren, folgte er ihr in die Küche und blieb neben ihr stehen, während sie sich noch eine Tasse Kaffee einschenkte. Ein paar Minuten später ging sie ins Badezimmer, und er blieb zurück, doch als sie wieder herauskam, erschrak sie, weil er vor der Tür auf sie wartete.

»Musst du?«

Er schüttelte den Kopf, ging aber trotzdem ins Bad. Er klappte den Toilettendeckel herunter, stieg darauf und inspizierte das schmale Glasbord über dem Waschbecken, auf dem Mirandas Zahnbürste und ihre Kosmetiksachen standen.

»Wofür ist das?«, fragte er und nahm das Augengelpröbchen in die Hand, das sie an dem Tag bekommen hatte, als sie Dev kennen lernte.

»Gegen Tränensäcke.«

»Was sind Tränensäcke?«

»Das da.« Sie zeigte auf ihre Augen.

»Wenn man geweint hat?«

»Ja.«

Rohin schraubte die Tube auf und roch daran. Er drückte einen Tropfen auf seinen Finger und verrieb ihn auf der Hand. »Das brennt.« Er musterte seinen Handrücken, als erwarte er, dass sich die Haut verfärbte. »Meine Mutter hat auch Tränensäcke. Sie sagt, es ist eine Erkältung, aber in Wirklichkeit weint sie, manchmal stundenlang. Manchmal das ganze Abendessen über. Manchmal weint sie so schlimm, dass ihre Augen anschwellen wie Ochsenfrösche.« Zur Verdeutlichung sah er Miranda mit weit aufgerissenen Augen an.

Sie überlegte, ob sie ihm etwas zu essen machen sollte. In der Küche fand sie eine Tüte Reiswaffeln, Kopfsalat und eine Packung Nudeln. Sie schlug vor, einkaufen zu gehen, aber Rohin sagte, er habe keinen Hunger, und nahm eine der Reiswaffeln. »Iss du auch eine«, sagte er. Sie setzten sich an den Tisch, die Packung Reiswaffeln zwischen sich. Er schlug eine neue Seite in seinem Zeichenblock auf. »Mal du was.«

Sie ließ sich einen blauen Stift geben. »Was?«

Er dachte einen Moment nach. »Ich weiß«, sagte er dann, und seine Augen weiteten sich. Er forderte sie auf, die Gegenstände im Wohnzimmer zu zeichnen: das Sofa, die Regiestühle, den Fernseher, das Telefon. »Dann kann ich mich daran erinnern.«

»Woran?«

»An den Tag mit dir.« Er nahm sich noch eine Reiswaffel.

»Und warum willst du dich daran erinnern?«

»Weil wir uns nie wieder sehen werden.«

Die Präzision seiner Formulierung überraschte sie. Sie sah ihn an, ein wenig bedrückt. Rohin wirkte nicht bedrückt. Er klopfte auf den Block. »Fang an.«

Sie zeichnete also die Gegenstände, so gut sie konnte – das Sofa, die Regiestühle, den Fernseher, das Telefon. Er trat zu ihr und drückte sich an sie, so eng, dass sie manchmal kaum sehen konnte, was sie tat. Nach einigen weiteren Happen von seinem Reiskuchen legte er seine kleine braune Hand auf ihre. »Jetzt ich.«

Sie gab ihm den Stift.

Er schüttelte den Kopf. »Nein, jetzt sollst du mich malen.«

»Das kann ich nicht. Das würde gar nicht aussehen wie du.«

Rohins Gesicht verdüsterte sich wieder, wie zuvor, als sie ihm keinen Kaffee hatte geben wollen. »Bitte.«

Und so zeichnete sie sein Gesicht, den Umriss seines Kopfes, die dichten Fransen über den Augen. Er saß vollkommen still, mit feierlicher, melancholischer Miene, den Blick starr zur Seite gerichtet. Miranda wünschte, das Bild würde ihm ähnlich sehen. Sie gab sich alle Mühe, und ihre Hand bewegte sich im Gleichklang mit ihren Augen, in ungewohnten Richtungen, wie damals in der Buchhandlung, als sie ihren Namen auf Bengali geschrieben hatte. Aber sie brachte keine Ähnlichkeit zu Stande. Als sie gerade seine Nase zeichnete, schlängelte er sich vom Tisch fort.

»Mir ist langweilig«, verkündete er und steuerte auf ihr Schlafzimmer zu. Er stieß die Tür so heftig auf, wie er es mit beiden Handflächen vermochte, sodass sie gegen den Gummistopper an der Fußleiste prallte. Miranda hörte, wie er ihre Schreibtischschubladen aufzog und wieder schloss.

Als sie ins Zimmer trat, stand er im Wandschrank. Sie hörte Kleiderbügel über die Stange schaben. Nach einer Minute kam er heraus, das Haar zerzaust, das silberne Cocktailkleid in der Hand. »Das hat am Boden gelegen.«

»Es fällt immer wieder runter.«

Rohin betrachtete das Kleid und dann Mirandas Körper. »Zieh's an.«

»Wie bitte?«

»Zieh's an.«

Es gab keinen Anlass, das Kleid zu tragen. Außer im Anproberaum bei Filene's hatte sie es noch nie angehabt, und solange sie mit Dev zusammen war, würde sie es auch nicht tragen. Sie wusste, dass sie nie mehr zusammen in ein Restaurant gehen würden, wo er ihr über den Tisch hinweg die Hand küssen würde. Sie würden sich in ihrer Wohnung treffen, sonntags, er in seiner Jogginghose, sie in Jeans. Sie nahm Rohin das Kleid ab und schüttelte es aus, obwohl der geschmeidige Stoff nicht knitterte. Sie griff nach einem freien Bügel im Schrank.

»Bitte zieh's an«, bat Rohin ein wenig verzweifelt. Er stand auf einmal hinter ihr, drückte sein Gesicht an sie und umklammerte mit seinen dünnen Ärmchen ihre Taille. »Bitte.«

»Okay.« Es überraschte sie, wie kräftig sein Griff war.

Er lächelte befriedigt und setzte sich aufs Bett.

»Du musst draußen warten.« Sie zeigte auf die Tür. »Ich komme raus, wenn ich fertig bin.«

»Aber meine Mutter zieht sich immer vor mir aus.«

»So?«

Rohin nickte. »Sie hebt die Kleider nicht mal auf. Sie lässt sie einfach auf einem Haufen neben dem Bett am Boden liegen.«

»Einmal hat sie bei mir im Zimmer geschlafen«, fuhr er fort. »Da fühlt sie sich wohler als in ihrem Bett, hat sie gesagt, jetzt, wo mein Vater weg ist.«

»Ich bin aber nicht deine Mutter.« Miranda fasste ihn unter den Achseln und wollte ihn vom Bett heben. Er sträubte sich, und sie nahm ihn auf den Arm. Er war schwerer, als sie gedacht hatte, und klammerte sich an sie, schlang die Beine fest um ihre Hüften, legte den Kopf an ihre Brust. Sie setzte ihn in der Diele ab und schloss die Tür. Als zusätzliche Vorsichtsmaßnahme schob sie den Riegel vor. Sie zog das Kleid an und warf einen Blick in den großen Spiegel an der Tür. Ihre Socken sahen lächerlich aus, und so nahm sie die Nylonstrümpfe aus der Schublade. Hinten im Wandschrank kramte sie nach den Stöckelschuhen mit den winzigen Spangen und schlüpfte hinein. Die Kettenträger des Kleides lagen leicht wie Papier auf ihren Schlüsselbeinen. Das Kleid saß ein wenig locker. Sie bekam den Reißverschluss nicht zu.

Rohin klopfte an. »Kann ich jetzt reinkommen?«

Sie öffnete die Tür. Er hielt seinen Almanach in der Hand und murmelte etwas vor sich hin. Bei ihrem Anblick machte er große Augen. »Kannst du mir bitte den Reißverschluss zumachen?«, fragte sie und setzte sich auf die Bettkante.

Rohin trat zu ihr und zog den Reißverschluss hoch, und dann stand Miranda auf und drehte sich. Rohin legte den Almanach weg. »Du bist sexy«, erklärte er.

»Wie bitte?«

»Du bist sexy.«

Miranda setzte sich wieder aufs Bett. Sie wusste, es hatte nichts zu bedeuten, und doch hatte ihr Herz ausgesetzt. Wahrscheinlich nannte Rohin alle Frauen sexy. Wahrscheinlich hatte er das Wort im Fernsehen gehört oder auf dem Titelblatt einer Zeitschrift gelesen. Der Tag im Mapparium kam ihr in den Sinn, als sie am Ende der Brücke gestanden hatte. Damals hatte sie gewusst, was die Worte bedeuteten. Damals hatten sie einen Sinn gehabt.

Miranda verschränkte die Arme und sah Rohin in die Augen. »Sag mal.«

Er schwieg.

»Was bedeutet das?«

»Was?«

»Dieses Wort. Sexy. Was bedeutet es?«

Er schien plötzlich verlegen und senkte den Blick. »Das kann ich nicht sagen.«

»Warum nicht?«

»Es ist ein Geheimnis.« Er presste die Lippen zusammen, so fest, dass sie an einer Stelle weiß wurden.

»Verrat mir das Geheimnis. Ich möchte es wissen.«

Er setzte sich neben Miranda aufs Bett und begann mit den Fersen gegen den Matratzenrand zu treten. »Es ist ein Geheimnis.« Er kicherte nervös, und sein schmaler Körper zuckte, als würde er gekitzelt.

»Sag's mir«, beharrte Miranda. Sie beugte sich vor und umschloss seine Knöchel, hielt seine Füße ruhig.

Rohin sah sie an, die Augen zu schmalen Schlitzen verengt. Er wollte von neuem gegen die Matratze treten, doch Miranda hielt ihn mit aller Kraft fest. Da ließ er sich aufs Bett zurückfallen, den Rücken gerade wie ein Brett. Er legte die Hände wie einen Trichter an den Mund und flüsterte: »Es bedeutet, dass man jemanden liebt, den man nicht kennt.«

Miranda spürte Rohins Worte unter der Haut, so wie sie Devs Worte im Mapparium unter der Haut gespürt hatte. Doch diesmal wurde ihr nicht heiß, sie fühlte sich nur wie betäubt. Es war wie in dem indischen Lebensmittelgeschäft, als ihr, ohne ein Bild von ihr gesehen zu haben, klar geworden war, dass Madhuri Dixit, der Devs Frau ähnlich sah, schön war.

»So war's bei meinem Vater«, fuhr Rohin fort. »Er hat neben einer Frau gesessen, die er nicht gekannt hat, einer sexy Frau, und jetzt liebt er sie und meine Mutter nicht mehr.«

Er zog sich die Schuhe aus und stellte sie nebeneinander auf den Boden. Dann schlug er, ohne zu fragen, die Decke zurück, krabbelte mitsamt seinem Almanach in Mirandas Bett und drehte sich auf die Seite. Eine Minute später fiel ihm das Buch aus den Händen, und er schloss die Augen. Miranda beobachtete, wie er schlief, wie die Decke sich mit seinen Atemzügen hob und senkte. Er wachte nicht wie Dev nach zwölf Minuten auf, auch nicht nach zwanzig. Er öffnete nicht die Augen, als sie aus dem silbernen Cocktailkleid stieg und wieder in ihre Jeans schlüpfte, als sie die Stöckelschuhe in den Schrank stellte und die Nylonstrümpfe zusammenrollte und in die Schublade zurücklegte.

Als alles weggeräumt war, setzte sie sich wieder aufs Bett und fuhr fort, Rohins Schlaf zu beobachten. Sie beugte sich zu ihm hinab, so tief, dass sie den weißen Puder von den Reiswaffeln in seinen Mundwinkeln sah, und nahm den Almanach zur Hand. Während sie darin blätterte, stellte sie sich die Auseinandersetzungen vor, die Rohin zu Hause in Montreal miterlebt haben musste. »Ist sie hübsch?«, hatte seine Mutter seinen Vater vermutlich gefragt. Sie war im Bademantel, den sie seit Wochen trug, und ihr Gesicht hatte sich gehässig verzogen. »Ist sie sexy?« Sein Vater hatte wahrscheinlich erst verneint und dann versucht, das Thema zu wechseln. »Sag's mir!«, hatte die Mutter geschrien. »Sag mir, ob sie sexy ist!« Schließlich hatte der Vater es zugegeben, und seine Frau hatte geweint und geweint, in einem Bett, um das herum ein Wust von Kleidern lag, mit Augen, die wie Ochsenfrösche anschwollen. »Wie kann das sein?«, hatte sie schluchzend gefragt. »Wie kannst du eine Frau lieben, die du nicht kennst?«

Als Miranda sich die Szene ausmalte, musste sie selbst ein wenig weinen. Eine Träne tropfte auf eine Seite des Almanachs. Im Mapparium damals hatten die Länder zum Greifen nahe geschienen, und Devs Stimme war erschreckend laut von den Glaswänden widergehallt. Über die Brücke hinweg, aus neun Metern Entfernung waren seine Worte an ihr Ohr gedrungen, so nah und so voll Wärme, dass sie noch tagelang unter ihrer Haut geschwebt hatten. Bei dem Gedanken daran musste Miranda ein wenig mehr weinen, und eine ganze Weile konnte sie nicht wieder aufhören. Aber Rohin schlief weiter. Bestimmt war er inzwischen daran gewöhnt, war es gewöhnt, eine Frau weinen zu hören.

Am nächsten Tag, einem Sonntag, rief Dev an, um Miranda zu sagen, dass er unterwegs sei. »Ich bin fast fertig. Um zwei bin ich da.«

Miranda sah sich im Fernsehen eine Kochsendung an. Eine Frau zeigte auf eine Reihe Äpfel und erklärte, welche sich am besten zum Backen eigneten. »Komm heute lieber nicht.«

»Warum nicht?«

»Ich bin erkältet«, log sie. Das war nicht so weit von der Wahrheit entfernt; vom Weinen hatte sie eine verstopfte Nase. »Ich hab den ganzen Vormittag im Bett gelegen.«

»Du klingst auch ganz verschnupft.« Eine Pause trat ein. »Brauchst du etwas?«

»Nein, nein, ich habe alles.«

»Trink möglichst viel.«

»Dev?«

»Ja, Miranda?«

»Weißt du noch, wie wir im Mapparium waren?«

»Ja, natürlich.«

»Weißt du noch, wie wir über die Brücke weg miteinander geflüstert haben?«

»Ja«, flüsterte Dev scherzhaft.

»Und weißt du noch, was du geflüstert hast?«

Wieder trat eine Pause ein. »Gehen wir zu dir.« Er lachte leise. »Nächsten Sonntag wieder?«

Sie stellte sich vor, wie er in Jogginghose und Laufschuhen in sein Handy flüsterte, und unwillkürlich sehnte sie sich nach ihm, obwohl sie inzwischen wusste, dass ihre Sonntage gezählt waren. Noch einen Sonntag würde sie ihn sehen, entschied sie, vielleicht zwei. Dann würde sie ihm sagen, was sie ihm längst hätte sagen müssen: dass es nicht fair war, weder ihr noch seiner Frau gegenüber, dass sie Besseres verdient hatte, dass es keinen Sinn hatte, die Sache noch länger hinzuziehen.

Am folgenden Sonntag aber schneite es, so heftig, dass Dev zu Hause nicht sagen konnte, er wolle am Charles River entlanglaufen. Am Sonntag darauf war der Schnee wieder geschmolzen, aber Miranda hatte einen Kinobesuch mit Laxmi geplant, und als Dev anrief, bat er sie nicht, die Verabredung abzusagen. Am dritten Sonntag stand sie früh auf und machte einen Spaziergang. Es war kalt, aber sonnig, und so ging sie die ganze Commonwealth Avenue hinunter, vorbei an Restaurants, in denen Dev über den Tisch hinweg ihre Hand gehalten hatte, und weiter bis zum Christian Science Center. Das Mapparium war geschlossen, aber sie holte sich in der Nähe eine Tasse Kaffee, setzte sich auf eine Bank auf dem Platz vor der Kirche und betrachtete deren gewaltige Säulen, die wuchtige Kuppel und den klaren blauen Himmel, der sich über der Stadt wölbte.

BEI MRS. SEN

Eliot war seit fast vier Wochen bei Mrs. Sen, seit im September die Schule wieder angefangen hatte. Das Jahr zuvor hatte eine Studentin namens Abby auf ihn aufgepasst, ein schlankes, sommersprossiges Mädchen, das Bücher ohne Bilder auf dem Umschlag las und sich weigerte, irgendetwas mit Fleisch für Eliot zu kochen. Davor hatte ihn Mrs. Linden empfangen, wenn er nachmittags nach Hause kam, eine ältere Frau, die Kaffee aus einer Thermoskanne trank und Kreuzworträtsel löste, während Eliot für sich allein spielte. Abby hatte ihren Abschluss gemacht und die Universität gewechselt, und Mrs. Linden hatte gehen müssen, als Eliots Mutter dahinter kam, dass ihre Thermoskanne mehr Whisky als Kaffee enthielt. Das Erste, was sie von Mrs. Sen sahen, waren ein paar sauber geschriebene Kugelschreiberzeilen auf einer Karteikarte außen am Supermarkt. »Professorenfrau, verantwortungsbewusst und freundlich, betreut Ihr Kind bei sich zu Hause.« Am Telefon hatte Eliots Mutter Mrs. Sen gesagt, dass Eliots Kinderfrauen immer ins Haus gekommen seien. »Eliot ist elf. Er kann sich selbst etwas zu essen machen und allein spielen. Ich möchte nur, dass ein Erwachsener im Haus ist, für alle Fälle.« Doch Mrs. Sen konnte nicht Auto fahren.

»Wie Sie sehen, ist unsere Wohnung absolut sauber, absolut kindersicher«, sagte Mrs. Sen beim ersten Gespräch. Es war eine Universitätswohnung am Rande des Campus. Der Hausflur war in einem hässlichen Hellbraun gefliest, die Reihe der Briefkästen mit Kreppband oder weißen Schildchen beschriftet. Im Innern der Wohnung kreuzten sich erstarrte Staubsaugerspuren auf einem birnenfarbenen Plüschteppich. Bunt zusammengewürfelte Reste anderer Teppiche lagen in Erwartung der Füße, die dort den Boden berühren mussten, wie Fußmatten mit Willkommensgruß vor Sofa und Sesseln. Die weißen trommelförmigen Lampenschirme links und rechts des Sofas steckten noch in den Plastikhüllen der Fabrik. Auf Fernseher und Telefon lagen gelbe Stoffstücke mit festonierten Rändern. Ein Tablett mit einer hohen grauen Teekanne, Tassen und Butterkeksen stand auf dem Tisch. Mr. Sen, ein kleiner, stämmiger Mann mit etwas vorquellenden Augen und einer eckigen schwarzen Brille, war auch da. Er schlug mit einiger Mühe die Beine übereinander und hielt die Tasse mit beiden Händen ganz nahe am Mund, auch wenn er nicht trank. Weder Mr. noch Mrs. Sen hatten richtige Schuhe an; Eliot sah mehrere Paare in einem kleinen Bücherregal neben der Wohnungstür stehen. Sie trugen Gummischlappen. »Mr. Sen lehrt an der Universität Mathematik«, stellte Mrs. Sen ihn vor, als sei er ein entfernter Bekannter.

Mrs. Sen war um die dreißig. Sie hatte eine kleine Lücke zwischen den Schneidezähnen und verblasste Pockennarben am Kinn, aber ihre Augen waren schön, mit dichten, aufwärts strebenden Brauen und schwarzen, in einem Schnörkel über die Lider hinausgezogenen Kajalstrichen. Sie trug einen schimmernden weißen Sari mit orangefarbenem Paisleymuster, der sich eher für eine Abendeinladung geeignet hätte als für einen ruhigen Augustnachmittag mit leichtem Nieselregen. Das darauf abgestimmte glänzende Korallenrot ihres Lippenstifts war ein klein wenig über die Ränder hinausgeraten.

Aber wer komisch aussah, fand Eliot, war seine Mutter in ihren beigen Shorts mit Aufschlag und ihren Espadrilles. Ihr kurz geschnittenes Haar, im Farbton ähnlich wie die Shorts, wirkte zu strähnig und zu nüchtern und ihre rasierten Knie und Schenkel zu nackt in diesem Raum, in dem alles so sorgsam bedeckt war. Sie lehnte jedes Mal ab, wenn Mrs. Sen ihr von den Keksen anbot, und stellte eine lange Reihe von Fragen, deren Antworten sie auf einem Stenoblock notierte. Ob noch andere Kinder da sein würden. Ob Mrs. Sen schon einmal Kinder betreut habe. Wie lange sie schon hier lebe. Am meisten beunruhigte sie, dass Mrs. Sen nicht Auto fahren konnte. Eliots Mutter arbeitete in einem Büro fünfzig Meilen Richtung Norden, sein Vater lebte nach ihrem derzeitigen Kenntnisstand zweitausend Meilen Richtung Westen.

»Ich gebe ihr Fahrstunden«, sagte Mr. Sen und stellte seine Tasse auf den Couchtisch. Es war das erste Mal, dass er das Wort ergriff. »Meiner Schätzung nach wird Mrs. Sen im Dezember den Führerschein haben.«

»Ach, ja?« Eliots Mutter notierte es auf ihrem Block.

»Ja, ich lerne Auto fahren«, sagte Mrs. Sen. »Aber ich lerne langsam. Zu Hause haben wir einen Fahrer, wissen Sie.«

»Sie meinen, einen Chauffeur?«

Mrs. Sen warf Mr. Sen einen Blick zu, und er nickte.

Eliots Mutter nickte ebenfalls und sah sich im Zimmer um. »Und das ist... in Indien?«

»Ja«, erwiderte Mrs. Sen. Das Wort schien etwas in ihr auszulösen. Sie glättete den Rand ihres Saris, dort wo er schräg über ihre Brust fiel. Sie sah sich ebenfalls im Zimmer um, als erblickte sie in den Lampenschirmen, der Teekanne und den erstarrten Staubsaugerspuren auf dem Teppich etwas, das die anderen nicht sahen. »Alles ist dort.«

Es machte Eliot nichts aus, nach der Schule zu Mrs. Sen zu gehen. Im September war es in dem Strandhaus, in dem er mit seiner Mutter das ganze Jahr über wohnte, schon kalt; sie mussten jedes Mal den tragbaren Heizofen mitnehmen, wenn sie von einem Zimmer ins andere gingen, und die Fenster mit Plastikfolie und einem Fön abdichten. Der Strand war leer, und es war langweilig, dort allein zu spielen. Die einzigen Nachbarn, die über den Labor Day hinaus geblieben waren, ein junges Ehepaar, hatten keine Kinder, und Eliot hatte keine Lust mehr, zerbrochene Muscheln in seinem Eimer zu sammeln und mit den Händen über den Seetang zu streichen, der wie smaragdgrüne Lasagne auf dem Sand verstreut lag. In Mrs. Sens Wohnung war es warm, manchmal zu warm; die Heizkörper zischten ununterbrochen wie ein Dampfkochtopf. Eliot lernte, an der Wohnungstür als Erstes seine Turnschuhe auszuziehen und sie in das Bücherregal zu stellen, neben Mrs. Sens aufgereihte Sandalen, von denen jedes Paar eine andere Farbe hatte, mit Sohlen, so flach wie Pappe, und einer Lederschlaufe für den großen Zeh.

Besonders gern schaute Eliot Mrs. Sen zu, wenn sie auf

ausgebreiteten Zeitungen im Wohnzimmer am Boden saß und Sachen klein schnitt. Statt eines Messers benutzte sie eine Klinge, die wie der Bug eines Wikingerschiffs, das fernen Seeschlachten entgegensegelt, gebogen war. Sie wurde an einem Ende in einen schmalen Holzblock eingesetzt. Der Stahl, mehr schwarz als silbern, war ungleichmäßig poliert und an einer Stelle gezackt, zum Raspeln, wie Mrs. Sen erklärte. Jeden Nachmittag nahm sie die Klinge und ließ sie in den Block einrasten, sodass sie in schrägem Winkel aus dem Holz stand. Der scharfen Schneide zugewandt, ohne sie je zu berühren, nahm Mrs. Sen das Gemüse in die Hände und zerhackte es: Blumenkohl, Kohlköpfe, Kürbisse. Sie halbierte sie, viertelte sie, produzierte im Handumdrehen Röschen, Würfel, Scheiben und Raspel. Sie konnte in Sekundenschnelle eine Kartoffel schälen. Bald saß sie im Schneidersitz, bald mit ausgestreckten Beinen, inmitten eines Arsenals von Sieben und flachen Wasserschüsseln, in die sie die zerkleinerten Zutaten tauchte.

Während der Arbeit sah sie mit einem Auge fern und achtete mit dem anderen auf Eliot, nur auf die Klinge schien sie nie zu achten. Trotzdem durfte Eliot, solange sie Gemüse schnitt, nicht im Zimmer umhergehen. »Setz dich hin, bitte, ich bin in zwei Minuten fertig«, sagte sie und zeigte auf das Sofa, über das stets ein grün-schwarzer Bettüberwurf gebreitet war, bedruckt mit Reihen von Elefanten, die Palankins auf dem Rücken trugen. Die tägliche Prozedur dauerte etwa eine Stunde. Um Eliot zu beschäftigen, gab sie ihm Comics aus der Zeitung, mit Erdnussbutter bestrichene Cracker und manchmal ein Eis am Stiel oder Karottenstäbchen, die sie mit ihrer Klinge geschnitten hatte. Sie hätte das

Areal um sich herum mit Seilen abgesperrt, wenn sie gekonnt hätte. Nur einmal verstieß sie gegen ihre eigenen Regeln: Sie brauchte etwas aus der Küche, und da sie in dem heillosen Durcheinander, in dem sie gefangen saß, nicht aufstehen wollte, bat sie Eliot, es zu holen. »Ach bitte, da ist eine Plastikschüssel, groß genug für den Spinat hier, im Schrank neben dem Kühlschrank. Vorsichtig, o Gott, sei vorsichtig!«, warnte sie ihn, als er näher kam. »Stell sie – danke – auf den Couchtisch, da komme ich dran.«

Sie hatte die Klinge aus Indien mitgebracht, wo es in jedem Haushalt mindestens eine zu geben schien. »Wenn eine Hochzeit in der Familie stattfindet«, erzählte sie Eliot eines Tages, »oder irgendein großes Fest, ruft meine Mutter abends alle Frauen aus der Nachbarschaft zusammen, und dann sitzen sie mit ihren Klingen in einem großen Kreis auf dem Dach und lachen und schwatzen und schneiden über Nacht fünfzig Kilo Gemüse klein.« Ihr Profil schwebte schützend über ihrer Arbeit, und um sie herum häufte sich ein buntes Allerlei aus Gurken-, Auberginen- und Zwiebelschalen. »An solchen Abenden kann man bei dem Geschnatter unmöglich einschlafen.« Sie brach ab und blickte zu der Kiefer hinüber, die vom Wohnzimmerfenster umrahmt wurde. »Hier, an diesem Ort, an den mich Mr. Sen gebracht hat, kann ich manchmal nicht einschlafen, weil es so still ist.«

Ein andermal entfernte sie das picklige gelbe Fett von einem Huhn und schnitt die Beine unterhalb des Schenkels ab. Als die Knochen über der Klinge zersprangen, stießen ihre goldenen Armreife aneinander, ihre Unterarme waren gerötet, und sie atmete hörbar durch die Nase aus. Irgendwann hielt sie inne, nahm das Huhn in beide Hände und sah zum Fenster hinaus. Fett und Sehnen hingen an ihren Fingern.

»Eliot, wenn ich jetzt in voller Lautstärke zu schreien anfangen würde, würde dann jemand kommen?«

»Was haben Sie denn, Mrs. Sen?«

»Nichts. Ich will nur wissen, ob jemand kommen würde.«

Eliot zuckte die Schultern. »Vielleicht.«

»Zu Hause braucht man nur zu schreien. Nicht alle haben Telefon. Aber man braucht nur ein bisschen lauter zu werden oder irgendwie Trauer oder Freude zu äußern, schon kommt das ganze Viertel und das halbe Nachbarviertel angelaufen, um die Neuigkeit zu erfahren und Hilfe anzubieten.«

Eliot hatte inzwischen begriffen, dass Mrs. Sen Indien meinte, wenn sie »zu Hause« sagte, nicht die Wohnung, in der sie Gemüse schnitt. Er dachte an sein eigenes Zuhause, das nur fünf Meilen entfernt war, und an das junge Ehepaar, das ihnen manchmal zuwinkte, wenn es bei Sonnenuntergang am Strand entlangjoggte. Am Labor Day hatten sie eine Party gegeben. Die Gäste hatten sich auf der Plattform gedrängt, hatten gegessen und getrunken, und ihr Gelächter hatte das matte Seufzen der Wellen übertönt. Eliot und seine Mutter waren nicht eingeladen gewesen. Es war einer der seltenen Tage, an denen seine Mutter frei hatte, aber sie gingen nirgendwohin. Sie wusch die Wäsche, sah ihre Kontoauszüge durch und saugte mit Eliots Hilfe das Innere des Autos. Eliot hatte vorgeschlagen, zu der Waschanlage ein paar Meilen die Straße hinunter zu fahren, wie sie es hin und wieder taten, um trocken und gemütlich drinnen im Auto zu sitzen, während Seifenlauge und Wasser und die riesige

Bürste gegen die Windschutzscheibe klatschten. Doch seine Mutter war zu müde und spritzte den Wagen mit dem Schlauch ab. Als am Abend bei den Nachbarn getanzt wurde, schlug sie die Nummer im Telefonbuch nach und bat sie, leiser zu sein.

»Bei uns hier würde vielleicht jemand anrufen«, sagte Eliot zu Mrs. Sen. »Aber er würde sich über den Lärm beschweren.«

Von seinem Platz auf dem Sofa aus nahm Eliot Mrs. Sens merkwürdigen Geruch nach Mottenkugeln und Kreuzkümmel wahr und sah den genau in der Mitte verlaufenden Scheitel in ihrem zu Zöpfen geflochtenen Haar, der mit zerstoßenem Zinnober gefärbt war, sodass es aussah, als würde er erröten. Anfangs hatte Eliot sich gefragt, ob sie sich in die Kopfhaut geschnitten hatte oder gestochen worden war. Doch dann sah er sie einmal im Badezimmer vor dem Spiegel stehen und mit dem Kopf eines Reißnagels einen frischen Streifen scharlachrotes Pulver aus einem kleinen Marmeladenglas auftragen. Als sie sich mit dem Reißnagel einen Punkt zwischen die Augenbrauen drückte, fielen ein paar Krümel auf ihren Nasenrücken. »Das muss ich jeden Tag machen«, erklärte sie Eliot, als er nach dem Grund fragte, »jeden Tag, den ich verheiratet bin.«

»Ist das so ähnlich wie ein Ehering?«

»Genau, Eliot, es ist wie ein Ehering. Nur braucht man hier keine Angst zu haben, dass es im Spülwasser verloren geht.«

Wenn um zwanzig nach sechs Eliots Mutter kam, hatte Mrs. Sen stets alle Spuren des Gemüseschneidens beseitigt. Die

Klinge war geschrubbt, gespült, abgetrocknet, zusammengeklappt und mittels einer Trittleiter in einem Schrank verstaut. Mit Eliots Hilfe waren die Zeitungen mitsamt den Schalen, Kernen und Häuten zusammengeknüllt worden. Randvolle Schüsseln und Siebe standen in der Küche, Gewürze und Pasten waren abgemessen und gemischt, und auf dem Herd kochte auf immergrünfarbener kleiner Flamme ein Sortiment Suppen. Es gab nie einen besonderen Anlass, noch erwartete Mrs. Sen je Gäste. Es war das ganz normale Abendessen für sie und Mr. Sen, wie die zwei Teller und zwei Gläser verrieten, mit denen sie den quadratischen Resopaltisch an der Wand des Wohnzimmers deckte, ohne Servietten und Besteck.

Wenn er die Zeitungen tief in den Mülleimer drückte, kam es Eliot vor, als verstießen er und Mrs. Sen gegen ein ungeschriebenes Gesetz. Vielleicht lag es an der Eile, mit der Mrs. Sen ihre Arbeit beendete, Salz und Zucker unter den Fingernägeln hervorschnippte, Wasser über Linsen laufen ließ, mit einem Schwamm sämtliche Flächen abwischte, klickend eine Schranktür nach der anderen schloss. Er erschrak immer ein wenig, wenn er plötzlich seine Mutter in den Nylonstrümpfen und einem der Kostüme mit den Schulterpolstern, die sie zur Arbeit trug, in die Ecken von Mrs. Sens Wohnung spähen sah. Sie blieb stets vor der Tür stehen und rief Eliot zu, er solle sich die Schuhe anziehen und seine Sachen einsammeln, aber das ließ Mrs. Sen nicht zu. Abend für Abend nötigte sie seine Mutter, auf dem Sofa Platz zu nehmen, und setzte ihr etwas zu essen vor: ein Glas hellrosa Joghurt mit Rosensirup, Früchtebrot mit Rosinen, eine Schale Grießhalwa.

»Wirklich, Mrs. Sen, ich esse immer ziemlich spät zu Mittag. Sie dürfen sich nicht so viel Mühe machen.«

»Aber das macht doch keine Mühe. Genauso wenig wie Eliot. Überhaupt keine Mühe.«

Seine Mutter kostete Mrs. Sens Kreationen mit zur Decke gerichtetem Blick, als suche sie dort nach einem Kommentar dazu. Sie hielt die Knie eng zusammengepresst, und die hohen Absätze ihrer Schuhe, die sie nie auszog, drückten sich in den birnenfarbenen Teppich. »Köstlich«, sagte sie dann jedes Mal und stellte den Teller nach ein, zwei Happen weg. Eliot wusste, dass es ihr nicht schmeckte; im Auto hatte sie es ihm einmal gesagt. Er wusste auch, dass sie nicht zu Mittag aß, denn wenn sie in ihrem Strandhaus anlangten, schenkte sie sich als Erstes ein Glas Wein ein und aß Brot und Käse, manchmal so viel, dass sie keinen Hunger mehr hatte, wenn die Pizza kam, die sie sich abends zu bestellen pflegten. Sie saß am Tisch, während er aß, trank noch ein Glas Wein und fragte ihn, wie sein Tag gewesen sei, aber nach einer Weile ging sie auf die Plattform hinaus, um eine Zigarette zu rauchen, und überließ es ihm, die Reste wegzupacken.

Jeden Nachmittag stand Mrs. Sen in einem Kiefernwäldchen an der Hauptstraße, wo der Schulbus Eliot und ein paar andere Kinder absetzte, die in der Nähe wohnten. Eliot hatte immer das Gefühl, dass Mrs. Sen schon eine ganze Weile da war, als erwarte sie jemanden, den sie Jahre nicht mehr gesehen hatte. Das Haar an ihren Schläfen wehte im Wind, und auf ihrem Scheitel leuchtete ein frischer roter Streifen. Sie trug eine marineblaue Sonnenbrille, die etwas zu groß für ihr Gesicht war. Ihr Sari, jeden Tag anders gemustert, flatterte unter einem karierten Allwettermantel hervor. Eicheln und Raupen sprenkelten den Asphaltring, der den Komplex der etwa zwölf Backsteinhäuser umgab; alle Häuser sahen genau gleich aus und lagen in ein mit Holzspänen bestreutes Areal eingebettet. Unterwegs holte Mrs. Sen einen Butterbrotbeutel aus ihrer Tasche und bot Eliot Orangenschnitze an oder leicht gesalzene Erdnüsse, die sie bereits geschält hatte.

Sie gingen direkt zu ihrem Wagen, und zwanzig Minuten lang übte Mrs. Sen Auto fahren. Es war eine karamellfarbene Limousine mit Plastiksitzen und einem Mittelwellenradio mit verchromten Knöpfen. Auf der Hutablage hinter der Rückbank lagen eine Kleenexschachtel und ein Eiskratzer. Mrs. Sen erklärte Eliot, ihr sei nicht wohl dabei, ihn allein in der Wohnung zu lassen, aber Eliot wusste, dass sie froh war, wenn er neben ihr saß, denn sie hatte Angst. Sie fürchtete das Kreischen des Anlassers und hielt sich die Ohren zu, wenn sie aufs Gaspedal trat und den Motor aufheulen ließ.

»Mr. Sen meint, wenn ich erst mal den Führerschein habe, wird alles besser. Was meinst du, Eliot? Wird alles besser?«

»Dann könnten Sie wegfahren«, sagte Eliot. »Wohin Sie wollen.«

»Könnte ich auch nach Kalkutta fahren? Wie lange würde das dauern, Eliot? Zehntausend Meilen bei achtzig Meilen pro Stunde?«

Eliot konnte es nicht im Kopf ausrechnen. Er schaute zu, wie Mrs. Sen mit hochgeschobener Sonnenbrille den Fahrersitz einstellte. Sie schaltete das Radio ein und suchte einen Klassiksender. »Ist das Beethoven?«, fragte sie einmal. Sie kurbelte ihr Fenster herunter und forderte Eliot auf, das Gleiche zu tun. Schließlich setzte sie den Fuß aufs Bremspedal, bewegte den Hebel der automatischen Gangschaltung, als sei es ein riesiger undichter Füllfederhalter, und fuhr dann Zentimeter für Zentimeter rückwärts aus dem Parkplatz heraus. Sie drehte eine Runde um den Wohnkomplex, dann noch eine.

»Wie stell ich mich an, Eliot? Meinst du, ich schaffe die Prüfung?«

Sie ließ sich fortwährend ablenken. Ohne Vorwarnung hielt sie an, um etwas im Radio zu hören oder sich auf der Straße irgendetwas anzusehen. Kam sie an einem Fußgänger vorbei, winkte sie ihm zu, sah sie sechs Meter weiter vorn einen Vogel, drückte sie mit dem Zeigefinger auf die Hupe und wartete, bis er weggeflogen war. In Indien, sagte sie, sitze der Fahrer auf der rechten Seite, nicht auf der linken. Sie krochen an den Schaukeln vorbei, der Wäscherei, den dunkelgrünen Mülltonnen, den Reihen parkender Autos. Jedes Mal, wenn sie sich dem Kiefernwäldchen näherten, wo der Asphaltring in die Hauptstraße mündete, beugte sie sich vor und trat angesichts der vorbeisausenden Autos mit ihrem vollen Gewicht auf die Bremse. Es war eine schmale Straße mit nur einer Fahrspur in beiden Richtungen und durchgezogenem, gelbem Mittelstreifen.

»Unmöglich, Eliot. Wie soll ich da jemals rein?«

»Sie müssen warten, bis nichts mehr kommt.«

»Wieso fahren die nicht langsamer?«

»Jetzt ist frei.«

»Aber da kommt einer von rechts, siehst du? Und da,

schau, dahinter ist ein Lastwagen. Ohne Mr. Sen darf ich sowieso nicht auf die Hauptstraße.«

»Sie müssen nur um die Kurve und Gas geben«, sagte Eliot. So machte es seine Mutter, ganz automatisch. Es war so einfach, wenn er abends neben ihr saß und dem Strandhaus entgegenfuhr. Dann war die Straße nur eine Straße, die anderen Autos nur Teil der Landschaft. Saß er aber in der Herbstsonne, die durch die Bäume schien, ohne zu wärmen, neben Mrs. Sen, dann sah er, wie derselbe Verkehrsstrom ihre Knöchel weiß werden, ihre Handgelenke zittern und ihr Englisch versagen ließ.

»Alle, dieses Volk, zu sehr in ihrer Welt.«

Zwei Dinge, so fand Eliot heraus, machten Mrs. Sen glücklich. Das eine waren Briefe von ihrer Familie. Nach ihren Fahrübungen sah sie nach der Post. Sie sperrte den Briefkasten auf, bat dann aber Eliot, sie herauszunehmen, und sagte ihm, wonach er suchen sollte. Dann schloss sie die Augen und hielt sich die Hände davor, während er die an Mr. Sen adressierten Rechnungen und Zeitschriften durchsah. Anfangs verstand Eliot Mrs. Sens Ängstlichkeit nicht. Seine Mutter hatte ein Postfach in der Stadt, das sie so unregelmäßig leerte, dass man ihnen einmal drei Tage lang den Strom abgestellt hatte. Er war schon mehrere Wochen bei Mrs. Sen, als zum ersten Mal ein blaues Aerogramm kam, mit körniger Oberfläche, voll geklebt mit Briefmarken, die einen kahlköpfigen Mann an einem Spinnrad zeigten, schwarz von Stempeln.

»Das da, Mrs. Sen?«

Zum ersten Mal umarmte sie ihn, drückte sein Gesicht an

ihren Sari, umhüllte ihn mit ihrem Geruch nach Mottenkugeln und Kreuzkümmel. Sie nahm ihm die Briefe ab.

Kaum waren sie in der Wohnung, schleuderte sie die Sandalen in verschiedenen Richtungen von sich, zog sich eine Haarnadel heraus und schlitzte das Aerogramm an drei Seiten auf. Ihre Augen schnellten beim Lesen hin und her. Sobald sie durch war, warf sie das Tuch auf dem Telefon beiseite, wählte eine Nummer und sagte: »Ja, ich möchte bitte Mr. Sen sprechen. Hier ist Mrs. Sen, es ist sehr wichtig.«

Dann redete sie in ihrer eigenen Sprache weiter, schnell und für Eliots Ohren ohne Punkt und Komma; es war offensichtlich, dass sie den Brief vorlas, Wort für Wort. Ihre Stimme war lauter als sonst und wechselte die Tonlage. Obwohl sie direkt vor ihm stand, hatte Eliot das Gefühl, als sei Mrs. Sen nicht mehr in dem Raum mit dem birnenfarbenen Teppich anwesend.

Danach hielt sie es plötzlich nicht mehr in der Wohnung aus. Sie überquerten die Haupstraße und gingen das kurze Stück bis zum Innenhof der Universität, wo in einem steinernen Turm jede Stunde die Glocken läuteten. Sie wanderten durch das Gebäude des Studentenbundes, schoben in der Cafeteria zusammen ein Tablett die Ablage entlang und aßen zwischen Studenten, die sich an runden Tischen unterhielten, Pommes frites aus einem Pappboot. Eliot trank Limonade aus einem Pappbecher, Mrs. Sen ließ einen Teebeutel in heißem Wasser mit Zucker und Sahne ziehen. Nach dem Essen erkundeten sie die Kunstakademie, besahen sich in kühlen Korridoren, in denen es durchdringend nach Ton und feuchter Farbe roch, Skulpturen und Seidensiebdrucke. Am Gebäude der Mathematiker, in dem Mr. Sen seine Seminare hielt, gingen sie vorbei.

Zum Schluss schauten sie im lärmerfüllten, nach Chlor riechenden Sportbau durch ein breites Fenster im dritten Stock den Schwimmern zu, die in grelltürkisen Becken ihre Bahnen zogen. Mrs. Sen holte den Brief aus Indien aus ihrer Tasche und musterte Vorder- und Rückseite des Umschlags. Sie entfaltete das Blatt Papier, das darin lag, las es noch einmal und seufzte dabei ab und zu. Dann sah sie wieder eine Weile den Schwimmern zu.

»Meine Schwester hat ein Baby bekommen, ein Mädchen. Bis ich es sehe, ist es drei Jahre alt, vorausgesetzt, dass Mr. Sen hier fest angestellt wird. Ihre eigene Tante wird eine Fremde für sie sein. Würden wir nebeneinander im Zug sitzen, sie würde mich gar nicht erkennen.« Sie steckte den Brief weg und legte Eliot die Hand auf den Kopf. »Vermisst du deine Mutter, Eliot, wenn du nachmittags bei mir bist?«

Der Gedanke war ihm noch nie gekommen.

»Bestimmt vermisst du sie. Ein kleiner Junge wie du, den ganzen Tag getrennt von seiner Mutter – ich schäme mich, wenn ich daran denke.«

»Ich seh sie ja abends.«

»Als ich so alt war wie du, da hab ich nicht geahnt, dass ich einmal so weit fortgehen würde. Du bist klüger, Eliot. Du probierst jetzt schon aus, wie die Dinge sein müssen.«

Das Zweite, was Mrs. Sen glücklich machte, waren Seefische. Sie verlangte stets einen ganzen Fisch, keine Meeresfrüchte und auch nicht die Fischfilets, die Eliots Mutter vor ein paar Monaten einmal gegrillt hatte, als sie einen Mann aus ihrem Büro zum Abendessen eingeladen hatte – einen Mann, der in ihrem Zimmer übernachtet, den Eliot aber nie wieder gesehen hatte. Eines Abends, als seine Mutter ihn abholte, setzte Mrs. Sen ihr eine Thunfischkrokette vor und erklärte dazu, dass man dafür eigentlich einen Fisch namens *bhetki* brauche. »Es ist wirklich frustrierend«, entschuldigte sie sich. »Man wohnt so nahe am Meer und bekommt so wenig frischen Fisch.« Im Sommer, sagte sie, gehe sie gern zu einem Fischhändler am Strand. Der Fisch dort schmecke zwar nicht annähernd wie der Fisch in Indien, aber er sei wenigstens frisch. Jetzt, wo es kälter werde, führen die Boote nicht mehr regelmäßig hinaus, und manchmal bekomme man wochenlang überhaupt keinen Fisch mehr.

»Probieren Sie's doch im Supermarkt«, schlug Eliots Mutter vor.

Mrs. Sen schüttelte den Kopf. »Im Supermarkt gibt es zweiunddreißig Sorten Katzenfutter in zweiunddreißig verschiedenen Dosen, aber einen einzelnen Fisch, den sucht man dort vergeblich.« Sie habe in ihrer Kindheit zweimal am Tag Fisch gegessen, sagte sie und fügte hinzu, dass man in Kalkutta am Morgen als Erstes und vor dem Schlafengehen als Letztes Fisch esse, und wenn man Glück habe, auch noch als kleinen Imbiss nach der Schule. Schwanz, Rogen und sogar den Kopf esse man mit. Man bekomme ihn auf jedem Markt, zu jeder Zeit, von Tagesanbruch bis Mitternacht. »Man muss nur aus dem Haus gehen und ein Stück laufen, schon ist man da.«

Alle paar Tage schlug Mrs. Sen die gelben Seiten auf, wählte eine Nummer, die sie am Rand angekreuzt hatte, und fragte, ob ein ganzer Fisch zu haben sei. War das der Fall, bat sie darum, ihn zurückzulegen. »Auf den Namen Sen, ja S wie Sam, N wie New York. Mr. Sen kommt ihn holen.« Dann rief sie Mr. Sen in der Universität an. Ein paar Minuten später kam er, täschelte Eliot den Kopf, küsste Mrs. Sen aber nicht. Er las an dem Resopaltisch seine Post, trank eine Tasse Tee und machte sich wieder auf den Weg. Nach einer halben Stunde kam er mit einer Papiertüte, auf der ein lächelnder Hummer abgebildet war, zurück, übergab die Tüte Mrs. Sen und ging zu seinem Abendseminar wieder in die Universität. Eines Tages, als er Mrs. Sen die Papiertüte gab, sagte er: »Jetzt gibt es erst mal keinen Fisch mehr. Mach das Huhn im Tiefkühlfach. Ich muss anfangen, mich an die Dienstzeiten zu halten.«

In den folgenden Tagen rief Mrs. Sen nicht in dem Fischgeschäft an, sondern taute im Spülbecken Hühnerkeulen auf und schnitt sie mit ihrer Klinge klein. Einmal bereitete sie einen Eintopf aus grünen Bohnen und Dosensardinen zu. In der Woche darauf rief der Mann vom Fischmarkt bei ihr an; sie wolle den Fisch doch sicher haben, und er werde ihn bis zum Abend auf ihren Namen zurücklegen. Sie fühlte sich geschmeichelt. »Ist das nicht nett von ihm, Eliot? Er hat gesagt, er hätte meinen Namen im Telefonbuch gefunden. Da stünde nur ein Sen drin. Weißt du, wie viele Sens in Kalkutta im Telefonbuch stehen?«

Sie forderte Eliot auf, Schuhe und Jacke anzuziehen, und dann rief sie Mr. Sen in der Universität an. Eliot schnürte neben dem Bücherregal seine Turnschuhe und wartete darauf, dass sie sich ein Paar Sandalen aussuchte. Nach einigen Minuten rief er nach ihr. Als keine Antwort kam, schnürte er seine Turnschuhe wieder auf und ging ins Wohnzimmer zurück, wo er sie weinend auf dem Sofa fand. Sie hatte das Gesicht in den Händen vergraben, und die Tränen tropften ihr durch die Finger. Sie murmelte etwas von einer Besprechung, zu der Mr. Sen müsse. Langsam erhob sie sich und legte das Tuch wieder übers Telefon. Eliot folgte ihr, ging zum ersten Mal in seinen Turnschuhen über den birnenfarbenen Teppich. Sie sah ihn an. Ihre unteren Augelider waren rosa geschwollen. »Sag, Eliot, ist das zu viel verlangt?«

Ehe er antworten konnte, nahm sie ihn an der Hand und führte ihn ins Schlafzimmer, dessen Tür normalerweise geschlossen blieb. Außer dem Bett, das kein Kopfteil hatte, standen darin nur ein Nachttisch mit einem Telefon darauf, ein Bügelbrett und eine Kommode. Sie riss die Schubladen der Kommode und die Tür des Wandschranks auf, in dem Saris jeder nur erdenklichen Beschaffenheit und Farbe hingen, mit Gold- und Silberstickerei, einige durchsichtig und hauchdünn, andere dick wie Vorhänge, mit Quasten an den Rändern. Im Schrank hingen sie auf Bügeln, in den Schubladen lagen sie zusammengefaltet oder in dicken, festen Rollen. Sie wühlte in den Schubladen, bis die Saris über die Kanten quollen. »Wann habe ich den je getragen? Und den? Und den?« Sie warf einen nach dem anderen heraus und nahm einige von den Bügeln. Die Saris landeten wie ein Haufen zerwühlter Laken auf dem Bett. Im Zimmer roch es durchdringend nach Mottenkugeln.

»›Schick Fotos‹, schreiben sie. ›Schick Fotos von deinem neuen Leben.‹ Was für Fotos soll ich denn schicken?« Sie setzte sich erschöpft aufs Bett, auf dem jetzt kaum noch Platz war. »Sie denken, ich lebe hier wie eine Königin, Eliot.« Sie ließ den Blick über die kahlen Wände schweifen.

»Sie denken, ich brauche nur ein paar Knöpfe zu drücken, und die Wohnung ist sauber. Sie denken, ich lebe in einem Palast.«

Das Telefon klingelte. Mrs. Sen ließ es mehrmals klingeln, ehe sie den Hörer neben dem Bett abnahm. Sie schien während des Gesprächs nur Antworten zu geben und wischte sich mit dem Ende eines der Saris übers Gesicht. Nachdem sie aufgelegt hatte, stopfte sie die Saris ungefaltet wieder in die Schubladen, und dann zog sie sich Schuhe an und ging mit Eliot zum Auto, wo sie auf Mr. Sen warteten.

»Fahr du heute doch mal«, sagte er, als er erschien, und klopfte mit den Knöcheln auf die Kühlerhaube. Sie sprachen Englisch miteinander, wenn Eliot dabei war.

»Nein, heute nicht. Ein andermal.«

»Wie willst du die Prüfung bestehen, wenn du dich weigerst, mit anderen Autos auf einer Straße zu fahren?«

»Heute ist Eliot da.«

»Eliot ist jeden Tag da. Es ist zu deinem eigenen Besten. Eliot, sag Mrs. Sen, dass es zu ihrem eigenen Besten ist.«

Aber sie wollte nicht.

Sie fuhren schweigend dahin, über dieselben Straßen, auf denen Eliot und seine Mutter abends zu ihrem Strandhaus fuhren. Doch auf dem Rücksitz von Mr. und Mrs. Sens Wagen wirkte die Fahrt unvertraut und dauerte länger als sonst. Die Möwen, deren monotone Schreie ihn morgens weckten, faszinierten ihn jetzt, wie sie über den Himmel segelten und flatterten. Sie fuhren an mehreren Stränden vorbei und an den Buden, an denen man im Sommer Fruchteis und Venusmuscheln kaufen konnte. Nur eine war geöffnet. Es war das Fischgeschäft.

Mrs. Sen entriegelte ihre Tür und wandte sich Mr. Sen zu, der seinen Gurt nicht geöffnet hatte. »Kommst du mit?«

Mr. Sen gab ihr einige Geldscheine aus seiner Brieftasche. »Ich habe in zwanzig Minuten eine Besprechung«, sagte er, den Blick auf das Armaturenbrett gerichtet. »Bitte trödel nicht.«

Eliot begleitete sie in den feuchten kleinen Laden, dessen Wände mit Netzen, Seesternen und Bojen behängt waren. Eine Gruppe Touristen mit Kameras um den Hals drängte sich an der Theke; einige von ihnen probierten gefüllte Muscheln, andere deuteten auf ein großes Poster mit fünfzig verschiedenen Fischarten des Nordatlantiks. Mrs. Sen zog eine Nummer aus dem Automaten und stellte sich an. Eliot besah sich die Hummer, die einer auf dem anderen im trüben Wasser ihres Bassins rührten, die Scheren mit gelbem Gummiband zugeklemmt. Er sah Mrs. Sen lachen und plaudern, als sie an der Reihe war, mit einem Mann in einer schwarzen Gummischürze, der ein puterrotes Gesicht und gelbe Zähne hatte. In jeder Hand hielt er eine Makrele am Schwanz.

»Sind die Fische auch wirklich ganz frisch, die Sie mir da verkaufen?«

»Wenn sie noch frischer wären, würden sie die Frage selbst beantworten.«

Der Zeiger an der Waage kam zitternd zum Stillstand.

»Möchten Sie sie geputzt, Mrs. Sen?«

Sie nickte. »Aber lassen Sie den Kopf dran, bitte.«

»Haben Sie Katzen?«

»Katzen nicht. Nur einen Mann.«

Später in der Wohnung nahm sie die Klinge aus dem

Schrank, breitete Zeitungspapier auf dem Teppich aus und inspizierte ihre Schätze. Einen nach dem anderen nahm sie die Fische aus dem zerknitterten, blutbefleckten Papier. Sie strich über die Schwänze, drückte den Finger in die Bäuche, zog den bereits ausgenommenen Rumpf auseinander. Mit einer Schere schnitt sie die Flossen ab. Sie schob den Finger unter die Kiemen, die so leuchtend rot waren, dass ihr Scheitel dagegen fahl wirkte. Dann fasste sie den tintenschwarz gestreiften Fisch an beiden Enden und kerbte ihn mit der Klinge an mehreren Stellen ein.

»Warum machen Sie das?«, fragte Eliot.

»Um zu sehen, wie viele Stücke es gibt. Wenn ich ihn richtig schneide, reicht es für drei Mahlzeiten.« Sie schnitt den Kopf ab und legte ihn auf einen Kuchenteller.

Im November wollte Mrs. Sen plötzlich nicht mehr Auto fahren. Die Klinge tauchte nicht mehr aus dem Schrank auf, kein Zeitungspapier wurde mehr auf dem Boden ausgebreitet. Sie rief weder im Fischgeschäft an, noch taute sie ein Huhn auf. Schweigend machte sie für Eliot Cracker mit Erdnussbutter zurecht und las dann alte Aerogramme aus einem Schuhkarton. Wenn Eliot abgeholt wurde, suchte sie nur seine Sachen zusammen, lud seine Mutter aber nicht mehr ein, auf dem Sofa Platz zu nehmen und erst einmal etwas zu essen. Als seine Mutter ihn schließlich im Auto fragte, ob er eine Veränderung an Mrs. Sen bemerkt habe, verneinte er. Er sagte ihr nicht, dass Mrs. Sen in der Wohnung auf und ab ging und die plastikumhüllten Lampenschirme betrachtete, als sähe sie sie zum ersten Mal. Er sagte ihr nicht, dass sie den Fernseher einschaltete, aber nicht hinsah, dass sie sich Tee machte und ihn dann auf dem Couchtisch kalt werden ließ. Einmal spielte sie eine Kassette mit etwas, das sie Raga nannte; es klang ein wenig, als würde jemand ganz langsam und dann ganz schnell eine Geige zupfen, und Mrs. Sen sagte, es sei Musik, die man nur am Spätnachmittag höre, wenn die Sonne untergehe. Fast eine halbe Stunde lang saß sie mit geschlossenen Augen auf dem Sofa und hörte zu. Danach sagte sie: »Das ist noch trauriger als euer Beethoven, nicht wahr?« An einem anderen Tag spielte sie eine Kassette, auf der in ihrer Sprache geredet wurde – ein Abschiedsgeschenk ihrer Familie, wie sie Eliot erklärte. Während die Stimmen eine nach der anderen lachten und einen kurzen Text sprachen, nannte Mrs. Sen ihre Besitzer: »Mein dritter Onkel, mein Cousin, mein Vater, mein Großvater.« Einer sang ein Lied, ein anderer trug ein Gedicht vor. Die letzte Stimme auf dem Band war die von Mrs. Sens Mutter. Sie war leiser und klang ernster als die anderen. Nach jedem Satz machte sie eine Pause, und in dieser Pause übersetzte Mrs. Sen für Eliot: »Ziegenfleisch ist zwei Rupien teurer geworden. Die Mangos auf dem Markt sind nicht sehr süß. Die College Street steht unter Wasser.« Dann schaltete sie das Band ab. »Das war alles an dem Tag, als ich aus Indien weg bin.«

Am nächsten Tag hörte sie die Kassette noch einmal. Als ihr Großvater sprach, hielt sie das Band an. Sie sagte, sie hätte am Wochenende einen Brief bekommen. Ihr Großvater sei gestorben.

Eine Woche später kochte Mrs. Sen wieder. Als sie eines Tages auf dem Wohnzimmerboden saß und Kohl zerkleinerte, rief Mr. Sen an. Er wolle mit Eliot und Mrs. Sen ans Meer fahren. Mrs. Sen zog einen roten Sari an und malte sich die Lippen an, sie frischte das Zinnoberrot auf ihrem Scheitel auf und flocht sich das Haar neu. Dann band sie sich ein Kopftuch um, schob sich die Sonnenbrille auf den Kopf und steckte eine Pocketkamera in ihre Handtasche. Als Mr. Sen rückwärts aus dem Parkplatz herausfuhr, stützte er den Arm auf die Rückenlehne des Beifahrersitzes, sodass es aussah, als lege er ihn um Mrs. Sens Schultern. »Es wird langsam zu kalt für deinen Mantel«, sagte er während der Fahrt zu ihr. »Wir müssen dir etwas Wärmeres besorgen.« In dem Fischgeschäft kauften sie Makrelen, Butterfische und Zackenbarsche. Diesmal kam Mr. Sen mit. Er fragte selbst, ob der Fisch frisch sei, und gab an, wie er geschnitten werden sollte. Sie kauften so viel Fisch, dass Elliot eine der Tüten tragen musste. Nachdem sie alles im Kofferraum verstaut hatten, erklärte Mr. Sen, er habe Hunger, und Mrs. Sen schloss sich ihm an, und so gingen sie über die Straße zu einem Restaurant, dessen Straßenverkauf noch geöffnet hatte. Sie setzten sich an einen Picknicktisch und verzehrten zwei Körbe frittierte Muscheln. Mrs. Sen würzte ihre reichlich mit Tabasco und schwarzem Pfeffer. »Na, wie schmecken dir die Pakoras?« Ihr Gesicht war gerötet, ihr Lippenstift verblasst, und sie lachte über alles, was Mr. Sen sagte.

Hinter dem Restaurant war ein kleiner Strand, und als sie aufgegessen hatten, spazierten sie eine Weile am Meer entlang, gegen den Wind, der so stark war, dass sie rückwärts gehen mussten. Mrs. Sen zeigte aufs Wasser und sagte, dass in einem bestimmten Moment jede Welle einem zum Trocknen aufgehängten Sari gleiche. »Unmöglich!«, rief sie schließlich und machte mit tränenden Augen lachend kehrt. »Ich komme nicht mehr vorwärts.« Sie machte ein Foto von Eliot und Mr. Sen. »Jetzt wir beide«, sagte sie, drückte Eliot an ihren karierten Mantel und gab die Kamera Mr. Sen. Zum Schluss bekam Eliot die Kamera. »Nicht wackeln«, sagte Mr. Sen. Eliot sah durch das winzige Fenster und wartete darauf, dass Mr. und Mrs. Sen näher zusammenrücken würden, aber sie taten es nicht. Sie hielten sich weder an der Hand noch legten sie einander den Arm um die Taille. Beide lächelten mit geschlossenem Mund und blinzelten in den Wind, und Mrs. Sens roter Sari tanzte unter dem Mantel hervor wie Flammen.

Schließlich saßen sie warm und müde vom Wind und den Pakoras wieder im Auto und bewunderten die Dünen, die Schiffe in der Ferne, den Leuchtturm, den pfirsichfarbenen und violetten Himmel. Nach einer Weile verlangsamte Mr. Sen die Fahrt und hielt am Straßenrand an.

»Was ist?«, fragte Mrs. Sen.

»Heute fährst du nach Hause.«

»Nein, nicht heute.«

»Doch, heute.« Mr. Sen stieg aus und öffnete die Beifahrertür. Ein ungestümer Wind fegte ins Auto, begleitet vom Rauschen der Wellen, die sich am Strand brachen. Endlich rutschte Mrs. Sen auf den Fahrersitz hinüber, rückte dann aber lange ihren Sari und ihre Sonnenbrille zurecht. Eliot drehte sich um und sah durchs Rückfenster. Die Straße war leer. Mrs. Sen schaltete das Radio ein, und der Wagen füllte sich mit Geigenmusik.

»Das muss nicht sein«, sagte Mr. Sen und schaltete es wieder aus.

»Da kann ich mich aber besser konzentrieren«, sagte Mrs. Sen und schaltete es wieder ein.

»Vergiss nicht zu blinken«, wies Mr. Sen sie an.

»Ich weiß schon, was ich zu tun habe.«

Ungefähr eine Meile fuhr sie gut, wenn auch viel langsamer als die anderen Autos, die sie überholten. Doch als die Stadt näher kam und in der Ferne Ampeln auftauchten, die an Drahtseilen über der Straße hingen, wurde sie noch langsamer.

»Fahr auf die andere Spur«, sagte Mr. Sen. »Am Kreisverkehr musst du dich links halten.«

Mrs. Sen blieb auf ihrer Spur.

»Fahr auf die andere Spur, hab ich gesagt.« Er schaltete das Radio aus. »Hast du gehört?«

Ein Auto hupte, dann noch eines. Sie hupte trotzig zurück, hielt an und fuhr dann, ohne zu blinken, an den Straßenrand. »Das reicht«, sagte sie und ließ den Kopf aufs Lenkrad sinken. »Ich hasse es. Ich hasse Auto fahren. Ich fahr nicht weiter.«

Danach fuhr sie gar nicht mehr. Als der Fischhändler das nächste Mal anrief, sagte sie Mr. Sen nicht Bescheid. Sie wollte etwas Neues ausprobieren. Es gab einen Bus, der stündlich zwischen der Universität und der Küste verkehrte. Nach der Universität kamen zwei Haltestellen, eine bei einem Altersheim, die andere bei einem Einkaufszentrum, das aus einer Buchhandlung, einem Schuhgeschäft, einem Drugstore, einer Tierhandlung und einem Schallplattenladen bestand. Auf Bänken unter dem Säulenvorbau saßen ältere Frauen aus dem Altersheim, jeweils zu zweit, in knielangen Mänteln mit überdimensionalen Knöpfen, und aßen Pastillen.

»Eliot«, sagte Mrs. Sen im Bus, »bringst du deine Mutter später auch mal ins Altersheim?«

»Vielleicht«, erwiderte er. »Aber ich würde sie jeden Tag besuchen.«

»Das sagst du jetzt, aber du wirst sehen, wenn du ein Mann bist, wird sich dein Leben Gott weiß wo abspielen.« Sie zählte an den Fingern ab: »Du wirst eine Frau haben und eigene Kinder, und jeder will zur gleichen Zeit woandershin gefahren werden. Sie können noch so lieb sein, aber irgendwann werden sie nicht mehr zu deiner Mutter wollen, und du auch nicht mehr. Du wirst einen Tag überspringen, noch einen, und eines Tages wird sie sich in den Bus schleppen und ihre Pastillen selbst kaufen müssen.«

Im Fischgeschäft waren die Eiswannen fast leer, ebenso die Hummerbassins, in denen man durch das Wasser hindurch rostfarbene Flecke sah. Ein Schild wies darauf hin, dass der Laden Ende des Monats den Winter über schließen werde. Hinter der Theke stand nur ein einziger Verkäufer, ein Junge, der Mrs. Sen nicht erkannte, als er ihr die Tüte mit dem für sie zurückgelegten Schellfisch gab.

»Ist er geschuppt und gewaschen?«, fragte Mrs. Sen.

Der Junge zuckte die Schultern. »Der Chef ist heute früher weg. Er hat mir nur gesagt, ich soll Ihnen die Tüte geben.«

Auf dem Parkplatz sah Mrs. Sen auf den Busfahrplan. Da der nächste Bus erst in einer Dreiviertelstunde fuhr, gingen sie zu dem Straßenverkauf und holten sich Pakoras, wie sie es schon einmal getan hatten. Hinsetzen konnten sie sich nicht. Die Picknicktische waren nicht mehr in Betrieb, die Bänke verkehrt herum auf ihnen angekettet.

Auf dem Heimweg wurden sie im Bus von einer alten Frau beobachtet, die ihre Augen ständig zwischen Mrs. Sen, Eliot und der blutbefleckten Tüte zu ihren Füßen hin und her wandern ließ. Sie trug einen schwarzen Mantel und hielt mit knotigen, farblosen Händen eine steife weiße Tüte aus dem Drugstore auf dem Schoß. Die einzigen anderen Fahrgäste waren zwei Collegestudenten, ein Junge und seine Freundin, die in identischen Sweatshirts mit verschränkten Händen auf der Rückbank lümmelten. Schweigend verzehrten Eliot und Mrs. Sen die letzten Pakoras aus der Tüte. Mrs. Sen hatte vergessen, sich Servietten geben zu lassen, und in ihren Mundwinkeln hingen Krümel. Am Altersheim stand die Frau in dem schwarzen Mantel auf, sagte etwas zum Fahrer und stieg aus. Der Fahrer drehte sich um und sah Mrs. Sen an. »Was haben Sie da in der Tüte?«

Mrs. Sen sah erschrocken auf.

»Sprechen Sie Englisch?« Der Bus setzte sich wieder in Bewegung, und der Fahrer schaute jetzt in dem riesigen Rückspiegel zu Mrs. Sen und Eliot nach hinten.

»Ja.«

»Also, was ist in der Tüte?«

»Ein Fisch«, antwortete Mrs. Sen.

»Der Geruch scheint die anderen Fahrgäste zu stören. Mach das Fenster auf, Junge, oder sonst was.«

Einige Tage später klingelte nachmittags das Telefon. Sehr schmackhafter Heilbutt sei hereingekommen. Ob Mrs. Sen sich einen holen wolle? Sie rief Mr. Sen an, aber er war nicht in seinem Zimmer. Sie versuchte es ein zweites und ein drittes Mal. Schließlich ging sie in die Küche und kam mit der Klinge, einer Aubergine und Zeitungspapier ins Wohnzimmer zurück. Eliot nahm unaufgefordert seinen Platz auf dem Sofa ein und schaute zu, wie sie den Stielansatz der Aubergine abschnitt. Sie zerteilte sie in lange, schmale Streifen und dann in kleine und immer noch kleinere Vierecke, so klein wie Zuckerwürfel.

»Die kommen in einen sehr leckeren Eintopf mit Fisch und grünen Bananen«, erklärte sie. »Nur die grünen Bananen fehlen.«

»Holen wir den Fisch?«

»Ja, wir holen den Fisch.«

»Fährt Mr. Sen uns hin?«

»Zieh deine Schuhe an.«

Sie verließen die Wohnung, ohne aufzuräumen. Draußen war es so kalt, dass Eliot es an den Zähnen spürte. Sie stiegen ins Auto, und Mrs. Sen drehte mehrere Runden um den Asphaltring. Bei dem Kiefernwäldchen hielt sie jedes Mal an, um den Verkehr auf der Hauptstraße zu beobachten. Eliot dachte, sie wollte nur üben, bis Mr. Sen kam, aber dann blinkte sie und fuhr los.

Der Unfall passierte schnell. Nachdem sie etwa eine Meile gefahren war, bog sie zu früh links ab. Der entgegenkommende Wagen konnte zwar ausweichen, aber sein Hupen erschreckte sie so sehr, dass sie die Herrschaft über das Lenkrad verlor und gegen einen Telefonmast an der gegenüberliegenden Ecke prallte.

Ein Polizist kam und wollte ihren Führerschein sehen, aber sie konnte keinen vorweisen. »Mr. Sen lehrt an der

Universität Mathematik.« Mehr brachte sie nicht zur Erklärung vor.

Der Schaden war gering. Mrs. Sen hatte sich an der Lippe verletzt, Eliot klagte kurz über Schmerzen an den Rippen, und man würde die Stoßstange gerade biegen müssen. Der Polizist glaubte, Mrs. Sen habe eine Kopfwunde, aber es war nur das Zinnoberrot. Als Mr. Sen, von einem Kollegen gefahren, eintraf, redete er lange mit dem Polizisten, während er Formulare ausfüllte, sagte auf der Heimfahrt aber nichts zu Mrs. Sen. Nachdem sie ausgestiegen waren, tätschelte er Eliot den Kopf. »Der Polizist hat gesagt, du hast großes Glück gehabt. Großes Glück, dass du keinen Kratzer abgekriegt hast.«

Nachdem sie ihre Schuhe ausgezogen und in das Bücherregal gestellt hatte, räumte Mrs. Sen die Klinge fort und warf die Auberginenstücke und das Zeitungspapier in den Mülleimer. Sie machte einen Teller Cracker mit Erdnussbutter zurecht, stellte ihn auf den Couchtisch und schaltete für Eliot den Fernseher ein. »Wenn er noch Hunger hat, gib ihm ein Eis am Stiel aus der Packung im Kühlschrank«, sagte sie zu Mr. Sen, der an dem Resopaltisch die Post durchsah. Dann ging sie ins Schlafzimmer und schloss die Tür. Als um Viertel nach sechs Eliots Mutter kam, berichtete er von dem Unfall und bot ihr einen Scheck an, um ihr das Geld für November zurückzugeben. Während er den Scheck ausschrieb, entschuldigte er sich für Mrs. Sen. Er sagte, sie ruhe sich aus, doch als Eliot ins Bad gegangen war, hatte er sie weinen gehört. Seine Mutter war mit der Regelung zufrieden und in gewisser Weise auch ganz froh, wie sie Eliot auf der Heimfahrt gestand. Es war das letzte Mal, dass Eliot den Nachmittag mit Mrs. Sen oder einer anderen Kinderfrau verbrachte. Seine Mutter gab ihm den Hausschlüssel, den er von da an an einer Schnur um den Hals trug. Im Notfall sollte er die Nachbarn rufen, und nach der Schule konnte er das Strandhaus selbst aufschließen. Am ersten Tag, als er gerade seine Jacke auszog, klingelte das Telefon. Seine Mutter rief vom Büro aus an. »Du bist jetzt ein großer Junge«, sagte sie. »Ist alles in Ordnung?« Eliot sah aus dem Küchenfenster auf die grauen Wellen, die vom Strand zurückglitten, und sagte, es gehe ihm gut.

EIN GESEGNETES HAUS

Das Erste entdeckten sie in einem Schrank über dem Herd, neben einer noch ungeöffneten Flasche Balsamessig.

»Rat mal, was ich gefunden habe.« Twinkle ging ins Wohnzimmer, wo von der Tür bis zur gegenüberliegenden Wand mit Klebeband verschlossene Umzugskartons aufgereiht standen, und schwenkte in der einen Hand den Essig, in der anderen eine Jesusfigur aus weißem Porzellan von ungefähr der gleichen Größe wie die Essigflasche.

Sanjeev blickte auf. Er kniete am Boden und markierte mit abgerissenen Haftzettelstreifen die Stellen an der Fußleiste, die noch einmal überstrichen werden mussten. »Wirf's weg.«

»Was?«

»Beides.«

»Aber den Essig kann ich zum Kochen verwenden. Er ist noch ganz neu.«

»Du hast doch noch nie mit Essig gekocht.«

»Ich such mir ein Rezept raus. In einem von den Büchern, die wir zur Hochzeit bekommen haben.«

Sanjeev wandte sich wieder der Fußleiste zu und klebte einen abgefallenen Papierstreifen wieder an. »Schau mal nach dem Verfallsdatum. Und schmeiß wenigstens diese idiotische Figur weg.«

»Aber vielleicht ist sie was wert. Wer weiß?« Sie drehte sie um und strich mit dem Zeigefinger über die winzigen erstarrten Falten des Gewandes. »Schön ist die.«

»Wir sind keine Christen«, sagte Sanjeev. Immer öfter stellte er fest, dass er Twinkle die selbstverständlichsten Dinge klarmachen musste. Am Tag zuvor hatte er ihr sagen müssen, dass sie den Parkettboden verkratzte, wenn sie den Schreibtisch an ihrem Ende darüber zog, anstatt ihn anzuheben.

Sie zuckte die Schultern. »Nein, wir sind keine Christen. Wir sind liebe kleine Hindus.« Sie drückte einen Kuss auf den Jesuskopf und stellte die Figur auf den Kaminsims, der, wie Sanjeev sah, abgestaubt werden musste.

Am Wochenende war der Sims noch immer nicht abgestaubt; dafür aber diente er jetzt als Ausstellungsfläche für eine stattliche Sammlung christlicher Objekte. Da gab es eine vierfarbige 3-D-Postkarte mit dem heiligen Franziskus darauf, die Twinkle im Arzneischrank gefunden hatte, mit Klebestreiben an der Rückwand befestigt, und eine Holzkette aus gekreuzten Schlüsseln, auf die Sanjeev barfuß getreten war, als er in Twinkles Arbeitszimmer zusätzliche Regale anbrachte. Da gab es ein gerahmtes Malbuchbild der Heiligen Drei Könige auf schwarzem Samtgrund, das sich im Wäscheschrank gefunden hatte. Und es gab einen Kacheluntersetzer mit dem Bild eines blonden, bartlosen Jesus, der auf einem Berggipfel predigte; er hatte in einer Schublade des eingebauten Geschirrschranks im Esszimmer gelegen.

»Meinst du, die Vorbesitzer waren Wiedergeborene?«, fragte Twinkle, als sie am nächsten Tag Platz für eine kleine Plastikschneekugel mit einer Krippenszene im Miniaturformat machte, die sie hinter den Rohren unter der Spüle gefunden hatte.

Sanjeev stellte gerade seine MIT-Lehrbücher alphabetisch geordnet auf ein Bord, obwohl er seit mehreren Jahren nicht mehr darin hatte nachschlagen müssen. Nach seinem Studienabschluss am Massachusetts Institute of Technology war er von Boston nach Connecticut gegangen, um dort bei einer Firma in der Nähe von Hartford zu arbeiten, und vor kurzem hatte er erfahren, dass man ihn für einen Managementposten in Betracht zog. Mit dreiunddreißig hatte er bereits seine eigene Sekretärin, und unter seiner Leitung arbeitete ein Dutzend Leute, die ihm bereitwilligst jede benötigte Information lieferten. Doch die Bücher aus seiner Studienzeit erinnerten ihn an einen Abschnitt seines Lebens, an den er gern zurückdachte. Damals hatte er jeden Abend die Brücke an der Massachusetts Avenue überquert, um bei seinem Lieblings-Inder auf der anderen Seite des Charles River Mughlai-Hähnchen mit Spinat zu essen, und war dann ins Studentenwohnheim zurückgekehrt, wo er die Ausarbeitungen für seine Seminare noch einmal sauber abschrieb.

»Vielleicht ist es auch ein Bekehrungsversuch«, sagte Twinkle nachdenklich.

»In deinen Fall offenbar ein erfolgreicher.«

Sie überhörte das und schüttelte die kleine Schneekugel. Flocken wirbelten um die Krippe.

Sanjeev musterte die Gegenstände auf dem Kaminsims. Es erstaunte ihn, dass jeder auf seine Art so lächerlich war.

Ganz offenkundig fehlte ihnen das Heilige. Und es erstaunte ihn, dass Twinkle, die doch normalerweise einen guten Geschmack hatte, so fasziniert von ihnen war. Ihr bedeuteten diese Dinge etwas, ihm jedoch nicht. Sie irritierten ihn. »Wir sollten den Makler anrufen. Sag ihm, was hier noch alles im Haus ist. Sag ihm, er soll den Kram wegschaffen.«

»Ach, Sanj.« Twinkle stöhnte. »Bitte. Ich brächte es nicht übers Herz, sie wegzuwerfen. Den Leuten, die vor uns hier gewohnt haben, waren sie doch offenbar wichtig. Das käme mir vor wie – wie ein Frevel oder so.«

»Wenn sie so kostbar sind, warum sind sie dann im ganzen Haus versteckt? Warum haben sie sie nicht mitgenommen?«

»Es ist bestimmt noch mehr da.« Twinkles Augen wanderten über die kahlen cremeweißen Wände, als könnten sich hinter dem Putz weitere Gegenstände verbergen. »Was meinst du, was wir noch alles finden?«

Doch als sie die Kartons auspackten und ihre Wintersachen und die Seidenmalereien mit den Elefantenprozessionen aufhängten, die sie auf ihrer Hochzeitsreise in Jaipur gekauft hatten, fand Twinkle zu ihrer großen Enttäuschung nichts mehr. Fast eine Woche verging, bis sie eines Samstagnachmittags hinter einem Heizkörper im Gästezimmer ein zusammengerolltes Poster entdeckten, auf dem ein überlebensgroßer Jesus mit einer Dornenkrone durchsichtige, erdnussschalengroße Tränen weinte. Sanjeev hatte es für ein Rollo gehalten.

»Das müssen wir unbedingt aufhängen! Das ist sensationell!« Twinkle zündete sich eine Zigarette an, zog mit Genuss daran und schwenkte sie um Sanjeevs Kopf, als würde sie Mahlers Fünfte dirigieren, die von unten aus der Stereoanlage heraufdröhnte.

»Jetzt hör mal«, sagte er. »Gegen deine biblische Menagerie im Wohnzimmer will ich ja erst mal nichts sagen. Aber ich weigere mich« – er schnippte mit dem Finger gegen eine der gemalten Erdnuss-Tränen – »das da in unserem Haus aufzuhängen.«

Twinkle sah ihn an und stieß bedächtig den Rauch aus, der in zwei dünnen blauen Säulen von ihren Nasenlöchern aufstieg. Sie rollte das Poster langsam wieder auf und schob eines der Gummibänder darüber, die sie stets ums Handgelenk trug, um ihr dichtes, widerspenstiges, von einzelnen hennafarbenen Strähnen durchzogenes Haar zu bändigen. »Ich häng es in mein Arbeitszimmer«, beschied sie ihn. »Dann musst du's nicht anschauen.«

»Und die Einzugsparty? Die wollen doch alle Zimmer sehen. Ich habe Leute aus der Firma eingeladen.«

Sie verdrehte die Augen. Sanjeev registrierte, dass die Symphonie, im dritten Satz jetzt, ein Crescendo erreicht hatte, denn man hörte das rhythmische Schlagen der Becken.

»Ich kann es ja hinter die Tür hängen«, bot sie an. »Dann sehen sie's nicht, wenn sie reinschauen. Zufrieden?«

Er schaute ihr nach, als sie mit dem Poster und ihrer Zigarette hinausging; dort, wo sie gestanden hatte, lag etwas Asche auf dem Boden. Er bückte sich, nahm sie mit spitzen Fingern auf und legte sie in die hohle Hand. Der zarte vierte Satz begann, das Adagietto. Beim Frühstück hatte Sanjeev dem Covertext entnommen, dass Mahler seiner Frau einen Heiratsantrag gemacht hatte, indem er ihr das handschriftliche Original dieses Teils der Partitur geschickt hatte. Trotz der tragischen und kämpferischen Elemente der Symphonie, so hatte Sanjeev gelesen, sei es im Wesentlichen eine Musik der Liebe und des Glücks.

Er hörte die Toilettenspülung rauschen. »Übrigens«, rief Twinkle, »wenn du Eindruck auf die Leute machen willst, solltest du diese Musik lieber nicht spielen. Ich schlaf dabei ein.«

Sanjeev ging ins Bad, um die Asche wegzuwerfen. Die Zigarette schaukelte noch in der Toilettenschüssel, aber der Kasten lief gerade wieder voll, und Sanjeev musste einen Moment warten, bis er noch einmal spülen konnte. Im Spiegel des Arzneischrankes inspizierte er seine langen Wimpern, Mädchenwimpern, mit denen Twinkle ihn gern aufzog. Er war von normalem Körperbau, doch seine Wangen waren ein wenig rundlich, was im Verein mit den Wimpern, so fürchtete er, dem markanten Profil, das er zu haben hoffte, Abbruch tat. Er war auch normal groß, hatte sich aber, seit er zu wachsen aufgehört hatte, immer gewünscht, wenigstens zwei Zentimeter größer zu sein. Es ärgerte ihn deshalb, wenn Twinkle partout Schuhe mit hohen Absätzen tragen wollte, wie neulich, als sie in Manhattan zu Abend gegessen hatten. Es war das erste Wochenende nach ihrem Einzug in das neue Haus gewesen; auf dem Kaminsims hatte sich bereits einiges angesammelt, und auf der Hinfahrt hatten sie sich im Auto deswegen gezankt. Doch dann hatte Twinkle in einer obskuren Bar in Alphabet City vier Gläser Whisky getrunken und alles wieder vergessen. Sie hatte ihn in eine winzige Buchhandlung am St. Mark's Place geschleift und dort fast eine Stunde herumgestöbert und, als sie gingen, hatte sie darauf bestanden, dass sie vor wildfremden Leuten auf dem Bürgersteig Tango tanzten.

Danach war sie in ihren leopardengemusterten Wildlederschuhen mit den acht Zentimeter hohen Absätzen an seinem Arm dahingewankt, und er hatte ein wenig zu ihr aufschauen müssen. So waren sie endlose Blocks entlang zu ihrem Parkhaus am Washington Square gewandert, denn Sanjeev hatte zu viele Schauergeschichten über demolierte Autos in Manhattan gehört. »Ich sitze doch den ganzen Tag am Schreibtisch«, hatte Twinkle sich auf der Heimfahrt beklagt, als er ihr sagte, dass ihre Schuhe unbequem zu sein schienen und sie sie vielleicht besser nicht tragen solle. »Beim Tippen kann ich ja schlecht hohe Absätze tragen.« Er ließ sich zwar nicht wieder auf einen Streit mit ihr ein, aber er wusste genau, dass sie nicht den ganzen Tag am Schreibtisch verbrachte; erst an diesem Nachmittag hatte er sie unerklärlicherweise lesend im Bett vorgefunden, als er vom Joggen zurückkam. Er hatte sie gefragt, warum sie am helllichten Tag im Bett liege, und sie hatte geantwortet, sie habe sich gelangweilt. Am liebsten hätte er gesagt, du könntest ja Kartons auspacken. Du könntest den Dachboden fegen. Du könntest das Fensterbrett im Bad noch einmal überstreichen und mir dann Bescheid sagen, damit ich meine Uhr nicht drauflege. Doch die diversen unerledigten Dinge störten sie nicht. Sie war zufrieden mit den Kleidern, die sie ganz vorn im Schrank fand, mit der Zeitschrift, die irgendwo herumlag, mit dem Lied, das gerade im Radio kam – zufrieden, aber neugierig. Und jetzt richtete sich ihre ganze Neugier darauf, den nächsten Schatz zu heben.

Ein paar Tage später, als Sanjeev von der Arbeit nach Hause kam, telefonierte Twinkle gerade mit einer Freundin in Kalifornien, obwohl es noch vor fünf und Ferngespräche um diese Zeit am teuersten waren. Sie hatte sich eine Zigarette angezündet und hielt ab und zu inne, um den Rauch auszustoßen. »Unheimlich fromme Leute«, sagte sie. »Wir sind praktisch jeden Tag auf Schatzsuche. Im Ernst. Du glaubst es nicht. Die Lichtschalter in den Schlafzimmern waren mit biblischen Szenen verziert. Die Arche Noah und so. Es sind drei Schlafzimmer, aber eins davon benutze ich als Arbeitszimmer. Sanjeev ist sofort los und hat neue Schalterabdeckplatten gekauft, kannst du dir das vorstellen? Er hat sie alle ausgewechselt, jede Einzelne.«

Jetzt redete die Freundin, und Twinkle nickte. Sie lümmelte in schwarzen Keilhosen und einem gelben Chenillepullover vor dem Kühlschrank am Boden und griff nach ihrem Feuerzeug. Vom Herd her duftete es würzig, und Sanjeev stieg vorsichtig über das verdrehte extralange Telefonkabel auf den mexikanischen Terrakottafliesen hinweg. Er hob den Deckel von einem Topf, in dem wild brodelnd eine Art Soße kochte und rötlichbraun über die Ränder tropfte.

»Es ist Eintopf, mit Fisch. Ich hab was von dem Essig drangetan«, sagte Twinkle mit einer Geste des Daumendrückens zu ihm. Sie hatte ihre Freundin unterbrochen. »Sorry, was hast du gesagt?« So war sie: Kleinigkeiten konnten sie in Aufregung und Begeisterung versetzen, bei Dingen, die auch nur entfernt etwas Unberechenbares hatten, das Ausprobieren einer neuen Eiscremesorte etwa oder das Einwerfen eines Briefes, drückte sie die Daumen. Er verstand das nicht. Er kam sich dumm dabei vor, als gäbe es verborgene

Wunder auf der Welt, die er sich nicht einmal vorstellen konnte. Twinkles Gesicht hatte noch immer etwas Mädchenhaftes; ihre Augen blickten klar und ruhig, und ihre angenehmen Züge waren noch ungefestigt, als müssten sie sich erst in einem dauerhaften Ausdruck einfinden. Ihren Spitznamen, der einem Kinderreim entstammte, hatte sie noch nicht abgelegt. Jetzt, im zweiten Monat ihrer Ehe, ärgerten ihn gewisse Dinge – dass sie beim Sprechen manchmal ein bisschen spuckte beispielsweise oder dass sie ihre Unterwäsche abends am Fußende des Bettes liegen ließ, anstatt sie in den Wäschekorb zu tun.

Sie hatten sich erst vor vier Monaten kennen gelernt. Twinkles Eltern, die in Kalifornien wohnten, und seine, die noch in Kalkutta lebten, waren alte Freunde und hatten über die Kontinente hinweg Twinkles und Sanjeevs erste Begegnung arrangiert – eine Party zum sechzehnten Geburtstag eines Mädchens aus ihrem Freundeskreis –, als Sanjeev sich einmal geschäftlich in Palo Alto aufhielt. In einem Restaurant hatten er und Twinkle nebeneinander an einem runden Tisch gesessen und sich von einer drehbaren Platte Spare Ribs, Eibrötchen und Hähnchenflügel genommen, die, wie sie beide fanden, alle gleich schmeckten. Außerdem hatten sie eine gemeinsame, noch aus ihrer Kindheit stammende Vorliebe für Romane von Wodehouse entdeckt und eine gemeinsame Abneigung gegen den Sitar, und später gestand Twinkle ihm, wie sehr es sie entzückte, dass er ihr während des Gesprächs so gewissenhaft Tee nachgeschenkt hatte.

Und so begannen die Telefongespräche, die immer länger wurden, dann die Besuche, erst seiner in Stanford, darauf ihrer in Connecticut; Sanjeev hatte danach in einem

Aschenbecher auf dem Balkon die ausgedrückten Zigaretten aufbewahrt, die sie während des Wochenendes geraucht hatte – hatte sie aufbewahrt, bis sie das nächste Mal kam, und da saugte er ihr zu Ehren Staub, wusch die Bettwäsche und staubte sogar die Blätter der Pflanzen ab. Sie war siebenundzwanzig und vor kurzem, wie er ihren Worten entnahm, von einem Amerikaner verlassen worden, der vergeblich versucht hatte, Schauspieler zu werden. Sanjeev war einsam, hatte ein überaus üppiges Einkommen für einen allein stehenden Mann und war noch nie verliebt gewesen. Auf Drängen ihrer Ehestifter hatten sie in Kalkutta geheiratet, inmitten hunderter von Gratulanten, an die er sich aus seiner Kindheit kaum erinnerte, im unaufhörlichen Augustregen, in einem mit Christbaumkerzen-Schnüren geschmückten rot-orange gestreiften Zelt in der Mandeville Road.

»Hast du den Dachboden gefegt?«, fragte er Twinkle später, als sie die Papierservietten faltete und unter den Tellerrand schob. Der Dachboden war der einzige Teil des Hauses, den sie anfangs nicht sauber gemacht hatten.

»Noch nicht. Aber ich mach's noch, versprochen. Hoffentlich schmeckt's.« Sie stellte den dampfenden Topf auf den Jesus-Untersetzer. Ein kleiner Korb mit einem Laib Ciabatta stand auf dem Tisch, daneben ein mit Fertigsoße angemachter Eisbergsalat mit geriebenen Möhren und Croûtons und Gläser mit Rotwein. Twinkle war nicht übermäßig ambitioniert, was das Kochen anbelangte. Sie kaufte vorgebratene Hähnchen im Supermarkt und tischte sie mit weiß Gott wann zubereitetem Kartoffelsalat aus kleinen

Plastikdosen auf. Indisches Essen, so klagte sie, sei viel zu aufwendig. Sie hasste es, Knoblauch zu schneiden und Ingwer zu schälen, und konnte nicht mit dem Mixer umgehen, und so war es Sanjeev, der an den Wochenenden Senföl mit Zimtstangen und Nelken für ein richtiges Curry würzte.

Doch was sie heute gekocht hatte, war ungewöhnlich schmackhaft, das musste man ihr lassen, vorzüglich geradezu, mit hellen weißen Fischstückchen, Petersilie und frischen Tomaten, die in dem dunkelbraunen Eintopf glänzten.

»Wie hast du das gemacht?«

»Ich hab's erfunden.«

»Und wie ging das?«

»Ich hab einfach ein paar Sachen in den Topf getan und zum Schluss den Balsamessig dazugegeben.«

»Wie viel Essig?«

Sie zuckte die Schultern, brach sich ein Stück Brot ab und tunkte es in ihren Eintopf.

»Das weißt du nicht? Du solltest es dir aufschreiben. Vielleicht musst du das mal wieder kochen, für eine Party oder so.«

»Das fällt mir dann schon wieder ein.« Sie bedeckte den Brotkorb mit einem Geschirrtuch, auf dem, wie er erst jetzt sah, die zehn Gebote abgedruckt waren. Sie lächelte ihm kurz zu und kniff ihm unterm Tisch ins Knie. »Finde dich damit ab. Das Haus ist gesegnet.«

Die Einzugsparty sollte am letzen Samstag im Oktober stattfinden, und sie hatten ungefähr dreißig Leute eingeladen. Es waren alles Bekannte von Sanjeev, Kollegen aus der Firma und indische Paare, die in der Gegend wohnten und die er zum Teil kaum kannte, die ihn aber in seinen Junggesellentagen samstagabends regelmäßig zum Essen eingeladen hatten. Er fragte sich oft, warum sie ihn in ihren Kreis einschlossen. Er hatte wenig mit ihnen gemeinsam, doch da er selten etwas anderes vorgehabt hatte, war er stets zu ihren Treffen gegangen und hatte gewürzte Kichererbsen und Shrimpskroketten gegessen, geplaudert und über Politik debattiert. Noch keiner seiner Bekannten hatte Twinkle kennen gelernt; vor ihrer Heirat hatte Sanjeev die kurzen Wochenenden, an denen sie sich sahen, nicht mit Leuten vertun wollen, mit denen er verkehrte, wenn er allein war. Außer Sanjeev und einem Ex-Freund, der, soviel sie wusste, in einer Töpferei in Brookfield arbeitete, kannte sie niemanden im Staat Connecticut. Sie stand kurz vor der Fertigstellung ihrer Magisterarbeit in Stanford, über einen irischen Dichter, von dem Sanjeev noch nie gehört hatte.

Das Haus hatte er, bevor er zu seiner Hochzeit nach Indien aufgebrochen war, allein gekauft, zu einem günstigen Preis, in einer gut mit Schulen versorgten Gegend. Er war beeindruckt gewesen von der elegant geschwungenen Treppe mit dem schmiedeeisernen Geländer, der dunklen Holztäfelung, dem Solarium mit Blick auf Rhododendronsträucher und der massiven Zweiundzwanzig aus Messing – zufällig sein Geburtsdatum – an der tudorähnlichen Fassade. Es gab zwei funktionierende Kamine, eine Doppelgarage und einen ausbaufähigen Dachboden, auf dem man weitere Zimmer einrichten konnte, falls sich, wie der Makler meinte, die Notwendigkeit ergeben sollte. Sanjeev hatte zu diesem Zeitpunkt bereits beschlossen, mit Twinkle für immer hier zu leben, und so bemerkte er weder die Bibelaufkleber an den Lichtschaltern noch das durchsichtige Abziehbild der Madonna in der Muschel, wie Twinkle es gern nannte, am Schlafzimmerfenster. Nachdem sie eingezogen waren, hatte er es entfernen wollen und dabei das Glas verkratzt.

Am Wochenende vor der Party harkte er gerade den Rasen, als Twinkle einen Schrei ausstieß. Er rannte zu ihr, die Harke in der Hand, voll Sorge, sie könnte auf ein totes Tier oder eine Schlange gestoßen sein. Die Ohren brannten ihm in der frischen Oktoberbrise, während seine Turnschuhe über die braunen und gelben Blätter knirschten. Als er bei ihr anlangte, hatte sie sich ins Gras fallen lassen und war in ein fast stummes Lachen ausgebrochen. Hinter einer wild wuchernden Forsythie stand eine hüfthohe Gipsmadonna mit einem blauen Tuch um den Kopf, wie eine indische Braut. Twinkle begann mit dem Saum ihres T-Shirts den Schmutz von der Stirn der Statue zu wischen.

»Ich nehme an, du möchtest sie ans Fußende unseres Bettes stellen«, sagte Sanjeev.

Twinkle sah ihn erstaunt an. Ihr Bauch war nackt, und er bemerkte, dass sie um den Nabel herum eine Gänsehaut hatte. »Na, hör mal! Die können wir doch nicht ins Schlafzimmer stellen.«

»Nein?«

»Nein, du Dummer. Die ist für draußen. Für den Rasen.«

»O Gott, nein. Nein, Twinkle.«

»Das muss sein. Sonst bringt es Unglück.«

»Aber da können die Nachbarn sie doch sehen. Die werden uns für verrückt erklären.«

»Wieso, weil eine Madonnenfigur auf unserem Rasen steht? Die haben doch selber alle eine auf ihrem Rasen. Da passen wir dann gut dazu.«

»Aber wir sind keine Christen.«

»Sag's mir nur immer wieder.« Sie spuckte auf ihre Fingerspitze und begann angestrengt an einem besonders hartnäckigen Fleck an Marias Kinn zu reiben. »Was meinst du, ist das Schmutz oder irgendein Pilz?«

Es war zwecklos, mit ihr zu argumentieren, mit dieser Frau, die er erst vier Monate kannte und die er geheiratet hatte, dieser Frau, mit der er jetzt sein Leben teilte. In einem Anflug von Bedauern dachte er an die Fotos, die seine Mutter ihm immer aus Kalkutta geschickt hatte, Aufnahmen von potenziellen Bräuten, die singen und nähen und Linsengerichte würzen konnten, ohne ins Kochbuch schauen zu müssen. Sanjeev hatte diese Frauen in Betracht gezogen, hatte sogar eine Rangfolge seines Interesses aufgestellt, doch dann hatte er Twinkle kennen gelernt. »Twinkle, es geht nicht, dass Leute aus meiner Firma die Figur auf unserem Rasen sehen.«

»Sie können dich doch nicht rausschmeißen, weil du gläubig bist. Das wäre Diskriminierung.«

»Das ist nicht das Problem.«

»Wieso ist es dir so wichtig, was andere von dir denken?«

»Twinkle, bitte.« Er war müde. Er stützte sich schwer auf die Harke, während sie die Statue zu einem ovalen Immergrünbeet neben der Laterne an dem Ziegelweg zu schleifen begann. »Sieh, nur Sanjeev. Sie ist so schön.«

Er kehrte zu seinem Laubhaufen zurück und begann ihn in einen Plastikmüllsack zu packen. Der blaue Himmel über ihm war wolkenlos. Ein einzelner Baum auf dem Rasen war noch voller Laub, rot und orange, wie das Zelt, in dem Twinkle und er geheiratet hatten.

Er wusste nicht, ob er sie liebte. Er hatte mit Ja geantwortet, als sie ihm diese Frage zum ersten Mal stellte, an einem Nachmittag in Palo Alto, als sie nebeneinander in einem dunklen, fast leeren Kino saßen. Vor Beginn der Vorstellung – einer ihrer Lieblingsfilme wurde gezeigt, ein deutscher, den er extrem deprimierend fand – hatte sie ihre Nasenspitze an seine gedrückt, und er hatte das Flattern ihrer getuschten Wimpern gespürt. An jenem Nachmittag hatte er gesagt, Ja, er liebe sie, und sie hatte sich riesig gefreut und ihm ein Stück Popcorn in den Mund geschoben und ihre Finger einen Moment lang zwischen seinen Lippen gelassen, gleichsam als Belohnung dafür, dass er die richtige Antwort gegeben hatte.

Sie selbst hatte es zwar nicht gesagt, aber er hatte damals angenommen, dass sie ihn ebenfalls liebte. Jetzt war er sich nicht mehr sicher. Im Grunde wusste Sanjeev gar nicht, was Liebe war, er wusste nur, was sie seiner Meinung nach nicht war. Liebe war nicht, so hatte er erkannt, wenn man Abend für Abend in eine leere, mit Teppichboden ausgelegte Eigentumswohnung zurückkehrte und nur die oberste Gabel in der Besteckschublade benutzte, wenn man sich auf den Dinnerpartys am Wochenende höflich abwandte, sobald die anderen Männer ihrer Frau oder Freundin im Laufe des Abends den Arm um die Taille legten und sich dann und wann zu ihr hinüberbeugten, um sie auf Schulter oder Hals zu küssen. Liebe war nicht, wenn man per Post CDs mit klassischer Musik bestellte, sich systematisch durch die wichtigsten, im Katalog empfohlenen Komponisten durcharbeitete und stets pünktlich die Rechnungen bezahlte. In den Wochen bevor er Twinkle kennen lernte, war ihm das klar geworden. »Du hast genug Geld auf der Bank, um drei Familien zu ernähren«, hatte seine Mutter immer gesagt, wenn sie an jedem Monatsanfang miteinander telefonierten. »Du brauchst eine Frau, für die du sorgen und die du lieben kannst.« Jetzt hatte er eine, eine hübsche aus einer angemessen hohen Kaste, die bald ihren Magister machen würde. Was hätte man da nicht lieben sollen?

An diesem Abend schenkte Sanjeev sich einen Gin Tonic ein, trank ihn ganz und einen zweiten fast ganz aus und ging dann zu Twinkle, die ein Schaumbad nahm, weil ihr, wie sie erklärt hatte, vom Harken – einer Arbeit, die sie noch nie gemacht hatte – die Glieder schmerzten. Er klopfte nicht an. Sie hatte eine hellblaue Gesichtsmaske aufgelegt, rauchte, trank einen Bourbon mit Eis und blätterte in einem dicken Taschenbuch, dessen Seiten sich vom Wasser aufgebogen und grau verfärbt hatten. Er warf einen Blick auf den Umschlag; das Einzige, was darauf stand, war das Wort *Sonette* in dunkelroten Buchstaben. Er holte Luft und teilte ihr ganz ruhig mit, wenn er sein Glas geleert habe, werde er hinausgehen und die Madonna aus dem Vorgarten entfernen.

»Und wo tust du sie hin?«, fragte sie verträumt und mit geschlossenen Augen. Ihr Bein tauchte auf, entfaltete sich anmutig über der Schaumschicht. Sie beugte und streckte die Zehen.

»Erst mal in die Garage. Und morgen bring ich sie auf dem Weg zur Arbeit zum Müllplatz.«

»Untersteh dich.« Sie stand auf und ließ das Buch ins

Wasser fallen. Schaumblasen rannen ihr die Schenkel hinab. »Ich hasse dich«, sagte sie, und bei dem Wort »hasse« verengten sich ihre Augen. Sie schlüpfte in ihren Bademantel, band ihn fest zu und tappte die geschwungene Treppe hinab, wobei sie nasse Fußspuren auf dem Parkett hinterließ. »Willst du etwa so raus?« In seinen Schläfen pochte es, und seine Stimme hatte einen neuen, grollenden Unterton.

»Und wenn schon? Wen interessiert es, wie ich dieses Haus verlasse?«

»Wo willst du denn hin um diese Zeit?«

»Du kannst die Figur nicht wegwerfen. Das lass ich nicht zu.« Ihre inzwischen getrocknete Maske sah aus wie Asche, und aus ihren Haaren tropfte Wasser auf die verkrusteten Konturen ihres Gesichts.

»Doch, ich kann. Und ich tu's.«

»Nein«, sagte Twinkle, jetzt plötzlich mit ganz kleiner Stimme. »Das hier ist unser Haus. Wir besitzen es gemeinsam. Die Figur gehört zu unserem Besitz.« Sie begann zu zittern. Um ihre Fersen hatte sich eine kleine Badewasserpfütze gebildet. Er schloss das Fenster, damit sie sich nicht erkältete. Dann merkte er, dass es teilweise Tränen waren, die ihr über das harte blaue Gesicht rannen.

»Ach, Twinkle, bitte, ich hab's nicht so gemeint.« Er hatte sie noch nie weinen sehen, hatte noch nie solche Traurigkeit in ihren Augen gesehen. Sie wandte sich nicht ab und versuchte auch nicht, die Tränen zurückzuhalten; sie schien seltsam ruhig. Einen Moment lang schloss sie die Lider, die gegen das Blau, das den Rest ihres Gesichts bedeckte, blass und ungeschützt wirkten. Sanjeev war übel, als hätte er zu viel oder zu wenig gegessen.

Sie ging zu ihm, legte ihm die feuchten Frotteearme um den Hals, schluchzte an seiner Brust, durchnässte sein Hemd. Die Maske zerbröckelte an seinen Schultern.

Sie schlossen einen Kompromiss: Sie würden die Statue in eine Nische an der seitlichen Hauswand stellen, unsichtbar für Passanten, aber deutlich sichtbar für Besucher.

Der Speisezettel für die Party war einfach: Eine Kiste Champagner würde da sein, und es würde Samosas aus einem indischen Restaurant in Hartford geben und große Platten Reis mit Huhn, Mandeln und Orangenschalen, die Sanjeev am Vormittag und bis in den Nachmittag hinein zubereitet hatte. Er hatte noch nie so viele Gäste gehabt, und da er fürchtete, es könnte nicht genug zu trinken da sein, fuhr er rasch noch einmal los, um eine zweite Kiste Champagner zu kaufen, für alle Fälle. In der Zwischenzeit brannte eine der Reisplatten an, und er musste noch einmal von vorn anfangen. Twinkle fegte die Böden und erbot sich, die Samosas zu holen. Sie musste sowieso in die Richtung, zur Maniküre und Pediküre. Sanjeev hatte sie fragen wollen, ob sie unter Umständen bereit sei, ihre Menagerie vom Kaminsims zu räumen, nur für die Dauer der Party, aber sie war gegangen, während er unter der Dusche stand. Sie blieb gut drei Stunden weg, und so machte Sanjeev selbst vollends sauber. Um halb sechs blitzte und blinkte das ganze Haus, Duftkerzen, die Twinkle aus Hartford mitgebracht hatte, erleuchteten die Objekte auf dem Kaminsims, und in den Blumentöpfen brannten dünne Räucherstäbchen. Jedes Mal, wenn Sanjeev am Kamin vorbeiging, zuckte er zusammen, so sehr fürchtete er die hochgezogenen Brauen der Gäste, wenn sie die flackernden Keramikheiligen sahen, die Salz- und Pfefferstreuer, die Joseph und Maria darstellen sollten. Aber die schönen Erkerfenster, die schimmernden Parkettböden, die imponierende geschwungene Treppe und die Holztäfelung würden, so hoffte er, Eindruck auf sie machen, während sie ihren Champagner tranken, ihre Samosas in Chutney tunkten und sich alles besahen.

Douglas, einer der neuen Berater in der Firma, und seine Freundin Nora kamen als Erste. Sie waren beide groß und blond und trugen beide Brillen mit dünnem Metallrahmen und lange schwarze Mäntel. Nora hatte einen Hut voller schmaler, spitzer Federn auf, passend zu ihrem scharf geschnittenen Gesicht. Mit der linken Hand hatte sie Douglas' Hand gefasst, in der rechten trug sie eine Cognacflasche mit einer roten Schleife um den Hals, die sie Twinkle überreichte.

»Toller Rasen, Sanjeev«, sagte Douglas. »Wir müssen auch mal die Harke rausholen, Schatz. Und das ist sicher ...«

»Meine Frau. Tamina.«

»Nennen Sie mich Twinkle.«

»Ein ungewöhnlicher Name«, bemerkte Nora.

Twinkle zuckte die Schultern. »Nicht unbedingt. In Bombay gibt es eine Schauspielerin, die heißt Dimple Kapadia. Und ihre Schwester heißt sogar Simple.«

Douglas und Nora zogen simultan die Brauen hoch und nickten langsam, als müssten sie das Absurde dieser Namen erst in sich aufnehmen. »Freut uns, Sie kennen zu lernen, Twinkle.«

»Nehmt euch Champagner. Es ist genug da.«

»Darf ich euch was fragen?«, sagte Douglas. »Ich hab die

Figur da draußen gesehen – seid ihr Christen? Ich dachte, ihr seid Inder.«

»In Indien gibt es auch Christen«, antwortete Sanjeev, »aber wir sind keine.«

»Ein schönes Kleid haben Sie an«, sagte Nora zu Twinkle. »Und Sie einen phantastischen Hut. Wie wär's mit der großen Besichtigungstour?«

Es klingelte wieder und wieder und wieder. Binnen Minuten, so schien es, füllte sich das Haus mit Menschen, Gesprächen und ungewohnten Düften. Die Frauen trugen hohe Absätze, hauchdünne Strümpfe und kurze schwarze Crêpe-de-Chine- oder Chiffonkleider. Sie reichten Sanjeev ihre Umhänge und Mäntel, und er hängte sie vorsichtig über die Bügel in dem geräumigen Garderobenschrank, obwohl Twinkle die Leute aufforderte, ihre Sachen einfach auf die Liegen im Solarium zu werfen. Einige der indischen Frauen hatten ihre besten Saris angelegt, aus golddurchwirkten, elegant um die Schultern drapierten Stoffen. Die Männer trugen Jackett und Krawatte, und ihre Aftershaves dufteten nach Zitrone. Während die Gäste von einem Raum in den nächsten schlenderten, stapelten sich auf dem langen Kirschholztisch, der die ganze Dielenwand einnahm, die Geschenke.

Es verblüffte Sanjeev, dass sich alle für ihn, sein Haus und seine Frau solche Mühe gegeben hatten. Etwas Ähnliches hatte er bisher nur ein einziges Mal erlebt, bei seiner Hochzeit, aber das hier war irgendwie anders, denn die Gäste waren keine Verwandten, sondern Leute, die ihn nur flüchtig kannten und ihm gewissermaßen nichts schuldeten. Alle gratulierten ihm. Lester, ein anderer Kollege, prophezeite, dass er in spätestens zwei Monaten ins Management aufsteigen werde. Die Gäste verzehrten ihre Samosas und bewunderten pflichtschuldigst die frisch gestrichenen Decken und Wände, die Hängepflanzen, die Erkerfenster, die Seidenmalereien aus Jaipur. Am meisten aber bewunderten sie Twinkle und ihr persimonenfarbenes, im Rücken tief ausgeschnittenes, besticktes *salwar-kameez*, den schmalen Kranz aus weißen Rosenblättern, den sie sich geschickt um den Kopf gewunden hatte, und die kurze Perlenkette mit dem Saphir in der Mitte, die ihren Hals zierte. Unter den hektischen Klängen der Jazzplatten, die nach Twinkles Wünschen gespielt wurden, lachten sie über ihre Anekdoten und Bemerkungen, und der Kreis um sie wurde immer größer. Sanjeev füllte unterdessen Samosas auf, die er im Backrohr gleichmäßig warm hielt, holte Eis für die Drinks, öffnete nicht ohne Mühe neue Champagnerflaschen und erklärte zum vierzigsten Mal, dass er kein Christ sei. Twinkle selbst führte die Gäste in mehreren Gruppen die geschwungene Treppe hinauf und hinunter, zeigte ihnen den Rasen hinterm Haus und ließ sie einen Blick die Kellertreppe hinabwerfen. »Deine Freunde finden das Poster in meinem Arbeitszimmer toll«, sagte sie triumphierend zu Sanjeev und legte ihm die Hand ins Kreuz, als sie einander einmal im Vorbeigehen streiften.

Sanjeev ging in die leere Küche und aß, da er sich unbeobachtet glaubte, mit den Fingern ein Stück Huhn von der Platte auf der Arbeitsfläche. Er nahm sich ein zweites Stück und spülte es mit einem Schluck Gin aus der Flasche hinunter.

»Tolles Haus. Toller Reis.« Sunil, ein Anästhesist, kam herein und löffelte sich im Gehen das Essen von seinem Pappteller in den Mund. »Ist noch Champagner da?«

»Deine Frau ist eine Wucht«, sagte Prabal, der ihm gefolgt war, ein unverheirateter Physikprofessor in Yale. Sanjeev sah ihn einen Moment lang verständnislos an, dann errötete er; auf einer Dinnerparty hatte Prabal einmal verkündet, Sophia Loren sei eine Wucht und Audrey Hepburn ebenfalls. »Hat sie eine Schwester?«

Sunil pickte sich eine Rosine aus der Reisplatte. »Heißt sie Little Star mit Familiennamen?«

Die beiden Männer lachten und begannen von dem Reis auf der Platte zu essen, ihn mit ihren Plastiklöffeln zu durchpflügen. Sanjeev ging in den Keller hinunter, um noch mehr Champagner zu holen. Die zweite Kiste an die Brust gedrückt, verweilte er ein paar Minuten in der feuchten, kühlen Stille auf der Treppe, während über den Deckenbalken die Party weiterging. Dann stellte er den Nachschub auf den Esstisch.

»Ja, alles, das haben wir alles hier im Haus gefunden, an den unwahrscheinlichsten Stellen«, hörte er Twinkle im Wohnzimmer sagen. »Und wir finden immer noch mehr.«

»Nicht möglich!«

»Doch! Wir sind praktisch jeden Tag auf Schatzsuche. Herrlich ist das. Weiß Gott, was wir noch alles finden werden – sollte kein Witz sein.«

So fing es an. Wie auf eine stillschweigende Verabredung hin begann die ganze Gesellschaft mit vereinten Kräften jedes einzelne Zimmer zu durchsuchen, Schränke zu öffnen, unter Sessel und Polster zu schauen, hinter Vorhängen nachzufühlen, Bücher aus den Regalen zu nehmen. In Gruppen hastete man kichernd und schwankend die geschwungene Treppe hinauf und hinunter.

»Den Dachboden haben wir noch gar nicht erforscht«, verkündete Twinkle plötzlich, und alle folgten ihr nach oben.

»Wie kommt man denn da rauf?«

»Im Flur ist eine Leiter, irgendwo an der Decke.«

Sanjeev ging lustlos hinterdrein und zeigte auf die Stelle, doch Twinkle hatte sie bereits gefunden. »Heureka!«, rief sie.

Douglas zog an der Kette, mit der man die Leiter herunterließ. Sein Gesicht war gerötet, und er hatte Noras Federhut auf dem Kopf. Einer nach dem anderen verschwanden die Gäste; die Männer halfen den Frauen, wenn sie ihre hochhackigen Riemchenschuhe auf die schmalen Sprossen setzten, die Inderinnen steckten sich das freie Ende ihrer teuren Saris in den Bund. Die Männer folgten ihnen, und bald waren alle weg, und Sanjeev blieb allein am oberen Ende der geschwungenen Treppe zurück. Schritte polterten über ihm. Es verlangte ihn nicht danach, ebenfalls hinaufzusteigen. Er fragte sich, ob die Decke einstürzen würde, stellte sich einen Sekundenbruchteil vor, wie all die betrunkenen, parfümierten Menschen ineinander verheddert um ihn herum herunterkrachen würden. Er hörte einen Schrei und dann aufsteigende, sich ausbreitende Wellen dissonanten Gelächters. Ein Gegenstand fiel zu Boden, ein anderer zerbrach. Sie plapperten etwas von einer Truhe, die nicht aufzugehen schien, und schlugen aufgeregt dagegen.

Zuerst dachte er, Twinkle würde ihn vielleicht zu Hilfe rufen, aber er wurde nicht gebraucht. Er sah sich im Flur und auf dem unteren Treppenabsatz um, betrachtete die

Champagnergläser, die angebissenen Samosas, die lippenstiftverschmierten Servietten in allen Ecken, auf jeder freien Fläche. Dann sah er, dass Twinkle in ihrer Hast kurzerhand die Schuhe ausgezogen hatte. Sie lagen am Fuß der Leiter, schwarze Lackpantöffelchen mit Absätzen wie ein Golf-Tee, vorn offen und mit etwas angeschmutzten Seidenetiketten innen, dort wo Twinkles Fußsohlen sie berührt hatten. Er stellte sie in die Schlafzimmertür, damit später niemand darüber stolperte.

Er hörte Scharniere knarren. Die schrillen Stimmen waren einem gleichmäßigen Murmeln gewichen. Sanjeev machte sich klar, dass er das ganze Haus für sich allein hatte. Die Musik war verstummt, und wenn er sich konzentrierte, konnte er den Kühlschrank summen, die letzten Blätter an den Bäumen draußen rascheln und ihre Zweige an die Fensterscheiben tippen hören. Er malte sich aus, was er jetzt alles ungestört tun konnte. Er konnte Twinkles Menagerie in einen Müllsack fegen, ins Auto steigen und sie zum Müllplatz bringen, er konnte das Poster mit dem weinenden Jesus herunterreißen und, wenn er schon dabei war, der Madonna draußen mit dem Hammer zu Leibe rücken. Dann würde er ins leere Haus zurückkehren. Innerhalb einer Stunde konnte er leicht die Teller und Becher wegräumen und sich dann einen Gin Tonic einschenken, einen Teller aufgewärmten Reis essen, seine neue Bach-CD hören und dabei den Covertext lesen, um sie richtig zu verstehen. Er stupste gegen die Leiter, aber sie stand fest. Es hätte einige Anstrengung gekostet, sie von der Stelle zu bewegen.

»O Gott, ich brauch eine Zigarette«, rief Twinkle von oben.

Sanjeev spürte, wie sich sein Nacken verspannte. Ihm wurde schwindlig. Er musste sich hinlegen. Er ging zum Schlafzimmer, blieb aber abrupt stehen, als sein Blick auf Twinkles Schuhe fiel, die mit den Spitzen zu ihm in der Tür standen. Er stellte sich vor, wie sie hineinschlüpfte. Doch statt des Ärgers, den er spürte, seit sie zusammen in das Haus gezogen waren, wallte Vorfreude in ihm auf bei der Vorstellung, wie sie in ihnen schwankend die geschwungene Treppe hinabeilte und dabei den Boden ein wenig verkratzte. Die Aufwallung verstärkte sich, als er sich vorstellte, wie sie ins Badezimmer eilte, um ihren Lippenstift aufzufrischen, wie sie später zum Garderobenschrank eilte und den Gästen ihre Mäntel holte und wie sie schließlich, nachdem der Letzte gegangen war, zu dem Kirschholztisch eilte und anfing, die Einweihungsgeschenke auszupacken. Die gleiche Aufwallung hatte er vor ihrer Heirat verspürt, wenn er nach einem Telefongespräch mit ihr den Hörer auflegte oder wenn er vom Flughafen zurückfuhr und sich fragte, welches der aufsteigenden Flugzeuge am Himmel ihres war.

»Du glaubst es nicht, Sanj!«

Sie kam die Leiter herunter, mit dem Rücken zu ihm, die Hände erhoben, die nackten Schultern schweißglänzend. Sie trug etwas, das noch verdeckt war.

»Schaffen Sie's, Twinkle?«

»Ja, Sie können loslassen.«

Jetzt sah er, was ihre Hände umschlossen hielten; eine massiv silberne Jesusbüste, der Kopf gut dreimal so groß wie seiner. Die Nase hatte einen aristokratischen Höcker, das prachtvolle Lockenhaar fiel auf die markanten Schlüsselbeine herab, und in der breiten Stirn spiegelten sich Wände,

Türen und Lampenschirme im Miniaturformat. Jesu Gesichtsausdruck wirkte selbstgewiss, als könne er sich seiner Anhänger sicher sein, die festen Lippen waren voll und sinnlich. Er hatte Noras Federhut auf. Während Twinkle hinabstieg, hielt Sanjeev sie um die Taille gefasst, um sie zu stützen, und als sie unten angelangt war, nahm er ihr die Büste ab. Sie wog bestimmt an die dreißig Pfund. Die anderen, von der Schatzsuche ermattet, kamen ebenfalls langsam herab, und Einzelne gingen nach unten, um sich einen neuen Drink zu holen.

Twinkle holte tief Luft, zog die Brauen hoch und drückte die Daumen. »Wär's sehr schlimm, wenn wir ihn auf den Kaminsims stellen? Nur für heute Abend? Ich weiß, du findest ihn schrecklich.«

Er fand ihn in der Tat schrecklich. Er fand seine Riesenhaftigkeit schrecklich, seine makellose polierte Oberfläche, seinen unbestreitbaren Wert. Er fand es schrecklich, dass er sich in seinem Haus befand und dass er ihn besaß. Im Gegensatz zu den anderen Dingen, die sie gefunden hatte, strahlte er Würde, Erhabenheit und sogar Schönheit aus. Doch zu seiner eigenen Verwunderung fand Sanjeev ihn deswegen nur umso schrecklicher. Am schrecklichsten fand er ihn, weil er wusste, dass Twinkle ihn wunderschön fand.

»Morgen kommt er dann in mein Arbeitszimmer«, fügte sie hinzu. »Versprochen.«

Sie würde ihn nie in ihr Arbeitstzimmer stellen, das wusste er. Für den Rest ihres gemeinsamen Lebens würde er auf dem Kaminsims stehen, von der übrigen Menagerie flankiert. Jedes Mal, wenn sie Gäste hätten, würde Twinkle ihnen erzählen, wie sie ihn gefunden hatte, und sie würden ihr zuhören und sie bewundern. Er betrachtete die zerknautschten Rosenblätter in ihrem Haar, die Perlenkette mit dem Saphir an ihrem Hals, den schillernden knallroten Nagellack an ihren Zehen. Auch dieser Dinge wegen, so schloss er, fand Prabal sie eine Wucht. Sein Kopf schmerzte von dem Gin, und seine Arme schmerzten vom Gewicht der Büste. »Deine Schuhe hab ich ins Schlafzimmer gestellt«, sagte er.

»Danke, aber mir brennen die Füße.« Twinkle kniff ihn kurz in den Ellenbogen und ging ins Wohnzimmer.

Sanjeev drückte das massiv silberne Gesicht an seinen Brustkorb, vorsichtig, damit der Federhut nicht herunterrutschte, und folgte ihr.

BIBI HALDARS THERAPIE

Den überwiegenden Teil ihrer neunundzwanzig Jahre hatte Bibi Haldar an einer Krankheit gelitten, die Freunde und Verwandte, Pfarrer und Handleser, alte Jungfern, Edelsteinheiler, Propheten und Narren vor ein Rätsel stellte. Bemüht, ihr zu helfen, brachten ihr besorgte Einwohner unseres Städtchens heiliges Wasser von sieben heiligen Flüssen. Wenn wir nachts ihre gequälten Schreie hörten, wenn ihre Handgelenke mit Stricken festgebunden und beißende Umschläge auf sie gepresst wurden, schlossen wir sie in unsere Gebete ein. Weise Männer hatten ihr Eukalyptusbalsam in die Schläfen massiert, ihr Gesicht dampfenden Kräuteraufgüssen ausgesetzt. Dem Vorschlag eines blinden Christen folgend, hatte man einmal eine Bahnreise mit ihr unternommen, um sie die Gräber von Heiligen und Märtyrern küssen zu lassen. Amulette gegen den bösen Blick umspannten ihren Hals und ihre Arme, Glückssteine schmückten ihre Finger.

Von Ärzten durchgeführte Behandlungen machten die Sache nur noch schlimmer. Allopathen, Homöopathen, ayurvedische Heiler – über die Jahre hatte man Vertreter aller Richtungen der Heilkunst konsultiert. Die Empfehlungen nahmen kein Ende. Nach Röntgenaufnahmen und endoskopischen Untersuchungen, Auskultationen und Injektionen empfahlen einige ihr einfach zuzunehmen, andere rieten ihr abzunehmen. Verbot der eine ihr, länger als bis Tagesanbruch zu schlafen, bestand der andere darauf, dass sie bis mittags im Bett blieb. Dieser verordnete ihr Kopfstände, jener das Singen von Weda-Versen, in festgelegten Abständen über den Tag verteilt. »Bringt sie zur Hypnose nach Kalkutta«, schlugen wieder andere vor. Das Mädchen war von Spezialist zu Spezialist geschleppt worden, war angewiesen worden, Knoblauch zu meiden, übermäßige Mengen Magenbitter zu sich zu nehmen, zu meditieren, grüne Kokosmilch und in Milch geschlagene rohe Enteneier zu trinken. Kurzum, Bibis Leben war die Begegnung mit einer endlosen Kette wirkungloser Mittel.

Ihre Anfälle, die ohne jede Vorwarnung auftraten, beschränkten ihre Welt auf das unverputzte dreistöckige Haus, in dem ihre einzigen Verwandten am Ort, ein älterer Vetter und seine Frau, eine Wohnung im ersten Stock gemietet hatten. Da man jederzeit damit rechnen musste, dass sie bewusstlos zu Boden und in ein schamloses Delirium fiel, konnte man sie weder unbeaufsichtigt eine Straße überqueren noch eine Trambahn besteigen lassen. Sie brachte ihre Tage in dem Lagerraum neben der Latrine auf dem Dach unseres Hauses zu. Es war ein Raum, in dem man sitzen, aber nicht bequem stehen konnte, mit einem Vorhang vor dem Eingang, einem einzigen unvergitterten Fenster und aus alten Türfüllungen gezimmerten Regalen. Dort saß sie mit gekreuzten Beinen auf einem quadratischen Jutestück und inventarisierte Waren für den Kosmetikladen, den ihr Vetter Haldar am Eingang unseres Hofes besaß und betrieb.

Bibi wurde für ihre Dienste nicht bezahlt, erhielt aber Mahlzeiten, Lebensmittel und jedes Jahr zu den Festtagen im Oktober ausreichend Baumwollstoff, um bei einem billigen Schneider ihre Garderobe vervollständigen zu lassen. Nachts schlief sie auf einem Feldbett in der Wohnung des Vetters.

Im Lagerraum erschien Bibi morgens in rissigen Plastikschlappen und einem Morgenrock, der ihr bis knapp über die Knie reichte, eine Länge, die wir nicht mehr trugen, seit wir fünfzehn waren. Ihre Schienbeine waren behaart und reichlich mit fahlen Sommersprossen gesprenkelt. Während wir Wäsche aufhängten oder Fische schuppten, haderte sie mit ihrem Schicksal und sandte Vorwürfe gen Himmel. Sie war nicht hübsch. Ihre Unterlippe war schmal, ihre Zähne zu klein. Beim Sprechen sah man das Zahnfleisch. »Ist das gerecht, frage ich euch, dass ein Mädchen hier ihre Zeit absitzt, unbeachtet ihre besten Jahre damit vertut, Waren- und Preislisten aufzustellen, ohne jede Zukunft?« Sie sprach lauter als nötig, als hätte sie es mit Schwerhörigen zu tun. »Ist es denn unrecht, dass ich euch beneide, weil ihr Bräute und Mütter seid, vollauf beschäftigt mit eurem Leben und euren Sorgen? Ist es unrecht, dass ich mir die Augen ummalen, das Haar parfümieren will? Ein Kind großziehen und es lehren, süß von sauer, gut von böse zu unterscheiden?«

Tag für Tag lud sie ihre zahllosen Entbehrungen auf uns ab, bis schließlich offenbar wurde, dass Bibi einen Mann wollte. Sie wollte, dass jemand sich für sie einsetzte, sie beschützte, ihr zeigte, wo ihr Platz im Leben war. Wie wir anderen wollte sie Essen auftischen, Dienstboten schelten und Geld in ihrem *almari* beiseite legen, um sich alle drei Wochen im chinesischen Schönheitssalon die Brauen zupfen zu lassen. Sie bestürmte uns mit Detailfragen zu unseren Hochzeiten: dem Schmuck, den Einladungen, dem Duft der Nachthyazinthen über dem Brautbett. Zeigten wir ihr auf ihr Drängen unsere Fotoalben mit den aufgeprägten Schmetterlingen, studierte sie eingehend die Bilder, die den Verlauf der Zeremonie festhielten: Butter, die ins Feuer gegossen wurde, Blumengirlanden, die getauscht wurden, zinnoberrot gefärbter Fisch, Schalen mit Muscheln und silbernen Münzen. »Beeindruckend, die vielen Gäste«, sagte sie dann und strich mit dem Finger über die deplatziert wirkenden Gesichter, die uns umgeben hatten. »Wenn ich einmal so weit bin, werdet ihr alle dabei sein.«

Der Gedanke an einen Mann, auf den sie all ihre Hoffnung setzte, begann sie so heftig zu plagen, dass er gelegentlich gar einen Anfall auszulösen drohte. Inmitten von Dosen mit Talkumpuder und Schachteln mit Haarklemmen rollte sie sich auf dem Boden des Lagerraums zusammen und redete wirres Zeug. »Ich werde meine Füße nie in Milch tauchen«, wimmerte sie. »Nie wird mein Gesicht mit Sandelholzpaste bemalt werden. Wer wird mich mit Gelbwurz einreiben? Nie wird mein Name in Scharlachrot gedruckt auf einer Karte stehen.«

Ihre Gefühlsduselei, ihre sentimentalen Monologe entsprangen einem Unbehagen, das ihr wie Fieber aus allen Poren drang. In ihren bittersten Momenten hüllten wir sie in Tücher, wuschen ihr das Gesicht mit Wasser aus dem Tank, brachten ihr Gläser mit Joghurt und Rosenwasser. In weniger untröstlichen Momenten ermunterten wir sie, zum Schneider mitzukommen und ihren Bestand an Blusen und Unterröcken zu ergänzen, teils um ihr einen Tapetenwechsel zu verschaffen, teils weil wir damit ihre, wenn auch noch so geringen, Heiratschancen zu verbessern glaubten. »Kein Mann will eine Frau, die sich wie eine Tellerwäscherin anzieht«, sagten wir zu ihr. »Sollen die Motten den ganzen Stoff fressen?« Sie schmollte, protestierte, seufzte. »Wo geh ich denn schon hin? Für wen soll ich mich anziehen?«, fragte sie. »Wer nimmt mich mit ins Kino, in den Zoo, wer kauft mir Limonade und Cashewnüsse? Sagt selbst: Das alles ist doch nichts für mich. Ich werde nie gesund, ich werde nie heiraten.«

Dann aber bekam Bibi eine neue Therapie verordnet, die unerhörteste von allen. Eines Abends, als sie zum Essen nach unten ging, brach sie auf dem Treppenabsatz des zweiten Stocks zusammen, hämmerte mit den Fäusten und stieß mit den Füßen, der Welt entrückt. Ihr Ächzen hallte durchs Treppenhaus, und wir stürzten aus unseren Wohnungen, um sie zu beruhigen, brachten Palmfächer, Zuckerwürfel und Gläser mit eisgekühltem Wasser, das wir ihr über den Kopf gossen. Unsere Kinder hingen am Geländer und verfolgten ihre Krämpfe, unsere Dienstboten wurden nach ihrem Vetter geschickt. Es dauerte zehn Minuten, bis Haldar aus seinem Laden auftauchte, ungerührt, wenn auch rot im Gesicht. Er sagte, wir sollten nicht so viel Wirbel machen, packte Bibi ohne jeden Versuch, seine Geringschätzung zu verbergen, in eine Rikscha und fuhr mit ihr zur Poliklinik. Und der Arzt, der sie dort untersuchte, kam nach einer Reihe von Bluttests entnervt zu dem Ergebnis, dass eine Heirat sie kurieren würde.

Die Nachricht verbreitete sich zwischen unseren Fensterkreuzen, über unsere Wäscheleinen und über den Taubendreck hinweg, der die Brüstungen unserer Dächer bedeckte. Bis zum nächsten Morgen hatten drei verschiedene Handleser Bibis Hand inspiziert und bestätigt, dass unleugbar Anzeichen einer baldigen Verbindung in ihre Haut eingegraben seien. Zwielichtige Gestalten murmelten an Kotelettständen Taktlosigkeiten, Großmütter konsultierten Almanache, um einen günstigen Zeitpunkt für die Verlobung zu ermitteln. Noch tagelang, wenn wir unsere Kinder zur Schule brachten, Sachen aus der Reinigung holten oder mit unseren Lebensmittelmarken Schlange standen, ging das Geflüster weiter. Ein gewisses Maß an Aktivität war es, was dem armen Mädchen offenbar schon die ganze Zeit gefehlt hatte. Zum ersten Mal stellten wir uns die Konturen unter ihrem Morgenrock vor und versuchten die Freuden einzuschätzen, die sie einem Mann bieten konnte. Zum ersten Mal bemerkten wir, wie rein ihr Teint, wie lang und sinnlich ihre Wimpern, wie unbestreitbar feingliedrig ihre Hände waren. »Es heißt, das sei die letzte Hoffnung. Ein Fall von Überreiztheit. Es heißt«, – hier hielten wir errötend inne – »Beziehungen würden ihr Blut beruhigen.«

Unnötig zu sagen, dass Bibi von der Diagnose begeistert war und sich unverzüglich auf das Eheleben vorzubereiten begann. Mit beschädigter Ware aus Haldars Laden polierte sie sich die Zehennägel und cremte sich die Ellenbogen weich. Sie kümmerte sich kaum noch um die neuen Lieferungen, die in den Lagerraum gebracht wurden, und quetschte uns stattdessen nach Rezepten von Vermicellipudding und Papayaeintopf aus, die sie in krakeligen Lettern in ihr Inventarbuch schrieb. Sie stellte Gästelisten auf, Dessertlisten, Listen von Ländern, in die sie ihre Hochzeitsreise machen wollte. Sie rieb sich Glyzerincreme auf die Lippen, um sie glatter zu machen, sie widerstand Süßigkeiten, um ihr Gewicht zu reduzieren. Eines Tages bat sie eine von uns, sie zum Schneider zu begleiten, der ihr ein neues *salwar-kameez* nähte, an den Knöcheln gerafft, wie es gerade Mode war. Sie schleppte uns an die Ladentische sämtlicher Juweliere, spähte in Vitrinen, befragte uns nach unserer Meinung zu Diademmustern und Medaillonfassungen. In der Auslage eines Sarigeschäfts zeigte sie auf einen Sari aus magentaroter Benares-Seide, auf einen türkisfarbenen und einen in der Farbe von Ringelblumen. »Zum ersten Teil der Zeremonie trage ich den, dann den, dann den.«

Doch Haldar und seine Frau dachten anders darüber. Immun gegen Bibis Phantasien, gleichgültig gegen unsere Befürchtungen machten sie weiter wie gewohnt, eingezwängt in ihrem Kosmetikladen, der nicht größer war als ein Kleiderschrank und dessen Regale an drei Wänden mit Henna, Haaröl, Bimsstein und Bleichcremes voll gestopft waren. »Wir haben keine Zeit für indezente Ratschläge«, gab Haldar jenen zur Antwort, die Bibis Gesundheit zur Sprache brachten. »Was nicht zu heilen ist, muss man ertragen. Bibi hat uns genug Sorgen gemacht, genug Geld gekostet, den Namen unserer Familie genug beschmutzt.« Seine Frau, die neben ihm hinter der winzigen Glastheke saß, fächelte sich die fleckige Haut über den Brüsten und pflichtete ihm bei. Sie war dick, und ihr Puder, eine Nuance zu hell für sie, klumpte in den Falten an ihrem Hals zusammen. »Und außerdem: Wer würde sie schon heiraten? Das Mädchen hat von nichts eine Ahnung, sie spricht nicht richtig, kann mit fast dreißg keinen Kohleofen anmachen, keinen Reis kochen, Fenchelsamen nicht von Kreuzkümmel unterscheiden. Wie soll sie einen Mann verköstigen?«

Sie hatten Recht. Niemand hatte dem Mädchen das Frausein beigebracht; durch die Krankheit war sie in fast allen praktischen Belangen ein Kind geblieben. Haldars Frau, überzeugt, dass Bibi vom Teufel besessen sei, hielt sie von Feuer und Flamme fern. Bibi wusste weder, wie man einen Sari anlegt, ohne ihn an vier verschiedenen Stellen mit Sicherheitsnadeln festzustecken, noch bewies sie Talent darin, Schonbezüge zu besticken oder Umhängetücher zu häkeln. Da sie nicht fernsehen durfte (Haldar meinte, das Elektronische könnte sie aufregen), wusste sie nichts von den Ereignissen und den Vergnügungen unserer Welt. Ihre Schulbildung war nach neun Klassen zu Ende gewesen.

Um Bibis willen plädierten wir dafür, ihr einen Mann zu suchen. »Das hat sie doch die ganze Zeit gewollt«, erklärten wir. Doch mit Haldar und seiner Frau konnte man nicht vernünftig reden. Ihr Groll auf Bibi hatte sich auf ihren Lippen festgesetzt, die dünner waren als die Schnur, mit der sie unsere Einkäufe verpackten. Wenn wir meinten, man müsse der neuen Therapie eine Chance geben, entgegneten sie: »Bibi hat zu wenig Respekt und Selbstbeherrschung. Sie spielt ihre Erkrankung hoch, um auf sich aufmerksam zu machen. Das Beste ist, man beschäftigt sie und gibt ihr keine Gelegenheit, Ärger zu machen.«

»Warum verheiraten Sie Bibi dann nicht? Dann wären Sie sie wenigstens los.«

»Sollen wir vielleicht unsere Einnahmen für eine Hochzeit verschwenden? Gäste bewirten, Armreife bestellen, ein Bett kaufen, eine Aussteuer beschaffen?«

Doch Bibis Nöte hielten an. Eines Vormittags, nachdem sie unter unserer Aufsicht einen Sari aus lavendelfarbenem Chiffon mit Lochstickerei und ein Paar spiegelverzierte Pantöffelchen angezogen hatte, die wir ihr für den Anlass geliehen hatten, hastete sie mit ungleichmäßigen Schritten zu Haldar hinunter und bestand darauf, zum Fotografen gebracht zu werden, damit ihr Bild wie das anderer heiratsfähiger Mädchen in den Häusern in Frage kommender Männer herumgereicht werden könne. Durch die Läden unserer Balkontüren beobachteten wir sie; der Schweiß hatte bereits schwarze Monde in ihren Achselhöhlen hinterlassen. »Außer beim Röntgen bin ich noch nie fotografiert worden«, klagte sie. »Potenzielle Schwiegereltern müssen doch wissen, wie ich aussehe.« Doch Haldar lehnte ab. Wer sie sehen wolle, sagte er, könne sich selbst davon überzeugen, wie sie hier weine und jammere und die Kunden vergraule. Sie sei Gift fürs Geschäft, eine Belastung, eine Hypothek. Wer in dieser Stadt wohl ein Foto brauche, um das zu wissen?

Am nächsten Tag stellte Bibi ihre Arbeit im Lagerraum ganz ein und ergötzte uns stattdessen mit unbedachten Mitteilungen über Haldar und seine Frau. »Sonntags zupft er ihr die Haare am Kinn aus. Ihr Geld verwahren sie tiefgekühlt hinter Schloss und Riegel.« Damit die Nachbardächer auch etwas davon hatten, stolzierte sie auf und ab und sprach mit lauter, schriller Stimme. Mit jeder neuen Bekanntmachung wuchs ihr Publikum weiter an. »Im Bad reibt sie sich die Arme mit Kichererbsenmehl ein, weil sie glaubt, dass die Haut davon heller wird. Am linken Fuß fehlt ihr der dritte Zeh. Die Siesta dauert bei ihnen so lange, weil sie einfach nicht zufrieden zu stellen ist.«

Damit sie sich wieder beruhigte, setzte Haldar eine einzeilige Annonce in die Lokalzeitung: »MÄDCHEN, LABIL, GRÖSSE 1,52 METER, SUCHT EHEMANN.« Für die Eltern unserer jungen Männer war die Identität der zukünftigen Braut kein Geheimnis, und keine Familie war willens, ein so offenkundiges Risiko einzugehen. Und wer wollte es ihnen verübeln? Viele munkelten, Bibi führe Selbstgespräche in einer völlig unverständlichen, von ihr aber fließend beherrschten Sprache und sie schlafe, ohne zu träumen. Selbst der einsame Witwer mit den vier Zähnen, der auf dem Markt unsere Handtaschen reparierte, war nicht zu einem Antrag zu bewegen. Trotzdem und um sie abzulenken, begannen wir Verhaltensweisen einer Ehefrau mit ihr einzuüben. »Mit einer Miene wie ein Reistopf erreichst du gar nichts. Männer verlangen, dass man sie mit dem Gesichtsausdruck liebkost.« Wir drängten sie, kleine Gespräche mit Männern aus der Umgebung anzufangen, als Training für die erste Begegnung mit einem möglichen Bewerber. Wenn der Wasserträger am Ende seiner Runde ihren Kessel im Lagerraum füllte, sollte sie sagen: »Wie geht's?« Wenn der Kohlenlieferant auf dem Dach seine Körbe leerte, sollte sie lächeln und etwas über das Wetter sagen. Wir besannen uns auf unsere eigenen Erfahrungen und bereiteten sie auf das entscheidende Gespräch vor. »Der Bräutigam kommt höchstwahrscheinlich mit Vater oder Mutter, Großvater oder Großmutter und einem Onkel oder einer Tante. Sie starren dich an und stellen dir Fragen. Sie untersuchen deine Fußsohlen und wollen sehen, wie dick dein Zopf ist. Sie fordern dich auf, den Namen des Premierministers zu nennen, Gedichte vorzutragen, ein Dutzend hungriger Menschen mit einem halben Dutzend Eier zu bewirten.«

Nachdem zwei Monate vergangen waren, ohne dass eine einzige Antwort auf das Inserat gekommen wäre, fühlten sich Haldar und seine Frau bestätigt. »Da seht ihr, dass sie zum Heiraten nicht taugt. Da seht ihr, dass kein Mann, der halbwegs bei Verstand ist, sie anrühren würde.«

Bis ihr Vater starb, war es Bibi nicht schlecht gegangen. (Ihre Mutter hatte die Geburt des Mädchens nicht überlebt.) In seinen letzten Lebensjahren hatte der alte Mann, der an unseren Grundschulen Mathematik unterrichtete, Bibis Krankheit genau beobachtet und gehofft, eine gewisse Logik darin zu entdecken. »Für jedes Problem gibt es eine Lösung«, hatte er stets erwidert, wenn wir ihn nach seinen Fortschritten fragten. Er beruhigte Bibi. Eine Zeit lang beruhigte er uns alle. Er schrieb Briefe an Ärzte in England und brachte seine Abende damit zu, in der Bibliothek Fallsammlungen zu lesen. Um seinen Hausgott zu besänftigen, aß er freitags kein Fleisch mehr. Schließlich gab er auch seine Lehrerstelle auf und beschränkte sich auf Nachhilfestunden zu Hause, damit er Bibi ständig im Auge behalten konnte. Doch obwohl er in seiner Jugend Preise dafür bekommen hatte, dass er im Kopf Quadratwurzeln ziehen konnte, gelang es ihm nicht, das Rätsel der Erkrankung seiner Tochter zu lösen. Trotz aller Mühe ergaben seine Aufzeichnungen nicht mehr, als dass Bibis Anfälle im Sommer häufiger auftraten als im Winter und dass sich die Zahl größerer Anfälle auf insgesamt etwa fünfundzwanzig belief. Er erstellte eine Tabelle ihrer Symptome, versehen mit Anweisungen, wie sie zu beruhigen sei, und verteilte sie in der Nachbarschaft, doch mit der Zeit gingen sie verloren, unsere Kinder bauten Schiffchen daraus, oder auf ihrer Rückseite wurde das Haushaltsgeld abgerechnet.

Wir leisteten Bibi Gesellschaft, trösteten sie in ihrem Kummer, hatten gelegentlich ein Auge auf sie – viel mehr konnten wir zur Verbesserung der Lage nicht tun. Keine von uns vermochte solches Elend zu verstehen. An manchen Tagen kämmten wir ihr nach der Siesta das Haar aus und achteten darauf, ihren Scheitel hin und wieder anders zu ziehen, damit er nicht zu breit wurde. Auf ihre Bitte puderten wir den Flaum auf ihrer Oberlippe und am Hals, zogen ihr die Augenbrauen nach und gingen mit ihr zum Fischteich, wo unsere Kinder nachmittags Cricket spielten. Nach wie vor war sie entschlossen, einen Mann anzulocken.

»Bis auf mein Leiden bin ich kerngesund«, erklärte sie und setzte sich auf eine Bank am Weg, auf dem die Pärchen Hand in Hand vorüberschlenderten. »Noch nie hatte ich eine Erkältung oder die Grippe. Noch nie hatte ich Gelbsucht. Noch nie hatte ich Koliken oder Verdauungsbeschwerden.« Manchmal kauften wir ihr geräucherte Maiskolben mit darüber geträufeltem Zitronensaft oder Zwei-Paisa-Karamellen. Wir trösteten sie; war sie überzeugt, dass ein Mann ihr schöne Augen machte, ließen wir sie in ihrem Glauben und pflichteten ihr bei. Aber wir trugen nicht die Verantwortung für sie, und insgeheim waren wir froh darüber.

Im November erfuhren wir, dass Haldars Frau schwanger war. An diesem Morgen weinte Bibi im Lagerraum. »Sie sagt, ich bin ansteckend, wie die Pocken. Sie sagt, ich schade dem Kind.« Sie atmete schwer, den Blick starr auf ein Stück abblätternder Farbe an der Wand gerichtet. »Was soll jetzt aus mir werden?« Noch immer war keine Antwort auf das Inserat gekommen. »Bin ich mit diesem Fluch nicht schon genug gestraft? Muss ich mir auch noch sagen lassen, ich wäre ansteckend?« Die Spannungen im Hause Haldar wuchsen. Überzeugt, Bibi werde das ungeborene Kind anstecken, wickelte die Frau sich Wollschals um den schwellenden Bauch. Im Bad musste Bibi ihre eigene Seife und ihre eigenen Handtücher benutzen. Die Küchenmagd erzählte, ihr Geschirr werde getrennt vom Rest gespült.

Und dann geschah es wieder, an einem Nachmittag, aus heiterem Himmel. Auf dem Weg am Ufer des Fischteichs brach Bibi zusammen. Sie zitterte. Sie bebte. Sie biss sich auf die Lippen. Sofort scharten sich Leute um das zuckende Mädchen, bestrebt, in irgendeiner Form zu helfen. Der Mann, der die Limonadenflaschen öffnete, drückte ihre strampelnden Beine zu Boden. Der Gurkenscheibenverkäufer versuchte ihre Finger aufzubiegen. Eine von uns übergoss sie mit Wasser aus dem Teich. Eine andere wischte ihr mit einem parfümierten Taschentuch den Mund ab. Der Jackfrüchteverkäufer hielt ihren Kopf, den sie hin und her zu werfen versuchte. Und der Mann, der die Zuckerrohrpresse bediente, fächelte ihr mit dem Palmfächer, mit dem er sonst die Fliegen verscheuchte, aus jedem erdenklichen Winkel Luft zu.

»Ist jemand hier Arzt?«

»Passt auf, dass sie nicht ihre Zunge verschluckt.«

»Hat jemand Haldar Bescheid gesagt?«

»Sie glüht ja richtig!«

Trotz unserer Bemühungen ging der Tumult weiter. Im qualvollen Kampf mit ihrem Gegner knirschte sie mit den Zähnen, und ihre Knie schlotterten. Über zwei Minuten waren vergangen. Wir sahen zu und sorgten uns. Wir überlegten, was zu tun sei.

»Leder!«, rief plötzlich jemand. »Sie muss Leder riechen!« Da wussten wir es wieder: Beim letzten Mal hatte eine Rindsledersandale, die man ihr unter die Nase hielt, sie schließlich von ihrer Pein befreit.

»Bibi, was war denn los? Sag doch, was ist passiert?«, fragten wir, als sie die Augen wieder aufschlug.

»Mir wurde heiß und immer heißer. Rauch zog an mir vorbei. Die Welt wurde ganz schwarz. Habt ihr's denn nicht gesehen?«

Einige unserer Männer brachten sie nach Hause. Die Dämmerung verdichtete sich, Muschelhörner wurden geblasen, und die Luft füllte sich mit dem Räucherstäbchendunst der Betenden. Bibi wankte murmelnd dahin, sagte aber nichts. Ihre Wangen hatten blaue Flecke, die Haut war da und dort aufgeschürft. Ihr Haar war verfilzt, ihre Ellenbogen schmutzverkrustet, und an einem Schneidezahn fehlte ein kleines Stück. Wir folgten ihr in, wie wir meinten, sicherem Abstand, unsere Kinder an der Hand.

Sie brauchte eine Decke, feuchte Umschläge, eine Beruhigungspille. Sie brauchte Aufsicht. Doch als wir zu Hause anlangten, wollten Haldar und seine Frau sie nicht in die Wohnung lassen. »Eine werdende Mutter geht durch den Kontakt mit einer Hysterikerin ein zu großes Gesundheitsrisiko ein«, beharrte er.

In dieser Nacht schlief Bibi im Lagerraum.

Das Baby, ein Mädchen, kam Ende Juni per Zangengeburt zur Welt. Bibi schlief wieder unten, aber sie hatten ihr Feldbett in den Flur gestellt und ließen nicht zu, dass sie das Kind berührte. Jeden Tag schickten sie sie aufs Dach, wo sie bis zum Mittagessen Waren inventarisierte, dann brachte Haldar ihr die Quittungen des Vormittags und eine Schüssel mit gelben Trockenerbsen. Abends saß sie allein im Treppenhaus und aß Brot mit Milch. Ein weiterer Anfall und noch einer gingen vorüber, ohne dass jemand eingriff.

Äußerten wir unsere Besorgnis, sagte Haldar, das gehe uns nichts an, und weigerte sich rundheraus, das Thema zu erörtern. Um unserer Empörung Ausdruck zu verleihen, begannen wir woanders einzukaufen, unsere einzige Möglichkeit der Rache. Im Laufe der Wochen staubten die Waren in Haldars Regalen ein. Etiketten verblassten, kölnisch Wasser fing an zu stinken. Abends sahen wir Haldar im Vorbeigehen allein in seinem Laden sitzen und mit seinem Pantoffel Nachtfalter totschlagen. Die Frau bekamen wir kaum noch zu Gesicht. Nach den Worten der Küchenmagd war sie noch immer bettlägerig; die Geburt war offenbar kompliziert gewesen.

Der Herbst kam, und die Festtage im Oktober rückten näher. Die ganze Stadt begann einzukaufen und Vorbereitungen zu treffen. Filmmusik plärrte aus Lautsprechern in den Bäumen. Einkaufspassagen und Märkte blieben rund um die Uhr geöffnet. Wir kauften unseren Kindern Ballons und bunte Bänder, besorgten kiloweise Konfekt, machten per Taxi Besuche bei Verwandten, die wir das ganze Jahr nicht gesehen hatten. Die Tage wurden kürzer, die Abende kühler. Wir knöpften unsere Strickjacken zu und zogen uns die Socken hoch. Dann setzte Kälte ein, die uns im Hals kratzte. Unsere Kinder mussten mit warmem Salzwasser gurgeln und sich dicke Schals um den Hals wickeln. Krank wurde aber schließlich das Baby der Haldars.

Mitten in der Nacht wurde ein Arzt geholt und aufgefordert, das Fieber zu senken. »Machen Sie sie gesund!«, flehte die Frau. Der Aufruhr und die schrille Stimme hatten uns alle geweckt. »Wir geben Ihnen, was Sie wollen, nur machen Sie mein kleines Mädchen wieder gesund!« Der Arzt verschrieb Glukose, zerkleinerte in einem Mörser Aspirin und sagte, man solle das Kind in warme Decken packen.

Fünf Tage später war das Fieber noch immer nicht gewichen.

»Nur wegen Bibi«, jammerte die Frau. »Sie ist schuld, sie hat das Kind angesteckt. Wir hätten sie auf keinen Fall wieder in die Wohnung lassen dürfen. Wir hätten sie auf keinen Fall wieder ins Haus lassen dürfen.«

Und so verbrachte Bibi ihre Nächte von neuem im Lagerraum. Auf Drängen der Frau trug Haldar sogar ihr Feldbett hinauf, zusammen mit einer Blechtruhe, die ihre Habseligkeiten enthielt. Das Essen stellte man ihr, mit einem Sieb bedeckt, auf den obersten Treppenabsatz.

»Das macht mir nichts«, sagte Bibi zu uns. »Es ist besser, ich bin weg von ihnen und richte mir hier oben meinen eigenen Hausstand ein.« Sie räumte die Kiste aus – einige Morgenröcke, ein gerahmtes Bild ihres Vaters, Nähzeug und ein Sortiment Stoffe – und brachte die Sachen in ein paar leeren Regalfächern unter. Bis zum Wochenende war das Baby genesen, doch niemand forderte Bibi auf, wieder nach unten zu kommen. »Keine Sorge«, beruhigte sie uns, »sie haben mich ja hier nicht eingesperrt. Die Welt fängt unten an der Treppe an. Jetzt kann ich das Leben entdecken, wie es mir passt.«

Tatsächlich aber ging sie nirgends mehr hin. Forderten

wir sie auf, zum Fischteich mitzukommen oder sich den geschmückten Tempel anzusehen, lehnte sie ab und sagte, sie müsse einen neuen Vorhang für den Eingang des Lagerraums nähen. Ihre Haut war aschfahl. Sie brauchte frische Luft. »Du willst doch einen Mann finden«, sagten wir. »Wie soll das gehen, wenn du den ganzen Tag hier oben sitzt?«

Sie war durch nichts zu überzeugen.

Mitte Dezember räumte Haldar die unverkauften Waren in seinem Kosmetikladen aus den Regalen und trug sie in Kisten in den Lagerraum hinauf. Wir hatten es geschafft, ihn mehr oder weniger aus dem Geschäft zu vertreiben. Noch vor Jahresende zog die Familie fort und hinterließ an Bibis Eingang einen Umschlag mit dreihundert Rupien. Man hörte nie wieder etwas von ihnen.

Eine von uns hatte die Adresse eines Verwandten von Bibi in Hyderabad und klärte ihn über die Situation auf. Der Brief kam ungeöffnet zurück, Empfänger unbekannt. Ehe die kältesten Wochen begannen, ließen wir die Fensterläden des Lagerraums reparieren und eine Blechplatte in den Türrahmen einsetzen, sodass Bibi wenigstens ihren abgeschlossenen Bereich hatte. Jemand stiftete eine Petroleumlampe, jemand anderer gab ihr ein altes Moskitonetz und ein Paar Socken ohne Fersen. Bei jeder Gelegenheit sagten wir ihr, dass wir für sie da seien, dass sie jederzeit zu uns kommen könne, wenn sie Rat oder Hilfe irgendwelcher Art brauche. Eine Zeit lang schickten wir unsere Kinder nachmittags zum Spielen aufs Dach, damit sie uns rufen konnten, wenn sie wieder einen Anfall hatte. Nachts aber ließen wir sie allein.

Einige Monate vergingen. Bibi hatte sich in ein langes, tiefes Schweigen zurückgezogen. Reihum brachten wir ihr Teller mit Reis und Gläser mit Tee. Sie trank wenig, aß noch weniger, und ihr Gesicht nahm einen Ausdruck an, der nicht mehr zu ihrem Alter passte. In der Abenddämmerung drehte sie an der Brüstung entlang ein, zwei Runden ums Dach, das sie jedoch nie mehr verließ. Nach Einbruch der Dunkelheit blieb sie hinter der Blechtür und war durch nichts mehr hervorzulocken. Wir störten sie nicht. Einige von uns begannen sich zu fragen, ob sie allmählich starb. Andere meinten, sie hätte den Verstand verloren.

Eines Morgens im April, als es wieder heiß genug war, um Linsenwaffeln auf dem Dach zu trocknen, bemerkten wir Erbrochenes neben dem Hahn des Wassertanks, und als sich das an einem anderen Morgen wiederholte, klopften wir an Bibis Blechtür. Da keine Antwort kam, machten wir die Tür, die keinen Riegel hatte, selbst auf.

Wir fanden sie auf dem Feldbett. Sie war etwa im vierten Monat schwanger.

Sie wisse nicht mehr, was passiert sei, sagte sie. Den Vater wollte sie nicht nennen. Wir machten ihr heißen Grießbrei mit Rosinen; noch immer wollte sie die Identität des Mannes nicht preisgeben. Vergeblich suchten wir nach Spuren eines Überfalls, Anzeichen gewaltsamen Eindringens. Ihr Zimmer war sauber gefegt und aufgeräumt. Ihr Inventarbuch, das neben dem Bett am Boden lag, enthielt auf einer neuen Seite eine Liste von Namen.

Sie trug das Kind voll aus, und eines Abends im September halfen wir ihr, einen Sohn zur Welt zu bringen. Wir zeigten ihr, wie sie ihn stillen, baden und in den Schlaf wiegen musste. Wir kauften ihr ein Stück Wachstuch und halfen ihr, aus dem Stoff, den sie über die Jahre aufbewahrt hatte, Kleider und Kissenbezüge zu nähen. Nach vier Wochen hatte Bibi sich von der Entbindung erholt, und von dem Geld, das Haldar ihr hinterlassen hatte, ließ sie den Lagerraum tünchen und Vorhängeschlösser an Fenster und Tür anbringen. Dann staubte sie die Regale ab, stellte die restlichen Wässerchen und Cremes hinein und verkaufte Haldars alte Ware zum halben Preis. Sie bat uns, den Ausverkauf bekannt zu machen, und das taten wir. Bei Bibi erstanden wir Kajalstifte und Seife, Kämme und Puder, und als ihre Bestände ausverkauft waren, nahm sie ein Taxi zum Großmarkt und beschaffte von ihren Einnahmen neue Ware, um die Regale wieder aufzufüllen. Auf diese Weise zog sie den Jungen groß und führte im Lagerraum ihr Geschäft, und wir taten alles, um ihr zu helfen. Noch jahrelang fragten wir uns, wer in unserer Stadt sie entehrt hatte. Einige unserer Dienstboten wurden befragt, und an Teeständen und Bushaltestellen wurden potenzielle Verdächtige erörtert und verworfen. Aber es wäre sinnlos gewesen, Ermittlungen anzustellen. Soweit wir sahen, war sie geheilt.

DER DRITTE UND LETZTE KONTINENT

Ich verließ Indien 1964 mit einem kaufmännischen Diplom und dem damaligen Gegenwert von zehn Dollar in der Tasche. Drei Wochen lang fuhr ich auf der *Roma*, einem italienischen Frachter, in einer Kabine neben dem Maschinenraum übers Arabische Meer, das Rote Meer, das Mittelmeer und schließlich nach England. Ich lebte in Finsbury Park im Norden Londons, in einem Haus, in dem ausschließlich mittellose bengalische Junggesellen wie ich wohnten, mindestens ein Dutzend, manchmal auch mehr; sie alle mühten sich, sich zu bilden und im Ausland Fuß zu fassen.

Ich besuchte Vorlesungen an der London School of Economics, und um über die Runden zu kommen, arbeitete ich in der Universitätsbibliothek. Wir wohnten zu dritt oder zu viert in einem Zimmer, benutzten eine einzige eiskalte Toilette und kochten reihum Töpfe voll Eiercurry, das wir an einem mit Zeitungspapier bedeckten Tisch mit den Fingern aßen. Von unseren Jobs abgesehen, hatten wir kaum Verpflichtungen. An den Wochenenden faulenzten wir, barfuß und in Pyjamas mit Kordel im Bund, tranken Tee, rauchten Rothmans oder sahen uns im Lords ein Cricketspiel an. An manchen Wochenenden drängten sich noch mehr Bengalis im Haus, Leute, mit denen wir beim Gemüsehändler oder in der U-Bahn Bekanntschaft gemacht hatten. Dann hörten wir mit einem Grundig-Tonbandgerät Mukesh und weichten das schmutzige Geschirr in der Badewanne ein. Hin und wieder zog jemand aus, um mit einer Frau zusammenzuleben, die seine Familie in Kalkutta für ihn ausgesucht hatte. 1969, als ich sechsunddreißig war, wurde meine eigene Heirat arrangiert. Um die gleiche Zeit bekam ich einen Fulltimejob in Amerika angeboten, in der EDV-Abteilung einer Bibliothek am Massachusetts Institute of Technology. Das Gehalt war so großzügig bemessen, dass ich eine Ehefrau ernähren konnte, und ich fühlte mich geehrt, an einer weltberühmten Universität arbeiten zu dürfen. Ich erhielt eine befristete Green Card und machte mich bereit, noch weiter fort zu reisen.

Ich hatte inzwischen genug Geld für einen Flug. Ich flog zu meiner Hochzeit nach Kalkutta und trat eine Woche später meine neue Stelle in Boston an. Im Flugzeug las ich *The Student Guide to North America*, ein Taschenbuch, das ich mir vor meiner Abreise für sieben Shilling sechs Pence in der Tottenham Court Road gekauft hatte, denn ich war, obwohl kein Student mehr, nach wie vor knapp bei Kasse. Ich erfuhr, dass die Autos in Amerika nicht auf der linken, sondern auf der rechten Straßenseite fahren, dass ein Aufzug nicht *lift*, sondern *elevator* genannt wird und ein besetztes Telefon nicht *engaged*, sondern *busy* ist. »Der Lebensrhythmus in Nordamerika ist anders als in England, wie du bald merken wirst«, klärte mich das Buch auf. »Jeder meint, er müsse hoch hinaus. Die englische Teepause darfst du dort nicht erwarten.« Als das Flugzeug über dem Bostoner Hafen zur

Landung ansetzte, informierte der Pilot uns über Wetter und Uhrzeit und darüber, dass Präsident Nixon einen Nationalfeiertag ausgerufen hatte: Zwei Amerikaner waren auf dem Mond gelandet. Mehrere Passagiere brachen in Jubel aus. »Gott schütze Amerika!«, brüllte einer. Auf der anderen Seite des Ganges sah ich eine Frau beten.

Die erste Nacht verbrachte ich bei der YMCA am Central Square in Cambridge, einer billigen Unterkunft, die in meinem Führer empfohlen wurde. Das MIT war von dort zu Fuß erreichbar, und bis zum Postamt und einem Supermarkt namens Purity Supreme, »Höchste Reinheit«, waren es nur ein paar Schritte. Es gab ein Feldbett im Zimmer, einen Schreibtisch und ein kleines Holzkreuz an der Wand. Ein Schild an der Tür wies darauf hin, dass es streng verboten sei zu kochen. Das kahle Fenster ging auf die Massachusetts Avenue hinaus, eine Durchgangsstraße mit Verkehr in beiden Richtungen. Ununterbrochen wurde dort schrill und anhaltend gehupt, Sirenen kündeten von immer neuen Notfällen, und ein Geschwader von Bussen ratterte vorbei, deren Türen sich die ganze Nacht laut zischend öffneten und schlossen. Der manchmal geradezu erdrückende Lärm war eine ständige Ablenkung. Ich spürte ihn tief in der Brust, wie das wütende Dröhnen der Schiffsmotoren auf der *Roma*. Hier aber gab es kein Deck, auf das man sich flüchten konnte, keinen Blick ins Dunkel, kein glitzerndes Meer, das meine Seele freudig erzittern ließ, keine Brise, die das Gesicht kühlte, niemanden, mit dem man reden konnte. Ich war zu müde, um in meinem Kordelpyjama durch die düsteren Korridore zu wandern. Stattdessen saß ich am Schreibtisch und sah aus dem Fenster, auf das Rathaus von

Cambridge und eine kleine Ladenreihe. Am nächsten Morgen meldete ich mich an meinem Arbeitsplatz in der Dewey Library, einem beigen festungsartigen Gebäude in der Nähe des Memorial Drive. Ich eröffnete auch ein Konto, mietete ein Postfach und kaufte bei Woolworth – ein Name, der mir aus London vertraut war – eine Plastikschale und einen Löffel. Ich ging in den Supermarkt »Höchste Reinheit« und schritt die Gänge auf und ab, rechnete Unzen in Gramm um und verglich die Preise mit denen in England. Schließlich kaufte ich eine kleine Tüte Milch und eine Packung Cornflakes. Es war meine erste Mahlzeit in Amerika. Ich verzehrte sie am Schreibtisch. Sie war mir lieber als die Hamburger oder Hotdogs in den Imbisslokalen an der Massachusetts Avenue, die einzige Alternative, die ich mir hätte leisten können; zudem hatte ich bis dahin noch nie Rindfleisch gegessen. Selbst die einfache Tätigkeit des Milchholens war neu für mich; in London hatte man uns die Milchflaschen morgens vor die Tür gestellt.

Nach einer Woche hatte ich mich mehr oder weniger eingewöhnt. Ich aß morgens und abends Cornflakes mit Milch und kaufte der Abwechslung halber Bananen, die ich mit der Löffelkante in die Plastikschale schnitt. Außerdem kaufte ich Teebeutel und eine Thermosflasche (die *flask*, die ich verlangt hatte, so klärte mich der Verkäufer auf, sei ein Behältnis für Whisky, ein Getränk, das ich ebenfalls noch nie probiert hatte). Zum Preis einer Tasse Tee ließ ich mir die Flasche morgens auf dem Weg zur Arbeit in einem Café mit kochendem Wasser füllen, genug für die vier Tassen Tee, die ich im Laufe des Tages trank. Ich kaufte eine größere Milchtüte und stellte sie, wie ich es bei einem Mitbewohner gesehen hatte, auf den Teil des Fenstersimses, der im Schatten lag. Um mir abends die Zeit zu vertreiben, las ich unten in einem Saal mit Buntglasfenstern den *Boston Globe*. Ich ließ keinen Artikel und keine Reklame aus und machte mich so mit den Dingen vertraut, und wenn meine Augen ermüdeten, ging ich zu Bett. Aber ich schlief nicht gut. Ich musste das Fenster weit offen lassen, das einzige Mittel gegen die stickige Luft im Raum. Der Lärm war unerträglich. Ich lag auf dem Feldbett und hielt mir die Ohren zu, doch wenn ich in den Schlaf hinüberglitt, lösten sich meine Hände, und der Verkehrslärm weckte mich wieder auf. Taubenfedern schwebten auf den Fenstersims herab, und eines Abends war die Milch, die ich über meine Cornflakes goss, sauer. Trotzdem entschloss ich mich, sechs Wochen in der YMCA zu bleiben, bis meine Frau ihren Pass und die Green Card bekam. Dann würde ich eine richtige Wohnung mieten müssen, und von Zeit zu Zeit sah ich die Kleinanzeigen in der Zeitung durch oder ging in der Mittagspause zur Wohnungsvermittlung des MIT, um zu sehen, was es zu den Mietpreisen, die für mich in Frage kamen, gab. Auf diese Weise fand ich ein sofort beziehbares Zimmer für acht Dollar die Woche, in einer ruhigen Straße, wie es in dem Angebot hieß. Ich notierte mir in meinem Führer die Nummer, kramte in den immer noch unvertrauten Münzen – kleiner und leichter als Shillinge, schwerer und heller als *paisa* – und rief von einer Telefonzelle aus an.

»Wer ist dort?«, fragte eine Frau. Ihre Stimme war laut und grob.

»Ja, guten Tag, Madam, ich rufe wegen des Zimmers an.«

»Harvard oder Tech?«

»Bitte?«

»Sind Sie von Harvard oder Tech?«

Ich begriff, dass sie mit Tech das Massachusetts Institute of Technology meinte, und erwiderte: »Ich arbeite in der Dewey Library.« Zögernd fügte ich hinzu: »Am Tech.«

»Ich vermiete meine Zimmer nur an Jungen von Harvard oder Tech!«

»Ja, Madam.«

Ich bekam die Adresse und einen Termin um sieben Uhr abends. Um halb sieben ging ich los, mit mundwasserfrischem Atem, den Führer in der Tasche. Ich bog in eine von Bäumen beschattete Straße ein, die im rechten Winkel zur Massachusetts Avenue verlief. Einzelne Grashalme wuchsen aus den Rissen im Bürgersteig. Trotz der Hitze trug ich Mantel und Krawatte, denn der Anlass erschien mir nicht weniger gewichtig als ein Vorstellungsgespräch. Ich hatte noch nie bei Nichtindern gewohnt. Es war ein eierschalenfarbenes, von einem Maschendrahtzaun umgebenes Haus mit dunkelbraunen Einfassungen. Anders als das verputzte Reihenhaus, in dem ich in London gewohnt hatte, stand es für sich allein und war mit Holzschindeln verkleidet. Ein Gewirr von Forsythien zog sich vorn und an den Seiten entlang. Als ich klingelte, rief die Frau, mit der ich telefoniert hatte: »Moment, bitte!« Es klang, als stünde sie direkt hinter der Tür.

Nach mehreren Minuten machte eine winzige, uralte Frau auf. Das üppige schneeweiße Haar lag wie ein kleiner Sack auf ihrem Kopf. Als ich eintrat, ging sie zu einer Holzbank am Fuß einer schmalen, teppichbelegten Treppe. Nachdem sie sich in einem Lichtfleck zurechtgesetzt hatte, sah sie mit ungeteilter Aufmerksamkeit zu mir auf. Sie trug einen langen schwarzen Rock, der sich wie ein steifes Zelt bis auf den Boden ausbreitete, und eine gestärkte weiße Bluse mit Rüschen an Halsausschnitt und Manschetten. Ihre Hände – lange, bleiche Finger mit geschwollenen Knöcheln und dicken gelben Nägeln – waren im Schoß gefaltet. Das Alter hatte ihre Züge verhärtet, sodass sie fast aussah wie ein Mann. Die scharfen Augen waren tief eingesunken, und links und rechts der Nase zogen sich tiefe Furchen abwärts. Ihre aufgesprungenen, fahlen Lippen waren kaum noch zu sehen, und die Augenbrauen fehlten ganz. Trotzdem war ihr Gesichtsausdruck grimmig.

»Schließen Sie ab!«, befahl sie. Sie schrie, obwohl ich dicht vor ihr stand. »Legen Sie die Kette vor, und drücken Sie fest auf den Knopf im Türknauf! Das machen Sie als Erstes, wenn Sie zur Tür hereinkommen, ist das klar?«

Ich tat wie geheißen und sah mich um. Neben der Bank, auf der die Frau saß, stand ein kleiner runder Tisch, dessen Beine, ähnlich wie die der Frau, ganz von einem Spitzenrock verdeckt waren. Darauf befanden sich eine Lampe, ein Transistorradio, eine lederne Kleingeldbörse mit silbernem Verschluss und ein Telefon. An der Seite lehnte ein von einer Staubschicht bedeckter, dicker hölzerner Spazierstock. Rechts ging es in einen Salon mit Bücherregalen an den Wänden und schäbigen Klauenfußmöbeln. In der Ecke stand ein Flügel mit geschlossenem Deckel, auf dem sich Papierstapel türmten. Die Klavierbank fehlte; offenbar saß die Frau darauf. Irgendwo im Haus schlug eine Uhr sieben Mal.

»Sie sind pünktlich!«, erklärte die Frau. »Hoffentlich auch mit der Miete!«

»Ich habe einen Brief dabei, Madam.« In meiner Jackentasche steckte ein Schreiben, das meine Anstellung am MIT bestätigte, ich hatte es mitgenommen, um zu beweisen, dass ich tatsächlich vom Tech kam.

Sie besah sich den Brief und gab ihn mir dann so vorsichtig zurück, als sei es ein Tafelteller voll Essen. Sie trug keine Brille, und ich fragte mich, ob sie überhaupt ein Wort gelesen hatte. »Der letzte Junge war immer zu spät dran! Schuldet mir noch acht Dollar! Die Jungen von Harvard sind auch nicht mehr das, was sie mal waren! Nur Harvard und Tech, was anderes kommt mir nicht ins Haus! Wie ist es am Tech, Junge?«

»Sehr gut.«

»Haben Sie abgeschlossen?«

»Ja, Madam.«

Sie löste ihre Finger langsam, klopfte neben sich auf die Bank und forderte mich auf, Platz zu nehmen. Einen Moment lang schwieg sie. Dann sprach sie, als sei nur sie dieses Wissens teilhaftig: »Auf dem Mond steht eine amerikanische Fahne!«

»Ja, Madam.« Ich hatte mir bis dahin nicht groß Gedanken über die Mondlandung gemacht. Gewiss, es hatte in den Zeitungen gestanden, Artikel über Artikel. Die Astronauten waren an der Küste des »Meeres der Ruhe« gelandet, so hatte ich gelesen, die weiteste Reise, die in der Geschichte der Menschheit je unternommen worden war. Einige Stunden lang hatten sie die Oberfläche des Mondes erkundet. Sie hatten Steine gesammelt, die Umgebung beschrieben (»grandiose Einsamkeit« nach den Worten eines der Astronauten), mit dem Präsidenten telefoniert und die Fahne im

Mondboden aufgepflanzt. Die Mission wurde als die beeindruckendste menschliche Leistung aller Zeiten bejubelt. Im *Globe* hatte ich ganzseitige Fotos der Astronauten in ihren aufgeplusterten Anzügen gesehen und gelesen, was einzelne Personen zum Zeitpunkt der Landung an einem Sonntagnachmittag gemacht hatten. Ein Mann berichtete, er sei mit seinem Radio am Ohr in einem Schwanenboot gefahren, eine Frau hatte für ihre Enkelkinder Brötchen gebacken.

»Eine Flagge auf dem Mond, Junge!«, brüllte die Frau. »Ich hab's im Radio gehört. Ist das nicht großartig?«

»Ja, Madam.«

Aber sie war mit meiner Antwort nicht zufrieden. »Sagen Sie ›großartig‹!«, kommandierte sie.

Die Forderung verblüffte mich und kränkte mich auch ein wenig. Sie erinnerte mich daran, wie uns als Kindern das Einmaleins beigebracht worden war, das wir, barfuß und ohne Schreibzeug auf dem Boden der einklassigen Schule in Tollygunge sitzend, dem Lehrer nachsprechen mussten. Und sie erinnerte mich an meine Hochzeit, als ich dem Priester endlose, mir kaum verständliche Sanskritverse hatte nachsprechen müssen, die mich mit meiner Frau verbanden. Ich schwieg.

»Sagen Sie ›großartig‹!«, brüllte die Frau noch einmal.

»Großartig«, murmelte ich. Damit sie es hören konnte, musste ich das Wort in voller Lautstärke wiederholen. Ich spreche von Natur aus leise, und es widerstrebte mir, eine alte Frau, die ich gerade erst kennen gelernt hatte, so anzuschreien, aber sie schien es nicht übel zu nehmen. Es gefiel ihr sogar, denn ihr nächster Befehl lautete: »Sehen Sie sich das Zimmer an!«

Ich erhob mich von der Bank und stieg die schmale teppichbelegte Treppe hinauf. Oben waren fünf Türen, zwei auf jeder Seite und eine am Ende eines ebenso schmalen Flurs. Eine stand halb offen. In dem Raum befanden sich ein Doppelbett unter der Dachschräge, ein ovaler brauner Teppich, ein Waschbecken mit frei liegendem Rohr und eine Kommode. Eine weiß gestrichene Tür führte in einen Wandschrank, eine andere in ein Bad mit Toilette und Badewanne. Die Wände waren von einer grau und elfenbeinfarben gestreiften Tapete bedeckt. Das Fenster stand offen; die Netzgardinen bewegten sich im Wind. Ich schob sie beiseite und betrachtete die Aussicht: ein kleiner Garten mit ein paar Obstbäumen und einer leeren Wäscheleine. Ich war zufrieden. Von unten rief die Frau herauf: »Haben Sie sich entschieden?«

Als ich wieder hinunterkam und ihr Bescheid gab, nahm sie die lederne Kleingeldbörse vom Tisch, öffnete den Verschluss und kramte einen Schlüssel an einem dünnen Metallring daraus hervor. Sie klärte mich darüber auf, dass sich im hinteren Teil des Hauses eine Küche befinde, in die man durch den Salon gelange. Den Herd dürfe ich gern benutzen, sofern ich ihn so hinterließe, wie ich ihn vorgefunden hätte. Bettwäsche und Handtücher würden gestellt, waschen müsse ich sie selbst. Die Miete sei jeden Freitagmorgen auf der Notenablage des Flügels zu hinterlegen. »Und kein Damenbesuch!«

»Ich bin verheiratet, Madam.« Es war das erste Mal, das ich es jemandem sagte.

Aber sie hatte es nicht gehört. »Kein Damenbesuch!«, beharrte sie. Sie stellte sich als Mrs. Croft vor.

Meine Frau hieß Mala. Die Heirat war von meinem älteren Bruder und seiner Frau arrangiert worden. Ich hatte weder protestiert noch Begeisterung gezeigt. Es war eine Pflicht, deren Erfüllung von mir wie von jedem anderen Mann erwartet wurde. Mala war die Tochter eines Lehrers in Beleghata. Man sagte mir, sie könne kochen, stricken, sticken, Landschaften zeichnen und Gedichte von Tagore vortragen, doch diese Talente wogen ihren dunklen Teint nicht auf, und eine Reihe von Männern hatte sie rundweg abgewiesen. Sie war siebenundzwanzig. Ihre Eltern fürchteten schon, sie würde nie mehr heiraten, und waren daher bereit, ihr einziges Kind über den halben Erdball zu schicken, um es vor einem Dasein als alte Jungfer zu bewahren.

Fünf Nächte hatten wir das Bett geteilt. Jeden Abend hatte sie Feuchtigkeitscreme aufgetragen, ihr Haar zu Zöpfen geflochten, die sie mit einer schwarzen Baumwollschnur zuband, und sich dann von mir abgewandt und geweint; sie vermisste ihre Eltern. Der Brauch schrieb vor, dass sie jetzt, obwohl ich das Land in wenigen Tagen verlassen würde, zu meinem Haushalt gehörte, und die nächsten sechs Wochen musste sie bei meinem Bruder wohnen, musste kochen, putzen, Gästen Tee und Konfekt servieren. Ich tat nichts, um sie zu trösten. Ich lag auf meiner Seite des Bettes, las beim Licht einer Taschenlampe in meinem Führer und dachte an meine Reise. Ab und zu kam mir das kleine Zimmer jenseits der Wand in den Sinn, das meine Mutter bewohnt hatte. Jetzt war es praktisch leer; auf der Holzpritsche, auf der sie geschlafen hatte, stapelten sich Koffer und altes Bettzeug. Fast sechs Jahre zuvor, bevor ich nach London ging, hatte ich sie in diesem Bett sterben sehen, hatte sie dabei ertappt, wie sie an einem ihrer letzten Tage mit ihren Exkrementen spielte. Ehe wir sie verbrannten, reinigte ich ihre Fingernägel einzeln mit einer Haarnadel. Da mein Bruder sich seinen Pflichten als ältester Sohn nicht gewachsen fühlte, übernahm ich seine Rolle und hielt die Flamme an ihre Schläfe, um ihre gemarterte Seele in den Himmel zu entlassen.

Am nächsten Morgen zog ich bei Mrs. Croft ein. Als ich die Tür aufschloss, sah ich sie auf der Klavierbank sitzen, auf derselben Seite wie am Abend zuvor. Sie trug denselben schwarzen Rock mit derselben gestärkten weißen Bluse und hatte die Hände auf dieselbe Art im Schoß gefaltet. Alles war so sehr dasselbe, dass ich mich fragte, ob sie die ganze Nacht auf der Bank gesessen hatte. Ich brachte meinen Koffer hinauf, füllte meine Thermosflasche in der Küche mit kochendem Wasser und ging zur Arbeit. Als ich am Abend aus der Universität zurückkam, saß sie immer noch da.

»Setzen Sie sich, Junge!« Sie klopfte neben sich auf die Bank.

Ich nahm Platz. Ich hatte eine Tragetasche mit Lebensmitteln dabei – wieder Milch, wieder Cornflakes und wieder Bananen, denn bei meiner morgendlichen Inspektion der Küche hatte ich keine Pfannen, Töpfe oder sonstigen Kochgeräte entdecken können. Nur im Kühlschrank hatten zwei Töpfe gestanden, beide mit einer orangefarbenen Suppe darin, und auf dem Herd ein kupferner Wasserkessel.

»Guten Abend, Madam.«

Sie fragte mich, ob ich die Haustüre abgeschlossen hätte. Ich bejahte.

Sie schwieg einen Moment. Dann erklärte sie mit dem

gleichen ungläubigen Entzücken wie am Abend zuvor: »Auf dem Mond steht eine amerikanische Flagge, Junge!«

»Ja, Madam.«

»Eine Fahne auf dem Mond! Ist das nicht großartig?«

Ich nickte. Mir graute vor dem, was folgen musste.

»Sagen Sie ›großartig‹!«

Diesmal sah ich mich erst um, ob mich jemand hören konnte, obwohl ich genau wusste, dass das Haus leer war. Ich kam mir wie ein Idiot vor. Aber es war eine so bescheidene Bitte. »Großartig!«, rief ich.

Innerhalb weniger Tage wurde die Szene zum Ritual. Morgens, wenn ich zur Bibliothek ging, war Mrs. Croft entweder in ihrem Zimmer auf der anderen Seite der Treppe und nicht zu sehen, oder sie saß auf der Bank, ohne mich zu bemerken, und hörte Nachrichten oder klassische Musik im Radio. Jeden Abend spielte sich bei meiner Rückkehr das Gleiche ab: Sie klopfte auf die Bank, befahl mir, Platz zu nehmen, erklärte, dass auf dem Mond eine Fahne stehe, und dann saßen wir schweigend da. So unangenehm es war und so endlos es mir erschien, dauerte das Ganze doch nur zehn Minuten. Jedes Mal schlummerte sie ein; ihr Kopf fiel ganz plötzlich auf die Brust herab, und ich konnte mich auf mein Zimmer zurückziehen. Die Fahne war inzwischen nicht mehr auf dem Mond. Die Astronauten, so hatte ich in der Zeitung gelesen, hatten sie abgenommen, bevor sie zur Erde zurückflogen. Aber ich brachte es nicht übers Herz, es Mrs. Croft zu sagen.

Am Freitagmorgen, als meine erste Miete fällig war, ging ich zu dem Flügel im Salon, um das Geld auf der Notenablage zu deponieren. Die Tasten waren stumpf und vergilbt. Ich schlug eine an, aber es kam kein Ton. Ich hatte acht Dollarnoten in einen Umschlag gesteckt und Mrs. Crofts Namen darauf geschrieben. Doch ich war es nicht gewöhnt, Geld unbewacht und ohne nähere Angaben herumliegen zu lassen. Von meinem Platz aus sah ich die Umrisse ihres zeltartigen Rockes. Sie saß auf der Bank und hörte Radio. Es erschien mir unnötig, dass sie eigens aufstand und bis zum Flügel ging. Ich sah sie nie herumlaufen und schloss aus dem Stock, der stets neben ihr an dem runden Tisch lehnte, dass ihr das Gehen schwer fiel. Als ich mich der Bank näherte, sah sie zu mir auf und fragte: »Was wollen Sie?«

»Die Miete, Madam.«

»Auf die Notenablage am Flügel!«

»Ich hab das Geld hier.« Ich streckte ihr den Umschlag hin, aber ihre im Schoß gefalteten Finger regten sich nicht. Ich beugte mich ein wenig vor und hielt den Umschlag tiefer, sodass er über ihren Händen schwebte. Nach einer Weile nahm sie ihn und nickte.

Als ich an diesem Abend nach Hause kam, klopfte sie nicht auf die Bank, doch aus Gewohnheit nahm ich trotzdem neben ihr Platz. Sie fragte mich, ob ich abgeschlossen hätte, sagte aber nichts von der Fahne auf dem Mond. Stattdessen rief sie: »Das war sehr nett von Ihnen!«

»Wie bitte, Madam?«

»Sehr nett von Ihnen!«

Sie hielt den Umschlag noch immer in den Händen.

Am Sonntagmorgen klopfte es an meiner Tür. Eine ältere Frau stellte sich als Mrs. Crofts Tochter Helen vor. Sie kam herein und betrachtete die Wände, als wollte sie sehen, ob sich irgendetwas verändert hätte, warf einen Blick auf die Hemden, die im Wandschrank, und die Krawatten, die über dem Türknauf hingen, die schmutzige Plastikschale mit dem Löffel im Waschbecken. Sie war klein und dickbäuchig, mit kurz geschnittenen silbernen Haaren und grellrosa geschminkten Lippen. Sie trug ein ärmelloses Sommerkleid, eine weiße Plastikperlenkette und eine Brille an einer Kette, die ihr wie eine Schaukel auf die Brust herabhing. Über ihre Waden zogen sich dunkelblaue Adern, und ihre Oberarme waren schlaff wie eine gebratene Aubergine. Sie sagte, sie wohne in Arlington, einem Ort weiter die Massachusetts Avenue hinunter. »Ich komme einmal in der Woche her und bringe Mutter Lebensmittel. Hat sie Sie noch nicht vor die Tür gesetzt?«

»Nein, es ist alles bestens, Madam.«

»Manche von den Jungen sind schreiend davongelaufen. Aber ich glaube, sie mag Sie. Sie sind der erste Mieter, den sie einen Gentleman genannt hat.«

»Aber ich bitte Sie, Madam.«

Sie sah mich an und bemerkte meine nackten Füße (es kam mir immer noch komisch vor, im Haus Schuhe zu tragen, und ich zog sie jedes Mal aus, bevor ich mein Zimmer betrat). »Sind Sie neu in Boston?«

»Neu in Amerika, Madam.«

»Woher?« Sie zog die Augenbrauen hoch.

»Ich komme aus Kalkutta in Indien.«

»Tatsächlich? Vor ungefähr einem Jahr hatten wir einen Brasilianer hier. Sie werden sehen, Cambridge ist eine ganz internationale Stadt.«

Ich nickte und fragte mich, wie lange das Gespräch noch dauern würde. Doch in diesem Moment schallte Mrs. Crofts elektrisierende Stimme von unten herauf. Als wir in den Flur hinaustraten, rief sie: »Komm sofort herunter!«

»Was ist los?«, rief Helen zurück.

»Auf der Stelle!«

Ich zog schnell meine Schuhe an. Helen seufzte.

Wir stiegen die Treppe hinunter. Sie war zu schmal, um nebeneinander zu gehen, und so folgte ich Helen, die keine Eile zu haben schien und unterwegs über ein schmerzendes Knie klagte. »Bist du ohne Stock gegangen?«, rief sie. »Du weißt doch, dass du nicht ohne Stock gehen sollst.« Sie blieb stehen, legte die Hand aufs Geländer und drehte sich zu mir um. »Sie rutscht manchmal aus.«

Zum ersten Mal schien Mrs. Croft verletzlich. Ich stellte mir vor, wie sie vor der Bank auf dem Boden lag und zur Decke aufsah, flach auf dem Rücken, die Füße in entgegengesetzte Richtungen zeigend. Doch als wir unten anlangten, saß sie wie immer da, die Hände im Schoß gefaltet, zu ihren Füßen zwei Lebensmitteltüten. Als wir vor ihr standen, klopfte sie weder auf die Bank, noch forderte sie uns auf, Platz zu nehmen. Sie sah uns an.

»Was ist los, Mutter?«

»Das gehört sich nicht!«

»Was gehört sich nicht?«

»Es gehört sich nicht, dass eine Dame und ein Herr, die nicht miteinander verheiratet sind, ohne Anstandsdame ein Privatgespräch führen!«

Helen sagte, sie sei achtundsechzig Jahre alt, alt genug, um meine Mutter zu sein, doch Mrs. Croft bestand darauf, dass

Helen und ich uns unten unterhielten, im Salon. Außerdem, so fügte sie hinzu, gehöre es sich nicht für eine Dame von Helens Stand, ihr Alter zu verraten und ein so kurzes Kleid zu tragen.

»Zu deiner Information, Mutter: Wir befinden uns im Jahr 1969. Was würdest du tun, wenn du einmal aus dem Haus gehen und ein Mädchen im Minirock sehen würdest?«

Mrs. Croft rümpfte die Nase. »Ich würde sie verhaften lassen.«

Helen schüttelte den Kopf und nahm eine der Lebensmitteltüten. Ich nahm die andere und folgte ihr durch den Salon in die Küche. Die Tüten enthielten Suppenkonserven, von denen Helen einige mit wenigen Drehungen eines Dosenöffners öffnete. Sie schüttete die alte Suppe in den Töpfen in die Spüle, wusch die Töpfe unter dem Wasserhahn aus, füllte sie mit der Suppe aus den frisch geöffneten Dosen und stellte sie wieder in den Kühlschrank. »Vor ein paar Jahren konnte sie die Dosen noch selbst aufmachen«, sagte sie. »Es ist ihr schrecklich, dass ich es jetzt für sie tun muss. Aber das Klavierspielen hat ihre Hände ruiniert.« Sie setzte ihre Brille auf, sah in die Schränke und entdeckte meine Teebeutel. »Trinken wir eine Tasse?«

Ich füllte den Wasserkessel auf dem Herd. »Entschuldigen Sie, Madam. Der Flügel?«

»Sie hat Klavierstunden gegeben. Vierzig Jahre lang. Damit hat sie uns nach dem Tod meines Vaters durchgebracht.« Helen stemmte die Hände in die Hüften und sah in den offenen Kühlschrank. Sie fasste tief hinein, nahm eine Packung Butter heraus, runzelte die Stirn und warf sie in den Müllsack. »Das müsste genügen«, sagte sie und stellte die noch ungeöffneten Dosen in den Schrank. Ich setzte mich an den Tisch und schaute zu, wie Helen das Geschirr abwusch, den Müllsack zuband, eine Grünlilie über der Spüle goss und zwei Tassen mit kochendem Wasser füllte. Sie gab mir eine ohne Milch, über deren Rand der Faden des Teebeutels hing, und setzte sich ebenfalls an den Tisch.

»Entschuldigen Sie, Madam, aber ist das genug?«

Helen nahm einen Schluck von ihrem Tee. Ihr Lippenstift hinterließ einen lächelnden rosa Abdruck an der Außenseite ihrer Tasse. »Was?«

»Die Suppe in den Töpfen. Ist das genug Essen für Mrs. Croft?«

»Etwas anderes isst sie nicht. Seit sie hundert ist, nimmt sie keine feste Nahrung mehr zu sich. Das war, Moment mal, vor drei Jahren.«

Ich war wie vom Donner gerührt. Ich hatte Mrs. Croft auf Mitte achtzig, allenfalls neunzig geschätzt. Noch nie hatte ich einen Menschen gekannt, der seit über einem Jahrhundert auf der Welt war. Und dass diese Frau, eine Witwe, allein lebte, verblüffte mich noch mehr. Die Witwenschaft hatte meine Mutter in den Wahnsinn getrieben. Mein Vater war Angestellter im Hauptpostamt von Kalkutta gewesen und, als ich sechzehn war, an einer Gehirnentzündung gestorben. Meine Mutter wollte sich nicht mit einem Leben ohne ihn abfinden und versank immer tiefer in einer Welt der Dunkelheit, aus der weder ich noch mein Bruder, weder besorgte Verwandte noch die psychiatrischen Krankenhäuser an der Rash Bihari Avenue sie wieder herauszuholen vermochten. Am meisten schmerzte mich, dass sie so unbedacht war, dass sie völlig ungeniert nach dem Essen rülpste oder vor Gästen Winde streichen ließ. Nach dem Tod meines Vaters brach mein Bruder seine Ausbildung ab und arbeitete, um den Familienunterhalt zu sichern, in der Jutespinnerei, deren Leitung er später übernahm. Und so oblag es mir, zu Füßen meiner Mutter zu sitzen und für meine Prüfungen zu lernen, während sie wieder und wieder ihre Armreife zählte, als wären es die Kugeln eines Rechenbretts. Wir versuchten sie im Auge zu behalten. Einmal war sie halb nackt bis zum Straßenbahndepot gewandert, ehe wir sie zurückholen konnten.

»Ich könnte doch abends die Suppe für Mrs. Croft warm machen«, schlug ich vor, nahm den Teebeutel aus meiner Tasse und drückte ihn aus. »Das wäre gar kein Problem.«

Helen sah auf ihre Armbanduhr, stand auf und schüttete den Rest ihres Tees ins Spülbecken. »Das würde ich an Ihrer Stelle nicht tun. So etwas würde sie vollends umbringen.«

An diesem Abend, als Helen nach Arlington zurückgefahren war und Mrs. Croft und ich wieder allein waren, begann ich mir Sorgen zu machen. Jetzt, da ich wusste, wie steinalt sie war, hatte ich Angst, ihr könnte mitten in der Nacht oder tagsüber, wenn ich nicht da war, etwas zustoßen. So kräftig ihre Stimme war und so gebieterisch sie wirkte, war mir doch klar, dass schon ein Kratzer oder ein Husten einen so alten Menschen töten kann; jeder Tag, den sie am Leben blieb, war wie ein Wunder. Helen war zwar sehr freundlich gewesen, aber insgeheim fürchtete ich, sie könnte mir Unachtsamkeit vorwerfen, wenn etwas passierte. Sie selbst schien nicht besorgt. Sie kam und ging Sonntag für Sonntag und brachte Mrs. Croft Suppe.

Auf diese Weise vergingen die sechs Wochen jenes Sommers. Ich kam nach der Arbeit in der Bibliothek nach Hause und verbrachte ein paar Minuten mit Mrs. Croft auf der Klavierbank. Ich leistete ihr ein wenig Gesellschaft, versicherte ihr, dass ich die Tür abgeschlossen hätte, und bestätigte, dass die Fahne auf dem Mond großartig sei. An manchen Abenden blieb ich neben ihr sitzen, nachdem sie längst eingeschlummert war, noch immer voller Ehrfurcht angesichts der vielen Jahre, die sie auf dieser Erde zugebracht hatte. Manchmal versuchte ich mir die Welt auszumalen, in die sie 1866 hineingeboren worden war, eine Welt voll von Frauen in langen schwarzen Röcken und züchtigen Gesprächen im Salon. Wenn ich jetzt ihre im Schoß gefalteten Hände mit den geschwollenen Knöcheln betrachtete, stellte ich mir vor, wie sie, noch glatt und schlank, die Tasten des Flügels angeschlagen hatten. Ab und zu ging ich vor dem Schlafengehen noch einmal hinunter, um mich zu vergewissern, dass sie aufrecht auf ihrer Bank saß oder wohlbehalten in ihrem Zimmer war. Freitags legte ich die Miete in ihre Hände. Von diesen simplen Gesten abgesehen, konnte ich nichts für sie tun. Ich war nicht ihr Sohn, und außer den acht Dollar schuldete ich ihr nichts.

Ende August bekam Mala ihren Pass und die Green Card. Ich erhielt ein Telegramm mit Ankunftszeit und Nummer ihres Fluges; mein Bruder in Kalkutta hatte kein Telefon. Um die gleiche Zeit kam auch ein Brief von ihr, den sie nur wenige Tage nach meiner Abreise geschrieben hatte. Eine Anrede fehlte; mich mit meinem Namen anzusprechen hätte eine Intimität vorausgesetzt, die wir noch nicht entdeckt hatten. Es waren nur wenige Zeilen. »Ich schreibe auf Englisch, um mich auf die Reise vorzubereiten. Ich bin hier sehr einsam. Ist es dort sehr kalt. Ist dort Schnee. Mala.«

Ihre Worte berührten mich nicht weiter. Wir hatten nur eine Hand voll Tage zusammen verbracht. Und doch waren wir aneinander gebunden; seit sechs Wochen trug sie einen eisernen Armreif und färbte sich den Scheitel mit Zinnoberpulver rot, um der Welt kundzutun, dass sie verheiratet war. In diesen sechs Wochen hatte ich an ihre Ankunft gedacht wie an den Beginn eines neuen Monats oder einer neuen Jahreszeit – als etwas Unvermeidliches, aber vorerst Bedeutungsloses. Ich kannte sie so wenig, dass ich mir manchmal zwar Einzelheiten, nie aber ihr ganzes Gesicht ins Gedächtnis zurückrufen konnte.

Einige Tage nachdem ich den Brief erhalten hatte, sah ich morgens auf dem Weg zur Arbeit eine Inderin auf der anderen Seite der Massachusetts Avenue. Sie trug einen Sari, dessen freies Ende fast auf dem Boden schleifte, und schob ein Kind in einem Sportwagen vor sich her. Eine Amerikanerin mit einem kleinen schwarzen Hund an der Leine ging an ihr vorbei. Plötzlich fing der Hund an zu bellen. Die Inderin blieb erschrocken stehen, worauf der Hund hochsprang und nach dem Ende ihres Saris schnappte. Die Amerikanerin schimpfte ihn aus, entschuldigte sich offensichtlich und ging schnell weiter, während die Inderin mitten auf dem Bürgersteig ihren Sari in Ordnung brachte und das schreiende Kind beruhigte. Sie sah mich nicht, und schließlich setzte sie ihren Weg fort. Ein solches Missgeschick, so wurde mir an diesem Morgen klar, würde bald auch mich etwas angehen. Es war meine Pflicht, mich um Mala zu kümmern, sie freundlich aufzunehmen und sie zu beschützen. Ich würde ihr die ersten Moonboots, den ersten Wintermantel kaufen müssen. Ich würde ihr sagen müssen, welche Straßen sie meiden solle, aus welcher Richtung die Autos kamen und dass sie das freie Ende ihres Saris nicht am Boden schleifen lassen dürfe. Als sie nur fünf Meilen von ihren Eltern fort gewesen war, hatte sie schon geweint.

Im Gegensatz zu ihr hatte ich mich inzwischen an alles gewöhnt: gewöhnt an Cornflakes und Milch, gewöhnt an Helens Besuche, daran gewöhnt, neben Mrs. Croft auf der Bank zu sitzen. Das Einzige, woran ich mich nicht gewöhnt hatte, war Mala. Aber ich tat, was zu tun war. Ich ging zur Wohnungsvermittlung des MIT und fand ein möbliertes Apartment ein paar Blocks entfernt, mit Doppelbett, eigener Küche und Bad, für vierzig Dollar pro Woche. An meinem letzten Freitag gab ich Mrs. Croft acht Dollarscheine in einem Umschlag, brachte meinen Koffer nach unten und teilte ihr mit, dass ich auszöge. Sie legte meinen Schlüssel in ihre Kleingeldbörse. Das Letzte, worum sie mich bat, war, ihr den Stock zu reichen, der an den Tisch gelehnt stand, damit sie zur Tür gehen und hinter mir abschließen könne. »Also, auf Wiedersehen«, sagte sie und ging ins Haus zurück. Ich hatte keine Gefühlsbezeugungen erwartet, war aber trotzdem enttäuscht. Doch ich war nur ein Mieter gewesen, ein Mann, der ihr ein wenig Geld bezahlt hatte und sechs Wochen lang bei ihr ein und aus gegangen war. Gemessen an einem Jahrhundert war das nichts.

Am Flughafen erkannte ich Mala sofort. Das freie Ende ihres Saris schleifte nicht am Boden, sondern lag zum Zeichen bräutlicher Sittsamkeit um ihren Kopf, so wie meine Mutter es bis zum Tod meines Vaters getragen hatte. Ihre dünnen braunen Arme waren voller goldener Armreife, auf ihre Stirn war ein kleiner roter Kreis gemalt, und den Rand ihrer Füße zierte ein rotes Ornament. Ich umarmte sie weder, noch küsste ich sie oder nahm ihre Hand. Stattdessen fragte ich sie – und zum ersten Mal, seit ich in Amerika war, sprach ich Bengali –, ob sie Hunger habe.

Sie zögerte und nickte dann.

Ich sagte, ich hätte Eiercurry zu Hause. »Was gab es denn im Flugzeug zu essen?«

»Ich habe nichts gegessen.«

»Den ganzen Flug über?«

»Auf der Speisekarte stand Ochsenschwanzsuppe.«

»Aber es gab doch sicher noch etwas anderes.«

»Bei der Vorstellung, einen Ochsenschwanz zu essen, ist mir der Appetit vergangen.«

Als wir zu Hause anlangten, öffnete Mala einen ihrer Koffer und überreichte mir zwei Pullunder, die sie während der Zeit unserer Trennung gestrickt hatte, beide aus hellblauer Wolle, einer mit V-Ausschnitt, der andere mit Zopfmuster. Ich probierte sie an; beide waren unter den Armen zu eng. Sie hatte mir auch zwei neue Kordelpyjamas mitgebracht, einen Brief von meinem Bruder und ein Päckchen losen Darjeeling. Ich selbst hatte außer dem Eiercurry kein Geschenk für sie. Wir setzten uns an den kahlen Tisch und sahen auf unsere Teller hinab. Wir aßen mit den Händen – auch das hatte ich in Amerika noch nie getan.

»Die Wohnung ist sehr schön«, sagte sie. »Und das Eiercurry schmeckt gut.« Mit der linken Hand hielt sie sich das

Ende ihres Saris an die Brust, damit es ihr nicht vom Kopf glitt.

»Ich weiß nicht viele Rezepte.«

Sie nickte. Sie schälte die Kartoffeln, bevor sie sie aß. Einmal glitt ihr der Sari auf die Schultern hinab. Sofort zog sie ihn wieder zurecht.

»Du brauchst den Kopf nicht zu bedecken«, sagte ich. »Mir macht das nichts aus. Es spielt hier keine Rolle.«

Aber sie ließ ihn bedeckt.

Ich wartete darauf, dass ich mich an sie gewöhnte, an ihre Anwesenheit an meiner Seite, an meinem Tisch, in meinem Bett, doch eine Woche später waren wir noch immer Fremde. Ich hatte mich noch immer nicht daran gewöhnt, in eine Wohnung zurückzukommen, in der es nach gedünstetem Reis roch, in der ich das Waschbecken im Badezimmer stets sauber geputzt, unsere Zahnbürsten nebeneinander, ein Stück Pears-Seife aus Indien in der Seifenschale vorfand. Ich war nicht an den Geruch des Kokosöls gewöhnt, das sie sich jeden zweiten Abend in die Kopfhaut rieb, oder an das zarte Klirren ihrer Armreife, wenn sie sich in der Wohnung zu schaffen machte. Morgens war sie immer schon vor mir wach. Als ich am ersten Morgen in die Küche kam, hatte sie in der Annahme, ich würde wie die meisten bengalischen Ehemänner Reis zum Frühstück essen, die Reste aufgewärmt und einen Teller mit einem Löffel Salz am Rand auf den Tisch gestellt. Ich sagte, Cornflakes würden genügen, und als ich am nächsten Morgen in die Küche kam, hatte sie die Cornflakes schon in meine Schale geschüttet. Eines Morgens ging sie mit mir zusammen die Massachusetts Avenue hinunter zum MIT, wo ich ihr kurz den Campus zeigte. Unterwegs ließ ich in einer Eisenwarenhandlung einen Schlüssel nachmachen, damit sie allein in die Wohnung konnte. Bevor ich am nächsten Morgen zur Arbeit ging, bat sie mich um ein paar Dollar. Ich trennte mich ungern von ihnen, aber ich wusste, dass auch das normal war. Als ich am Abend nach Hause kam, lag ein Kartoffelschäler in der Küchenschublade, über den Tisch war eine Tischdecke gebreitet, und auf dem Herd stand ein Topf Hähnchencurry mit frischem Knoblauch und Ingwer. Wir hatten damals noch keinen Fernseher. Nach dem Essen las ich Zeitung, und Mala saß am Küchentisch und strickte aus der hellblauen Wolle eine Jacke für sich oder schrieb Briefe nach Hause.

Am Ende der ersten Woche, am Freitag, schlug ich vor auszugehen. Mala legte ihr Strickzeug weg und verschwand im Bad. Als sie wieder herauskam, bereute ich meinen Vorschlag; sie hatte einen frischen Seidensari und noch mehr Armreife angelegt und ihr Haar mit einem schmeichelnden Seitenscheitel hochfrisiert. Sie war zurechtgemacht wie für eine Party oder zumindest einen Kinobesuch, aber dergleichen hatte ich nicht im Sinn. Es war ein milder Abend. Wir gingen mehrere Blocks die Massachusetts Avenue hinunter und schauten in die Fenster von Restaurants und Läden. Dann führte ich Mala, ohne zu überlegen, in die ruhige Straße, durch die ich so viele Abende allein gegangen war.

»Hier habe ich gewohnt, bevor du gekommen bist«, sagte ich und blieb an Mrs. Crofts Maschendrahtzaun stehen.

»In einem so großen Haus?«

»Ich hatte ein kleines Zimmer im ersten Stock. Nach hinten hinaus.«

»Und wer wohnt sonst noch da?«

»Eine sehr alte Frau.«

»Mit ihrer Familie?«

»Nein, allein.«

»Aber wer kümmert sich um sie?«

Ich öffnete das Gartentor. »Sie kümmert sich größtenteils um sich selbst.«

Ich fragte mich, ob Mrs. Croft sich an mich erinnern würde; ich fragte mich, ob sie einen neuen Mieter hatte, der abends mit ihr auf der Bank saß. Als ich klingelte, war ich auf eine ebenso lange Wartezeit gefasst wie an dem Tag, als wir uns kennen gelernt hatten und ich noch keinen Schlüssel hatte. Doch diesmal wurde die Tür fast augenblicklich geöffnet, von Helen. Mrs. Croft saß nicht auf der Bank. Die Bank war weg.

»Hallo«, sagte Helen und lächelte Mala mit ihren grellrosa Lippen an. »Mutter ist im Salon. Kommen Sie einen Moment herein?«

»Gern, Madam.«

»Dann gehe ich schnell einkaufen, wenn es Ihnen nichts ausmacht. Sie hatte einen kleinen Unfall. Wir können sie im Moment nicht allein lassen, keine Minute.«

Ich schloss die Tür hinter Helen ab und ging in den Salon. Mrs. Croft lag flach auf dem Rücken, den Kopf auf einem pfirsichfarbenen Kissen, mit einer dünnen weißen Steppdecke zugedeckt. Ihre Hände waren auf der Brust gefaltet. Als sie mich sah, zeigte sie auf das Sofa und forderte mich auf, Platz zu nehmen. Ich tat wie geheißen, doch Mala ging zum Flügel hinüber und setzte sich auf die Bank, die jetzt dort stand, wo sie hingehörte.

»Ich hab mir die Hüfte gebrochen!«, verkündete Mrs. Croft, als wäre ich gestern noch hier gewesen.

»O Gott, Madam!«

»Ich bin von der Bank gefallen!«

»Das tut mir so Leid, Madam.«

»Mitten in der Nacht! Und wissen Sie, was ich gemacht habe, Junge?«

Ich schüttelte den Kopf.

»Ich hab die Polizei gerufen!«

Sie sah gelassen lächelnd zur Decke auf und entblößte dabei eine Reihe schiefer, langer grauer Zähne. Kein einziger fehlte. »Was sagen Sie dazu, Junge?«

So verblüfft ich war, wusste ich doch, was ich zu sagen hatte. Ohne zu zögern, schrie ich: »Großartig!«

Da lachte Mala. Ihre Stimme war voller Freundlichkeit, und ihre Augen strahlten vor Erheiterung. Ich hatte sie noch nie lachen hören, und sie hatte so laut gelacht, dass auch Mrs. Croft es gehört hatte. Sie wandte sich Mala zu und sah sie an.

»Wer ist das, Junge?«

»Meine Frau, Madam.«

Mrs. Croft drückte den Kopf schräg ins Kissen, um sie besser zu sehen. »Können Sie Klavier spielen?«

»Nein, Madam«, antwortete Mala.

»Dann stehen Sie auf!«

Mala erhob sich, zog das Ende ihres Saris über dem Kopf zurecht und hielt es an der Brust fest, und zum ersten Mal seit ihrer Ankunft tat sie mir Leid. Ich erinnerte mich an meine ersten Tage in London, als ich gelernt hatte, mit der U-Bahn zur Russell Street zu fahren, als ich zum ersten Mal

Aufzug gefahren war und nicht begriffen hatte, dass der Zeitungsmann *paper* meinte, wenn er *piper* rief, als ich ein ganzes Jahr lang nichts verstanden hatte, wenn der Schaffner beim Einfahren des Zuges »Zurücktreten bitte!« sagte. Wie ich war auch Mala weit von zu Hause fort gereist, ohne zu wissen, was sie erwartete, nur aus dem einen Grund, weil sie meine Frau war. So seltsam es schien, wusste ich tief im Innern doch, dass ihr Tod mich einmal treffen würde und, noch seltsamer, dass mein Tod sie treffen würde. Irgendwie wollte ich das Mrs. Croft erklären, die Mala noch immer mit einer Art milder Geringschätzung von Kopf bis Fuß musterte. Ich fragte mich, ob sie je eine Frau im Sari gesehen hatte, mit einem roten Punkt auf der Stirn und einer Unmenge Armreife an den Handgelenken. Ich fragte mich, was sie an ihr auszusetzen haben würde. Ich fragte mich, ob sie das noch gut erkennbare, vom Saum des Saris kaum verdeckte Ornament an Malas Füßen sah.

Schließlich verkündete sie mit dem ungläubigen Entzücken, das ich so gut kannte: »Sie ist eine vollendete Dame!«

Jetzt musste ich lachen. Ich tat es so leise, dass Mrs. Croft es nicht hörte. Doch Mala hatte es gehört, und zum ersten Mal sahen wir uns an und lächelten.

Ich sehe diesen Augenblick in Mrs. Crofts Salon gern als den Moment, in dem die Distanz zwischen Mala und mir zu schrumpfen begann. Wir waren zwar noch nicht richtig verliebt, aber ich sehe die Monate, die darauf folgten, gern als eine Art Flitterwochen. Zu zweit und zusammen mit anderen Bengalis, von denen einige noch heute unsere Freunde sind, erkundeten wir die Stadt. Wir entdeckten einen Mann namens Bill, der in der Prospect Street frischen Fisch verkaufte, und einen Laden namens Cardullo's am Harvard Square, in dem man Lorbeerblätter und Gewürznelken bekam. Abends gingen wir an den Charles River, um uns die Segelboote auf dem Wasser anzusehen, oder wir aßen im Harvard Yard Eis aus Tüten. Wir kauften eine Instamatic-Kamera, um unser Zusammenleben zu dokumentieren, und ich fotografierte Mala vor dem Prudential Center, damit wir die Bilder ihren Eltern schicken konnten. Nachts küssten wir uns, scheu erst, aber bald mutiger, und fanden Lust und Trost in den Armen des anderen. Ich erzählte ihr von meiner Fahrt auf der *Roma*, von Finsbury Park, der YMCA und meinen Abenden auf der Bank neben Mrs. Croft. Als ich ihr von meiner Mutter erzählte, weinte sie. Es war Mala, die mich tröstete, als ich eines Abends bei der Lektüre des *Globe* auf Mrs. Crofts Todesanzeige stieß. Ich hatte Monate nicht mehr an sie gedacht – die sechs Sommerwochen waren zu diesem Zeitpunkt schon eine längst vergangene Episode –, aber als ich von ihrem Tod erfuhr, war ich wie vom Blitz getroffen, so sehr, dass Mala mich, als sie von ihrem Strickzeug aufschaute, die Wand anstarren sah, die Zeitung achtlos im Schoß, unfähig zu sprechen. Mrs. Croft war die erste Tote, um die ich in Amerika trauerte, denn ihr Leben war das Erste gewesen, das ich bewundert hatte; nun hatte sie diese Welt doch noch verlassen, alt und allein, für immer.

Was mich betrifft, so bin ich nicht mehr viel weiter gereist. Mala und ich wohnen in einer kleinen Stadt zwanzig Meilen von Boston entfernt, in einer von Bäumen gesäumten Straße ganz ähnlich der von Mrs. Croft, in einem Haus, das uns gehört, in dem es Platz für Gäste gibt und dessen

Garten es unnötig macht, im Sommer Tomaten zu kaufen. Wir sind jetzt amerikanische Staatsbürger und können später einmal Rente beziehen. Wir fliegen zwar jedes Jahr nach Kalkutta und bringen Kordelpyjamas und Darjeelingtee von dort mit, aber wir haben uns entschlossen, hier alt zu werden. Ich arbeite in einer kleinen Collegebibliothek. Wir haben einen Sohn, der in Harvard studiert. Mala trägt das Ende ihres Saris nicht mehr um den Kopf, und sie weint auch nicht mehr nach ihren Eltern, aber gelegentlich weint sie nach unserem Sohn. Dann fahren wir nach Cambridge und besuchen ihn oder holen ihn übers Wochenende nach Hause. So kann er mit uns Reis mit den Fingern essen und Bengali sprechen, denn manchmal fürchten wir, dass er das nicht mehr tun wird, wenn wir tot sind.

Ich fahre dann immer eigens durch die Massachusetts Avenue, trotz des Verkehrs. Die Gebäude erkenne ich kaum wieder, aber immer wenn ich dort bin, stehen mir sofort jene sechs Wochen vor Augen, als wäre es gestern gewesen, und ich zeige auf Mrs. Crofts Straße und sage zu meinem Sohn, dass hier mein erstes Zuhause in Amerika war, bei einer hundertdreijährigen Frau. »Weißt du noch?«, sagt Mala dann und lächelt, genauso verwundert wie ich, dass es einmal eine Zeit gegeben hat, in der wir Fremde füreinander waren. Mein Sohn staunt jedes Mal, nicht über Mrs. Crofts Alter, sondern über die geringe Miete, die ich damals bezahlt habe, für ihn etwas so Unvorstellbares wie eine Fahne auf dem Mond für eine 1866 geborene Frau. Ich sehe in den Augen meines Sohnes den gleichen Ehrgeiz, der mich über den Erdball getrieben hat. In wenigen Jahren wird er sein Studium beenden und seinen Weg machen, allein und schutzlos. Aber ich sage mir, dass er einen Vater hat, der noch lebt, und eine Mutter, die stark und glücklich ist. Wenn er den Mut verliert, sage ich ihm, dass es, wenn ich auf drei Kontinenten überlebt habe, kein Hindernis gibt, das er nicht überwinden könnte. Astronauten, Helden für alle Zeit, waren noch öfter auf dem Mond, und ich bin seit fast dreißig Jahren in dieser neuen Welt. Ich weiß, dass das nichts Besonderes ist. Ich bin nicht der Einzige, der sein Glück fern der Heimat gesucht hat, und gewiss nicht der Erste. Manchmal aber verblüfft mich jede Meile, die ich gereist bin, jede Mahlzeit, die ich gegessen habe, jeder Mensch, den ich kennen gelernt habe, jedes Zimmer, in dem ich geschlafen habe. So wenig ungewöhnlich das alles sein mag, gibt es doch Momente, da es meine Vorstellungskraft übersteigt.